btb

Magalie, 40, lebt mit Mathieu, dem Vater ihrer kleinen Tochter, in Montréal. Sie wahren den Schein, doch beide wissen, dass ihre Ehe am Ende ist. Dann lernt Magalie auf einer Familienfeier den Polizisten Guillaume kennen. Er ist der Sohn des neuen Lebensgefährten ihrer Mutter – und er verliebt sich in sie. Auch er, der alleinerziehende Vater, weiß nur zu gut, wie fragil Beziehungen sein können. Er stellt sie vor die Frage: Wie lange noch will sie Kompromisse eingehen? Ein Buch über Freiheiten und Konventionen, über Familie und Beziehungen und über die Liebe in einer entzauberten Welt.

NADINE BISMUTH, 1975 in Montréal geboren, zählt zu den herausragenden literarischen Stimmen Québecs. Mit feiner Ironie widmet sie sich in ihren Büchern Themen der modernen Gesellschaft, insbesondere Familie und Paarbeziehungen. Sie erhielt zahlreiche Preise, darunter den Buchhändlerpreis von Québec und den Prix Québec. »Familienbande« ist ihr drittes Buch. Nadine Bismuth lebt mit ihrer Familie in Montréal und schreibt außerdem Drehbücher für kanadische TV-Serien.

Nadine Bismuth

FAMILIENBANDE

Roman

Aus dem kanadischen Französisch
von Michaela Meßner

btb

Die kanadische Originalausgabe erschien 2018 unter dem Titel
»Un lien familial« bei Boréal, Montréal.

Die Übersetzung wurde gefördert durch den Canada Council for the Arts.

Canada Council for the Arts | Conseil des arts du Canada

Das Zitat auf S. 5 ist folgender Ausgabe entnommen:
George Eliot, »Middlemarch«. Vollständig überarb. Neuausgabe.
Übersetzt von Rainer Zerbst. München: dtv Verlag, 2019, S. 151.

FSC www.fsc.org MIX Papier aus verantwortungsvollen Quellen FSC® C014496

Verlagsgruppe Random House FSC® N001967

1. Auflage
Deutsche Erstveröffentlichung November 2020

Umschlaggestaltung: semper smile, München
Umschlagmotiv: © Rebecca Campbell / Bridgeman Images
Satz: GGP Media GmbH, Pößneck
Druck und Einband: GGP Media GmbH, Pößneck
mb · Herstellung: sc
Printed in Germany
ISBN 978-3-442-71943-3

www.btb-verlag.de
www.facebook.com/btbverlag

Und wenn es so sein soll, warum hat es dann dem Allmächtigen gefallen, überhaupt Familien zu schaffen?

George Eliot, *Middlemarch*

Mittwoch, 10. August

Mathieu,
von dem Schock gestern habe ich mich immer noch nicht richtig erholt. Ich dachte wirklich, wir müssten gleich sterben. Deinen Putzmann habe ich für einen Dieb gehalten, der bei euch eingebrochen ist und uns gleich umbringen wird. Jetzt bin ich regelrecht traumatisiert. Kann weder essen noch schlafen. Warum bist du heute Nachmittag nach deinem Plädoyer nicht ins Büro zurückgekommen? Ich habe auf dich gewartet.

Eigentlich warte ich andauernd auf dich. Ich verstehe ja deine Lage (auch wenn du das anders siehst, ich schwöre dir, das tue ich), aber du wärst nicht der erste Familienvater, der seine Partnerin verlässt. Deine Tochter hat mit ihren fünf Jahren bestimmt schon zahlreiche Freundinnen, deren Eltern sich getrennt haben und die sich das Sorgerecht teilen, ohne dass sie deshalb gleich in psychiatrische Behandlung müssen. Du sagst mir oft, ich könnte gar nicht nachvollziehen, welche Auswirkungen eine solche Entscheidung für dich hätte, weil ich keine Kinder habe. Das ist ein ganz mieses Argument. Mit oder ohne Kind, eine Trennung überlebt jeder. Ist ja kein Krebs. Das dürften wir doch am besten wissen, bei all den Klienten, die wegen einer Scheidungssache in die Kanzlei kommen: Sie tauchen mit

Leichenbittermiene hier auf, aber sieht man sie ein Jahr später wieder, sind sie nicht wiederzuerkennen, so glücklich und zufrieden wirken sie, selbst wenn es sie hunderttausend Dollar Honorar gekostet hat, und dafür besteht in deinem Fall ja nicht mal die Gefahr, weil du mit Magalie nur in einer eheähnlichen Gemeinschaft lebst und die Eigentumswohnung auf deinen Namen läuft.

Ich frage mich manchmal, wer von uns beiden mehr zu bedauern ist, sie oder ich? Ich bin mir sicher, dass Magalie nicht gerne erfahren würde, dass du nur bei ihr bleibst, weil sie die Mutter deiner Tochter ist und es so weniger kompliziert ist. Eine praktische Lösung – mehr nicht! Als ich dich gefragt habe, warum du ein Kind mit ihr bekommen hast, da hast du mir erzählt, dass es ein Unfall war, ihr seid gerade erst ein Jahr zusammen gewesen, als sie schwanger wurde, aber weil kurz vorher ihr Vater gestorben ist, hätte sie das Kind behalten wollen, um sich nicht »gegen das Leben« entscheiden zu müssen, und auch, um ihre verwitwete Mutter ein wenig aufzumuntern. Wie deprimierend. Ich verstehe nicht, warum du nicht imstande bist, dich aus einer Beziehung, zu der du gegen deinen Willen gezwungen wurdest, wieder zu lösen, denn genau den Eindruck bekommt man, es sei denn, du erzählst mir nicht die Wahrheit. Du tust niemandem einen Gefallen, wenn du dich wie ein Feigling verhältst, ihr nicht, mir nicht und dir auch nicht.

Die Sache gestern mit deinem Putzmann wäre nie passiert, wenn wir ein richtiges Paar wären. Ich denke, das war genau die Art von Katastrophe, die ich gebraucht habe, um zu erkennen, dass ich nicht länger deine Geliebte sein will. Ich will keine Versteckspielchen mehr, keine Lügen und keine geheimnisvollen Codenamen auf unseren Smartphones, wenn wir uns Nachrichten schreiben oder uns anrufen. Zuerst war das aufregend, jetzt ist es das nicht mehr. Ich will immer bei dir sein, in aller Öffentlichkeit, und du solltest das auch wollen, schließlich sagst du, dass du mich liebst. Und das ist noch nicht alles: Ich bin dreiunddreißig, und auch wenn meine Mutter immer betont, wie jung ich noch sei, habe ich mir einige Ziele im Leben gesetzt, die ich auch erreichen will, und Kinder gehören dazu. Auch wenn ich manchmal, wenn ich dich so reden höre, den Eindruck habe, dass dieses Abenteuer nur erfunden wurde, um den Menschen das Leben ganz besonders schwer zu machen und sie ihres freien Willens zu berauben. Wie dem auch sei, wenn du glaubst, dass du nie die Kraft haben wirst, Magalie zu verlassen, oder wenn du glaubst, dass du, selbst wenn du sie eines Tages verlassen solltest, nie und nimmer deine DNA mit meiner vermischen willst (ist ja schon komisch, dass du immer auf einem Kondom bestehst, obwohl ich dir versichere, dass gerade nichts passieren kann), dann möchte ich das sofort wissen, und wir bleiben Freunde. Okay, Freunde vielleicht nicht unbedingt, dazu hätte ich nicht die Kraft.

Dir wird sicher nicht gefallen, was ich gleich schreiben werde. Du hasst Ultimaten, aber ich setze dir jetzt trotzdem eins, und zwar bis Weihnachten. So hast du fast fünf Monate Zeit, es dir zu überlegen. Katia findet, die Frist ist viel zu lang, und sie hat recht. Nur wird es diesen Herbst in der Firma völlig drunter und drüber gehen, und wegen der Fusion mit Magenta werde ich oft in London, Paris oder Barcelona sein, und da du selbst wegen Fabrice und der Unterschrift von Blue Bird sehr unter Druck stehst, bin ich bereit, diesen Kompromiss einzugehen, damit du es dir gut überlegen kannst. Ich bin mir bewusst darüber, dass diese Trennung die Struktur deines Alltags ziemlich durcheinanderbringen wird, Mathieu, und dass du die Dinge zum Wohl deiner Tochter langsam angehen musst. Dennoch kann ich diese

Situation nicht länger als bis zu diesem Datum ertragen. Weihnachten. Christmas. Navidad. Capisce?

Ich hoffe, du verstehst mich, schließlich tue ich das schon seit über einem Jahr: dich verstehen und auf dich warten.

Ich liebe dich, mein legal beagle.

Sophie

PS: Meine Mitbewohnerin ist dieses Wochenende im Ferienhäuschen ihrer Eltern, du kannst jederzeit vorbeikommen.
PPS: Mach dir keine Gedanken wegen Katia. Aber Sie hat dich dabei erwischt, wie du mir im Aufzug an den Hintern gefasst hast, und wollte dich schon beim Personalchef anschwärzen, daher hatte ich keine andere Wahl, als ihr von uns zu erzählen.

1

Magalie

Montag, 29. August

Wie konnte ich es nur so weit kommen lassen?

Es ist Viertel vor acht am Abend, heute war Charlottes erster Schultag, aber statt bei meiner Tochter zu sein und mir von ihrem spannenden Tag erzählen zu lassen, sitze ich im Wartesaal der Klinik und höre dem Fettleibigen drei Stuhlreihen vor mir beim Husten zu. Die Arzthelferin mit dem Lockenkopf, die mich kurz zuvor aufgenommen hat, sitzt hinter einer schlierig schimmernden Scheibe am Empfangsschalter der Anmeldung und starrt stur auf das Display ihres Smartphones, dessen bonbonrosa Hülle der einzige Farbklecks in diesem eintönigen beige und grauen Raum ist. Mit einem Lächeln tippt sie fieberhaft auf ihrem Display herum, was ich wahrscheinlich genauso tun würde, wäre ich noch einmal fünfundzwanzig und wollte mich gleich nach der Arbeit mit Freunden in einer Bar oder einem Restaurant verabreden. Vielleicht chattet sie aber auch gerade mit einem Unbekannten, den die Algorithmen einer App ihr präsentiert haben und dessen Foto ihr gefallen hat. Es gibt unendlich viele Möglichkeiten; das Leben dieser jungen Frau ist sicher voller Überraschungen, so lässig und verrückt wie ihr Lockenkopf. Mit anderen Worten: Uns trennt nicht nur diese Scheibe, sondern eine Mauer aus Beton. Wenn ich daran denke, welchen logistischen Einsatz ich bringen musste, um diesen Arzttermin wahrnehmen zu können. Ich musste meine Mutter anrufen und sie fragen, ob sie sich am Abend ein paar Stunden freinehmen könnte, um auf Charlotte aufzupassen, weil Mathieu ein Abendessen mit Klienten geplant hat: »Aber sicher doch, mein Schatz, kein Problem!« Dann musste ich, weil das Auto meiner Mutter bis tags darauf zur Überholung in der Werkstatt war, Mathieu bitten, mir sein Auto dazulassen, damit ich Charlotte nach meinem Arbeitstag bei Penture in der Schule abholen konnte: »Kein Problem, dann nehme ich die Metro.« Aber um sicherzugehen, dass ich auch spätestens um Punkt fünf aus dem Büro komme und nicht von sich endlos hinziehenden Gesprächen mit unentschlossenen Kunden, die am anderen Ende der Stadt wohnen, daran gehindert werde, musste ich daran denken, gleich morgens das für den Nachmittag angesetzte Treffen bei unserem Klienten in der Rue Notre-Dame, der jedes Mal sämtliche bereits getroffenen Entscheidungen wieder in Frage stellt, sobald er eine neue trifft, zu verschieben: »Einverstanden, Madame Breton, ich erwarte Sie dann um zehn statt um vierzehn Uhr. Danke, dass Sie mir Bescheid gegeben haben. Übrigens bin ich mir jetzt doch nicht mehr so sicher, wo ich meine Mikrowelle hinstellen soll. Wenn ich sie im Küchenschrank verstecke, wie Sie es vorgeschlagen haben, dann ist das zwar hübscher, aber so habe ich weniger Stauraum. Vielleicht sollte ich doch besser anstelle des Rauchfangs Schränke über meinem

Herd anbringen, was meinen Sie?« Außerdem durfte ich nicht vergessen, im Supermarkt ein paar Fertiggerichte zu kaufen, damit ich nicht selbst kochen muss und stattdessen Zeit habe, Charlotte zu baden, bevor ich sie mit meiner Mutter alleine lasse, die seit Kurzem eine Sehnenscheidenentzündung hat und mir diese Aufgabe deshalb nicht abnehmen kann. Kurz und gut, eine einfache Zeitplanänderung hätte sofort zahlreiche Anpassungen zur Folge, ich müsste wieder nachfragen und andere Leute einspannen, sodass ich am Ende fast schon vergessen hätte, was eigentlich der Grund für das ganze Tamtam ist.

»Also, was führt dich heute zu mir, Magalie«, fragt mich Frau Dr. Bédard, sobald ich vor ihr sitze.

Ihre Stimme ist einfühlsam und vertrauenerweckend. Sie kneift die Augen zusammen, während sie mit der Lesebrille auf den Bildschirm starrt, auf dem sie meine Patientendaten aufgerufen hat. Dr. Bédard geht bestimmt schon auf die sechzig zu. Vor rund fünfzehn Jahren wurde sie meine Hausärztin, als meine Eltern, die damals ihre Patienten waren, sie baten, mich in ihren Patientenstamm aufzunehmen. Ich fühle mich ihr auf sehr besondere Weise verbunden, denn von den Ärzten, die meinen kranken Vater begleiteten, hat Frau Dr. Bédard zwar klinisch nicht das meiste geleistet, was sich von selbst versteht, schließlich ist sie keine Gastroonkologin, trotzdem hat sie ihm – und uns – das meiste Mitgefühl entgegengebracht. Als bei meinem Vater die ersten Symptome seiner Krankheit auftraten, ging er zu Frau Dr. Bédard, um meine Mutter zu beruhigen. Sie hatte den Erklärungen meines Vaters gelauscht, der seine Bauchschmerzen mit dem Stress durch die bevorstehende Rente erklärte, aber nachdem sie ihm den Unterleib abgetastet hatte, überwies sie ihn unverzüglich für ein paar Tests zu einem MRT-Spezialisten. Während der Krankheit meines Vaters wussten wir, dass wir Dr. Bédard zu jeder Tages- und Nachtzeit anrufen konnten, falls die Spezialisten im Krankenhaus nicht zu erreichen waren, um seine Medikamente anzupassen oder ihm Entzündungshemmer oder Schmerzmittel zu verschreiben. Als offensichtlich wurde, dass die Behandlung versagt hatte, ermunterte sie meinen Vater zur Teilnahme an einer Forschungsstudie – nur für alle Fälle, man könne ja nie wissen, ein medizinischer Durchbruch, ein Wunder; sie hatte Hoffnung, genau wie wir. Rückblickend scheint mir, dass diese enge Beziehung uns sehr geholfen hat, auch wenn sie sein Leben nicht retten konnte. Wenige Tage nach der Beerdigung hatte Frau Dr. Bédard meine Mutter angerufen, um ihr Beileid auszusprechen und sich nach ihrem Befinden zu erkundigen. Ist sie bei ihren anderen Patienten auch so engagiert? Ich weiß es nicht. Ich glaube jedenfalls, dass sie mich duzt, zeigt, wie besonders unsere Beziehung ist. Frau Dr. Bédard fährt sich mit einer Hand durchs kurze graumelierte Haar und liest die letzten Eintragungen in meiner Akte.

»Ist das Gerstenkorn, wegen dem du Anfang des Sommers zu mir gekommen bist, wieder gut verheilt?«

»Ja, ich habe die Creme aufgetragen, die Sie mir verschrieben hatten.«

Zufrieden tippt sie etwas in die Tastatur. Ich nutze den Augenblick, in dem sie ihren Blick abwendet, um ihr zu verkünden, dass ich mich auf sexuell übertragbare Krankheiten testen lassen möchte. Sie blickt vom Bildschirm auf, wirkt überrascht, doch ihr Tonfall bleibt sehr sachlich.

»Hast du irgendwelche Symptome?«

Plötzlich bedauere ich es, gekommen zu sein. Hätte ich nicht in der Tat, bevor ich mir Sorgen mache, erst einmal abwarten können, ob es mich irgendwo zwickt? Sollte Olivier irgendeinen bösen Virus in sich tragen, müsste Isabelle ihn ja auch haben, und das erscheint mir unvorstellbar: Diese Frau ist zu vollkommen, als dass ihr Körper irgendetwas derart Abscheuliches beherbergen könnte. Aber wenn Olivier mir die Wahrheit gesagt und seit über einem Jahr nicht mehr mit Isabelle geschlafen hat, dann kann es sehr gut sein, dass Olivier mich, obwohl sie nichts hat, trotzdem angesteckt haben könnte. Und woher will ich eigentlich wissen, dass er nicht auch noch mit einer anderen Frau was hatte? Das ist alles ziemlich kompliziert.

»Rötungen, wunde Stellen?«, versucht Dr. Bédard mich zu ermuntern.

»Ich hatte einen anderen Partner.«

»Aha, verstehe«, sagt sie, und während sie weiter auf ihrer Tastatur herumtippt, runzelt sie ein wenig die Brauen. »Ist es nur einmal zum Sex gekommen?«

»Eher öfter … Vielleicht ein Dutzend Mal? Wir haben uns immer geschützt, nur beim letzten Mal nicht, das ist jetzt ein paar Tage her. Ich will nur sichergehen, dass ich mir nichts eingefangen habe. Um mich selbst zu beruhigen, aber auch, um Mathieu nicht anzustecken.«

Frau Dr. Bédard nickt nachdenklich. Als ich Mathieu kennenlernte, wurde er auch schnell zu einem ihrer Patienten. Dr. Bédard hat uns sogar schon einmal zusammen gesehen, die ganze Familie, vor weniger als einem Jahr. Charlottes Kinderärztin war damals im Urlaub, und Frau Dr. Bédard hatte sich bereit erklärt, meine Tochter zu untersuchen, die eine üble Magen-Darm-Grippe hatte.

»Besteht durch den Lebenswandel deines anderen Partners der Verdacht, er könnte dich angesteckt haben? Ist er beispielsweise süchtig?«

»Oh, nein! Es handelt sich um meinen Geschäftspartner.«

Frau Dr. Bédard reißt die Augen auf. Im Hinblick auf mögliche Krankheitserreger dürfte mein Geschäftspartner vertrauenerweckender sein als ein Junkie. Aber vermutlich denkt sie eher, dass Geschichten wie diese, in der Arbeit und Sex vermischt werden, nie gut ausgehen, und macht sich vielmehr in anderer Hinsicht Sorgen. Dass ich zum Beispiel meine berufliche Karriere aufs Spiel setzen könnte.

Ich versichere ihr: »Es ist wirklich vorbei.«

»Gut, ich verstehe«, sagt sie leise. »Dann wollen wir uns das mal ansehen.«

Sie steht auf, legt ein frisches Papier auf den Untersuchungstisch, dann geht sie zu ihrem Schreibtisch zurück und bittet mich, hinter den Vorhang zu gehen. Ich schlüpfe aus meinen Ballerinas, schiebe den Rock bis zur Taille hoch, ziehe mir die Unterhose aus, wickle das grüne Jäckchen um meine Hüfte und lege mich hin. Das Papier raschelt unter dem Gewicht meines Körpers. Ich betrachte die farbige Decke, in der Risse zu erkennen sind, und sehe uns vor mir, Olivier und mich, letzten Freitag, als wir uns aus dem Ausstellungssaal von Penture hinausschlichen. Dort fand gerade die exklusive Präsentationsveranstaltung für Isabelles Rezeptbuch mit dem Titel *Bissfreuden* statt, und ihre Assistentin Romane lief mit einem Stapel von Exemplaren auf dem Arm ständig zwischen meinen verschiedenen Küchenmodellen hin und her. »Das muss aufhören, Maggy«, hatte Olivier gejammert, während er die Hose herunterließ, sobald wir in meinem Büro waren. »Ich kann das nicht mehr.« Wir hatten viel Alkohol getrunken. »Ich auch nicht«, hatte ich ihm versichert. »Das ist das letzte Mal. Hast du die Tür abgeschlossen?« Ich hatte noch Kondome im Geheimfach meiner Handtasche, Spuren dieser Affäre, die wir klugerweise ein paar Wochen zuvor beendet hatten, bevor Penture, wie jedes Jahr, wegen Umbau geschlossen wurde. Aber meine Tasche war irgendwo im Erdgeschoss geblieben, inmitten der feiernden Gäste, und es kam für mich nicht in Frage, wieder hinunterzugehen und sie zu holen. Was Olivier anging, so schien er diesen Verstoß gegen unsere Gewohnheiten nicht einmal bemerkt zu haben; normalerweise zog er sich anstandslos das Kondom über, das ich ihm hinstreckte.

»Hast du immer noch deine Spirale?«, fragt mich Dr. Bédard von ihrer Seite des Vorhangs.

»Ja, ja.«

»Dann machen wir keinen Schwangerschaftstest.« Sie zieht an dem Stück Stoff, das in seinen besten Zeiten einmal weiß gewesen sein dürfte. Das kalte Geräusch der Metallringe, die über die Stange gleiten, erinnert mich daran, in was für eine schändliche Lage ich mich gebracht habe: Charlotte hat ihren allerersten Schultag hinter sich, und statt bei ihr zu sein und sie ins Bett zu bringen, sie zuzudecken und ihr einen Gutenachtkuss zu geben, bin ich in der Klinik, um mich zu vergewissern, dass ich mir keine Krankheit eingefangen habe, die einer jungen Mutter völlig unwürdig ist. Während Frau Dr. Bédard ihre Instrumente vorbereitet, wächst in mir das Bedürfnis, mich zu rechtfertigen. Ohne den Blick von der Zimmerdecke zu lösen, erkläre ich ihr, dass Mathieu als Erster untreu und ich dadurch so verwirrt und verzweifelt gewesen sei, dass ich keinen anderen Weg sah, um Trost zu finden, als es ihm nachzutun. Als würde ich durch meinen eigenen Betrug bei dieser Sache wieder so etwas wie ein wenig Kontrolle zurückgewinnen. Ich höre Frau Dr. Bédard missbilligend mit der Zunge schnalzen, kann aber ihren Gesichtsausdruck nicht sehen und daher auch nur schwer einschätzen, wem ihre Missbilligung gilt: Mathieu, der mich betrogen hat, oder mir, weil ich so naiv bin.

»Habt ihr es schon einmal mit einer Paartherapie versucht?«

»O nein. Momentan ahnt er nicht einmal, dass ich weiß, dass er mich betrügt.«

»Tatsächlich?«

»Ich habe es zufällig herausgefunden. Ich bleibe dabei: Solange er mich nicht darauf anspricht, ist es nichts Ernstes.«

»Gleich zwickt es ein bisschen«, warnt sie mich.

Ich spüre etwas Kaltes und schließe die Augen, damit es weniger wehtut.

Als ich nach Hause in die Rue Saint-Vallier komme, ist die Wohnung vorbildlich aufgeräumt. Charlottes Spielzeug ist wieder in der Truhe beim Fernseher verstaut, das Strickzeug ruht zusammengelegt auf der Armlehne des Sofas, die Zeitschriften liegen in einem ordentlichen Stapel auf dem Couchtisch, der Granit der Kücheninsel und der Arbeitsplatte glänzt vor Sauberkeit.

Durch die Balkontür sehe ich meine Mutter zwischen den chinesischen Lampiongirlanden auf der Terrasse sitzen und eile zu ihr hin. Sie trinkt ein Glas Rotwein und blättert in meinem Exemplar von *Bissfreuden*, auf dessen Cover Isabelle in dem von mir selbst entworfenen weißen und schlichten Küchenatelier zu sehen ist. Isabelle steht mit leicht geneigtem Kopf vor einem Teller ihrer berühmten gesunden und zuckerfreien Brownies – deren Rezept mittlerweile auf der Website von Penture über zwanzigtausend Mal angeklickt wurde – und lächelt. Die weizenblonden Haare umrahmen ihr Gesicht mit der Porzellanhaut. Meine Mutter begrüßt mich mit Küsschen, dann legt sie das Buch beiseite und beschwert sich, sie würde nicht einmal die Hälfte der Zutaten kennen, die Isabelle in ihren Rezepten benutzt.

»Chia, Farro, Kimchi?«

Ich erkläre ihr, dass das mittlerweile schon zum Standard gehört.

»Zum Standard wovon? Sich das Leben kompliziert zu machen?«

Wie es ihre Gewohnheit ist, hebt meine Mutter zu einer detailreichen Schilderung des Nachmittags mit ihrer Enkeltochter an: Charlotte ist brav gewesen, sie scheint Stéphanie, ihre Vorschullehrerin, gern zu haben, im Klassenzimmer haben sie ein Terrarium mit Schnecken drin, ihren Couscous mit Hähnchen hat sie mit gutem Appetit verspeist, den Teller aber nicht vollständig leer gegessen.

»Ich habe ihr Kinderlieder vorgesungen und ihr vor dem Zubettgehen eine Geschichte vorgelesen. Ich hatte schon Sorge, dass sie dadurch wieder munter wird, aber sie ist auf der Stelle eingeschlafen.«

»Danke, Mama. Ich bin mir sicher, Charlotte hat den Abend sehr genossen. Aber du hättest nicht alles aufräumen müssen.«

»Das mach ich doch gern. Du hast so viel um die Ohren. Ich habe sogar ein bisschen durchgefegt. Die Wohnung konnte das durchaus vertragen.«

»Ich weiß. Wir müssen uns mal eine neue Putzfrau suchen.«

»Hattet ihr nicht schon mal eine? Oder vielmehr einen?«

»Ja, aber der hat uns geghostet.«

»Er hat *was* gemacht?«

»Seit drei Wochen antwortet er nicht mehr auf meine Nachrichten. Er hat sich in Luft aufgelöst. Ohne Erklärung. Er existiert nicht mehr. Ein Gespenst!«

»Na, also hör mal! Manche Leute haben wirklich keine Manieren!«

Ich stimme meiner Mutter zu. »Das kannst du laut sagen.«

Dabei habe ich keine Ahnung, was Sylvain veranlasst hat, uns einfach im Stich zu lassen. Beim Einstellungsgespräch und die wenigen Male, die ich ihn gesehen habe, wirkte er verantwortungsbewusst, gut organisiert und diskret, sodass ich ihm gleich vertraut habe. Sylvain wirkte nie verärgert, wenn ich ihm oft nur zwei oder drei Tage im Voraus mitteilte, wann er unter der Woche idealerweise zum Putzen kommen könnte. Vielleicht hat er sein Telefon verloren und kommt jetzt nicht mehr an die Mailbox und an seine Kontakte ran. Vielleicht ist er nach Abitibi zurückgegangen, wo er geboren ist, und hat es nicht für nötig erachtet, mich zu benachrichtigen. Vielleicht hat er eine regelmäßigere und besser bezahlte Anstellung gefunden und nicht den Mut gehabt, es mir zu sagen. Vor ein paar Tagen fiel mir ein, ich könnte Marie-Ève Norbert kontaktieren, eine uralte Schulkameradin, von der ich damals nach einer Facebook-Anfrage Sylvains Kontaktdaten bekommen habe. Vielleicht hatte er sie auch versetzt. Doch dann dachte ich, dass es sich kaum lohnt, das Gespräch mit einer Frau zu suchen, die ich über zwanzig Jahre nicht mehr gesehen habe, nur um Sylvain hinterherzuspionieren.

Meine Mutter steht auf, streicht ihren Rock und ihre Bluse glatt. Sie schnappt sich ihr Rotweinglas und das Exemplar von

Bissfreuden, und wir gehen in die Küche. Als sie ein paar Stunden vorher bei uns ankam, hatte sie trotz meines Protests unbedingt ihre Schuhe ausziehen wollen: »Aber was machen dann die Nachbarn unter dir?«, hatte sie besorgt gefragt. »Deine Sohlen sind so dünn«, hatte ich erwidert, »die machen keinen Lärm.« Aber sie wollte nicht auf mich hören, und jetzt fällt mir auf, dass ihre sauber geschnittenen Fußnägel scharlachrot lackiert sind. Dieses Detail ist mir vorher entgangen, wahrscheinlich weil ich Charlotte auf dem Arm hatte.

»Hübsche Farbe«, sage ich zu ihr und schalte die chinesischen Laternengirlanden aus.

»Findest du? Und? Sind deine Kunden zufrieden mit ihrer neuen Küche?«

Ich hätte meiner Mutter auch erzählen können, dass ich wegen einer Genickstarre oder einer Warze am Fuß zu Frau Dr. Bédard in die Sprechstunde gehen würde, sie hätte sich trotzdem Sorgen gemacht. Daher schob ich lieber berufliche Gründe vor, um meine Abwesenheit an diesem Abend zu rechtfertigen.

»Sie sind absolut begeistert«, antworte ich.

»In welcher Gegend war das noch mal?«

»Äh … in Outremont.«

Das Klingeln ihres Handys bewahrt mich vor weiteren Schwindeleien.

Meine Mutter stürzt zu ihrem Apparat, der auf der Kücheninsel liegt, und setzt beiläufig hinzu: »In der Ecke gibt es tolle Häuser. Da bin ich schon oft gewesen.«

Genau wie ich bekam auch meine Mutter durch ihren Beruf tiefe Einblicke ins Privatleben der Menschen. Über dreißig Jahre war sie für das Einrichtungsgeschäft Linen Chest tätig. Die offizielle Berufsbezeichnung lautete Innenausstatterin, aber ihre Aufgabe war noch etwas konkreter. Sie hatte sich auf den Bereich Fensterdekoration spezialisiert: Gardinen, Stoffe, Vorhänge, Jalousien. Sie half den Kunden bei der Auswahl der besten Produkte, mit denen sie, stets unter Berücksichtigung des Fenstertyps und des jeweiligen Zimmerstils, ihr Zuhause schon bald vor zudringlichen Blicken schützen oder die Sonnenstrahlen aussperren konnten, die ihnen den Schlaf raubten oder das Mobiliar ausbleichten. Anfang der siebziger Jahre hatte sie bei einem ihrer ersten Termine in einem Haus von Rigaud, das selbst noch eine Baustelle war, meinen Vater kennengelernt: Er hatte dort als Fensterinstallateur gearbeitet. Ein Jahr später waren sie verheiratet, und drei Jahre danach kam ich zur Welt.

»Ich geh nach Hause!«, sagt sie.

»Jetzt schon? Warte, ich zahl dir ein Taxi.«

Sie lehnt ab, aber ich protestiere: Es kommt überhaupt nicht in Frage, dass sie zu dieser späten Stunde noch mit der Metro oder dem Bus nach Ahuntsic fährt. Draußen ist es stockdunkel. Ich will wissen, ob sie denn gar nichts von Annabelle Juneau mitbekommen hat, dieser Frau, die Sonntag vor einer Woche beim Carrefour Laval spurlos verschwunden ist. Meine Mutter legt ihre Hand auf meine, ein Zeichen, dass sie mich unterbrechen will, und trotz der Offenherzigkeit ihres Lächelns lese ich aus den Fältchen rund um ihre Augen eine leichte Besorgnis heraus.

»Magalie, ich muss dir etwas sagen.« Mein Herz krampft sich zusammen, und meine Knie werden butterweich. Als ich diesen Satz – »ich muss dir etwas sagen« – das letzte Mal aus dem Mund meiner Mutter gehört habe, folgten die Worte *dein Vater, Krebs, Magen.* Eines Tages, irgendwann, ob jetzt mit vierundsechzig oder später mit neunzig, wird meine

Mutter mir eine schlechte Neuigkeit verkünden, die sie selbst betrifft. Ich sehe wieder meinen Vater auf seinem Bett im Krankenhaus vor mir, stark abgemagert, die Augen leer, die Lippen trocken wie Schmirgelpapier.

Meine Stimme zittert: »Was ist denn? Geht es dir gut?«

»Ich habe mich verliebt.«

Ich fühle mich wie vor den Kopf gestoßen.

»Was? In wen denn?«

»Er heißt André. Wir haben uns im Internet kennengelernt.«

»Mama!«

»Was denn? Ein Dating-Portal für aktive Rentner.«

»Soll das ein Witz sein?«

Meine Mutter nickt sanft mit dem Kopf, dann nimmt sie mich in den Arm. »Oh, Maggy«, seufzt sie.

Ich fange wieder an zu atmen. Meine Mutter ist also nicht krank, zumindest noch nicht. Folglich wird sie mich auch nicht, wie mein Vater, am Ende anflehen, sie umzubringen, weil sie so leidet, und mich dabei an den Film von Denys Arcand erinnern, in dem die Verwandten der Hauptfigur künstlich nachhelfen, um seine Todesqualen zu beenden. Ich versuche trotzdem zu begreifen, welche Konsequenzen diese Ankündigung haben mag, denn sie hat welche, zwar weniger dramatische als in meiner ursprünglichen Fantasie, aber trotzdem. Seit dem Tod meines Vaters hat meine Mutter nie irgendeinen anderen Mann erwähnt. Seit fast sieben Jahren halte ich es für ausgemacht, dass sie für den Rest ihres Lebens Witwe und ledig bleiben wird.

Ein energisches Hupen beendet unsere Umarmung.

Meine Mutter stürzt zum Wohnzimmerfenster, schiebt den Vorhang beiseite und winkt.

»Das ist er!«

Als ich ihr die Handtasche bringe, sehe ich ein Strahlen in ihren Augen. Vorsichtig zieht sie die Schuhe an. Meine Mutter ist schon immer eine Frau gewesen, die auf sich achtet, aber jetzt erst verstehe ich, warum sie offenbar direkt von der Pediküre kam, obwohl der Sommer schon seinem Ende entgegengeht.

»Wir werden demnächst ein Abendessen veranstalten«, teilt sie mir mit, greift sich ins Haar und drückt es in Form, um ihm mehr Volumen zu geben. »Er hat auch einen Sohn, etwa so alt wie du, und eine Enkelin, ein bisschen älter als Charlotte. Ich halte dich auf dem Laufenden.«

Sie umarmt mich, während von der Straße wieder ein Hupen heraufönt. Als sie mit flatterndem Seidenschal die Treppe der Doppelhaushälfte hinuntergeht, werfe ich einen Blick auf das Auto, das in zweiter Reihe in meiner Straße geparkt steht. Ein dunkler Sportgeländewagen, aus dem ein Mann aussteigt. Er ist ein bisschen tattrig und scheint kahlköpfig zu sein, mehr lässt sich nicht sagen, ich kann nicht einmal die Automarke erkennen, weil es stockfinster ist. Nachdem er meine Mutter auf den Mund geküsst hat, öffnet er ihr die Beifahrertür, und sie verschwindet im Wagen. Der Mann kehrt auf seinen Platz hinterm Steuer zurück, und das Auto verschwindet in der Nacht. Himmelherrgott! Hat meine Mutter dieses Individuum zu sich nach Ahuntsic in den Familienbungalow eingeladen, wo er in dem Bett schläft, das sie sich mit meinem Vater geteilt hat? Oder fahren sie zu ihm, wo auch immer das sein mag? Ich bleibe mit all diesen Fragen im Kopf vor der Tür stehen, bevor ich mich an die Arbeit mache, die im Eingang herumliegenden Schuhe ordentlich in eine Reihe zu stellen: Charlottes Gummistiefel, meine unzähligen Ballerinas, Mathieus Herrenhalbschuhe. Ich finde es so vulgär von dem Mann, dass er auf die Hupe gedrückt hat, um meiner Mutter seine Ankunft mitzuteilen. Hätte er nicht einfach eine zweite Nachricht schicken können? Denn die andere von vorhin stammte ja wohl auch von ihm. Als würde er nach einem Hund pfeifen.

Während ich den Wohnzimmervorhang wieder zuziehe, lassen mich Schreie aufhorchen, und ich sehe Valérie Delorme aus dem Haus gehen. Ihre Wohnung liegt im Erdgeschoss der zweiten Doppelhaushälfte südlich der unseren. Sie hat sich eine gestreifte Jacke über die Schulter geworfen, geht mit gebeugtem Rücken und hält ihren riesigen Bauch mit beiden Händen, wobei ihre Brust sich bei jedem Atemzug hebt. Sie schreit so laut, dass ich trotz der großen Entfernung und dem Doppelfenster, das uns trennt, deutlich das »Scheiße« und »Fuck« hören kann, mit dem sie ihren Worten Nachdruck verleiht. Offensichtlich haben die Wehen eingesetzt. Xavier weicht geschickt Valéries Faustschlägen aus, während er ihr über die Straße hilft, hin zu dem neuen Lieferwagen, in dem er sie auf den Beifahrersitz hievt. Eine junge Frau in einem langen Spaghettiträgerkleid kommt mit einer großen Reisetasche aus der Wohnung gerannt, mit Sicherheit Valéries Krankenhaustasche. Xavier schnappt sie sich und wirft sie auf den Rücksitz, dann springt er auf den Fahrersitz und düst davon. Valérie und Xavier haben schon zwei Kinder, darunter die kleine Clara, die in dieselbe Vorschulklasse wie Charlotte geht. Die Unbekannte im langen Kleid sollte wahrscheinlich während der Entbindung auf sie aufpassen, aber momentan steht sie noch mitten auf der Straße, mit auf den Mund gepressten, gefalteten Händen.

Mich überkommt plötzlich ein seltsames Gefühl. Als Mathieu und ich vor etwas mehr als fünf Jahren die Wohnung verließen, um ins Krankenhaus Saint-Luc zu fahren, in dem ich Charlotte zur Welt bringen sollte, waren wir so ruhig gewesen. Ich war schon sieben Tage über dem Termin, daher hatte ich für neun Uhr morgens höchst vorschriftsgemäß einen Termin bei meinem Geburtshelfer, der mir zur Geburtseinleitung eine Spritze geben sollte. Nur scheint mir, hätten Mathieu und ich dieses Ereignis mit mehr Chaos und Panik erlebt, wäre alles etwas unvorhersagbarer und wilder abgelaufen, dann hätte es uns vielleicht nähergebracht: Wir hätten uns gemeinsam der Angst, dem Kontrollverlust und dem Unbekannten gestellt. Stattdessen waren wir dem wohl bedeutendsten Ereignis unseres Lebens auf eine so wohlgeordnete Art begegnet, als würde es sich um einen Spaziergang durch den botanischen Garten handeln. Mathieu hatte sogar unterwegs angehalten, um Benzin zu tanken, weil es dort billig war, und als er bezahlen wollte, bat ich ihn noch, mir zwei oder drei Flaschen Wasser mitzubringen. Und wenn ich ihn angeschrien hätte, wie Valérie es gerade mit Xavier getan hatte? Und wenn ich ihn gebissen und gekratzt hätte? Hätte das vielleicht diese Höflichkeit gesprengt, mit der wir einander begegnen, seit wir uns kennen? Wäre unsere Beziehung dadurch vielleicht offener und ehrlicher geworden? Wie sollte man das wissen? Ich ziehe die Vorhänge zu.

Ich habe mich selten bei einem Essen so gelangweilt wie an dem Abend, als Mathieu und ich uns bei gemeinsamen Freunden kennenlernten. Die Diskussionen drehten sich im Kreis, und der Raclettegrill war kaputt, was dieses viel zu salzlastige Essen noch in die Länge zog. Außerdem schien mir, dass dieser über eins achtzig große junge Mann mit dem kastanienbraunen Haar, der einen Anzug trug – »ich komme direkt aus dem Büro«, hatte er bei seiner Ankunft verkündet und eine Rotweinflasche auf den Tisch gestellt, was entweder sein Zuspätkommen oder seine Kleidung erklären sollte, was genau, war nicht ganz klar –, sich nicht für mich interessierte, sofern man das Interesse, das ein Unbekannter einem entgegenbringt, an den Blicken messen kann, die er einem zuwirft, was für mich in der Regel ein ziemlich zuverlässiger Indikator ist. Mir dagegen war sein spontanes Lachen aufgefallen, die Sicherheit, die er ausstrahlte, ein gewisses Selbstvertrauen, das durch nichts zu erschüttern schien und beispielsweise in seiner Art zum Ausdruck kam, sich zu entschuldigen, bevor er auf die Toilette ging, und auf dem Rückweg vor einem Bücherregal stehen zu bleiben, um sich die Titel der Buchrücken anzusehen und dabei die Gespräche auszublenden, die zwei Meter von ihm entfernt stattfanden. Mathieu schwebte irgendwo über uns allen, und seine überaus raffiniert zur Schau getragene Gleichgültigkeit strahlte in meinen Augen ein besonderes Charisma aus. Als ich wenige Monate später einige seiner Kollegen kennenlernte, wurde mir klar, dass fast alle Anwälte diese mit Lässigkeit gefärbte Ausgeglichenheit besitzen, eine Haltung, die sie sich wahrscheinlich zugelegt haben, weil sie in den Augen ihrer Kollegen, Chefs und Klienten souverän wirken müssen, selbstsicher und durch nichts aus der Ruhe zu bringen.

Einen Tag nach dem Essen rief Mathieu mich überraschend an. Die Telefonnummer hatten unsere gemeinsamen Freunde ihm gegeben. Mit der gleichen distanzierten Selbstsicherheit in der Stimme lud er mich ins Restaurant ein. Im Bistro Chez Roger, wo er mit einer einfachen Jeans und einem Hemd am Tresen saß, wirkte er jünger. Sein juristisches Spezialgebiet waren Handelsstreitigkeiten und städtische Angelegenheiten;

nach eigener Aussage war er nicht gerade das, was man in seinen Kreisen einen *rainmaker* nannte. Aber das kratzte ihn nicht besonders, und er behauptete, keine Lust zu haben, sich wie einige der Mitarbeiter seiner Firma für den Job aufzuarbeiten. Sein Ehrgeiz, so sagte er, habe Grenzen, und was er sich vor allem wünsche, sei eine Familie. Damals befand ich mich in einer Phase, in der mir überhaupt nichts interessant vorkam. Nach dem Tod meines Vaters rutschte ich zwar nicht in die Depression ab, aber alles um mich herum kam mir bedeutungslos und flüchtig, ja geradezu irreal vor. Nach ein paar Gläsern Wein hatte ich versucht, Mathieu diesen Zustand zu erklären, und er schien mich zu verstehen, auch wenn er sagte, er selbst habe noch nie einen ihm nahestehenden Menschen verloren: »Du bist in Trauer«, sagte er leise zu mir und sah mir tief in die Augen. »Das ist gerade mal zwei Monate her. Solche Dinge brauchen Zeit.« Ich wusste, dass er recht hatte – genau das predigte ich tagtäglich meiner Mutter, dass die Zeit uns helfen würde; die Zeit, nichts als die Zeit. Je weiter der Abend voranschritt, desto angenehmer und tröstlicher wurde mir seine Gesellschaft. Damals war ich selbstständig, meine Kunden bekam ich allein durch Mund-zu-Mund-Propaganda. Um trotz der schmerzlichen Phase, die ich durchlitt, nicht den Eindruck zu erwecken, ich hätte keinerlei Ziele, erzählte ich Mathieu von meinem Vorhaben, im Laufe des Jahres für ein Praktikum bei einer der weltweit anerkanntesten Küchendesignfirmen nach Suffolk in England zu gehen. Wer weiß, vielleicht würde ich mich dort niederlassen? Das hatte bei Mathieu offenbar Eindruck gemacht, umso mehr, als er erfuhr, dass die schicke neue Küche im Landhausstil unserer gemeinsamen Freunde, die er am Vorabend zum ersten Mal hatte bewundern dürfen, von mir entworfen worden war.

»Das muss ein Vermögen gekostet haben!«, hatte er bemerkt. »Fast fünfunddreißigtausend«, hatte ich ihm im Vertrauen geantwortet. »Ach so, deshalb haben sie uns Pellkartoffeln mit Käse serviert«, hatte er gescherzt. »Sie haben keinen Cent mehr!« Darüber musste ich lachen.

Es war Mitte Februar. Draußen wirbelten die Schneeflocken im Lichtschein der Straßenlaternen der Rue Beaubien. Als wir die Rechnung bezahlten, war das Restaurant bereits menschenleer. Mathieu hatte mich zu sich nach Hause eingeladen. Wir waren in ein Taxi gestiegen, das Richtung Rue Saint-Vallier fuhr, und so hatte unsere Geschichte begonnen.

Als ich aufwache, merkte ich, dass Charlotte sich an mich geschmiegt hat; obwohl sie schon fünf ist, steht sie manchmal nachts auf, um sich zu uns ins Bett zu legen. Baboune, ihr zerrupfter, aber über alles geliebter Plüschaffe, schläft in ihrem Nacken. Ich spüre ein schmerzhaftes Stechen im Unterleib, das wahrscheinlich von den Abstrichen kommt, die vor ein paar Stunden gemacht wurden. Der Wecker auf dem Nachttisch neben Mathieu steht auf halb zwei. Er hat wahrscheinlich die Gelegenheit genutzt, seine Klienten in eine der Weinbars im Stadtzentrum mitzunehmen und selbst etwas mehr zu trinken als sonst, denn er ist nicht mit dem Auto unterwegs. Eines ist sicher, er kann unmöglich bei ihr sein; ich werde also problemlos wieder einschlafen können. Sophie Hyndman weilt nämlich gerade in Barcelona. Gestern hat sie dort am Strand eine mit riesigen Langusten garnierte Paella verspeist, wie auf dem Foto zu sehen war, das sie auf Facebook gepostet hat. Vor zwei Jahren, als die Teilhaber von Blitt Cantin Ségur ein Familienwochenende im Mont-Tremblant organisierten, hatte sie noch nicht in Mathieus Kanzlei gearbeitet. Ich bin ihr nie begegnet, das macht sie für mich noch weniger greifbar. Ich weiß über sie nur so viel – abgesehen davon, dass sie sich auf den Bereich Fusionen und Übernahmen spezialisiert hat und Nacktfotos von sich macht, die sie anschließend Mathieu schickt –, dass sie die Tochter eines Richters des Berufungsgerichts von Québec ist. Hat Mathieu deshalb eine Affäre mit ihr? Ist er von ihrer Herkunft beeindruckt, die das Siegel des Großbürgertums trägt, während er, genau wie ich, aus der Mittelklasse kommt? Zu Beginn unserer Beziehung hatte Mathieu mir erzählt, wie sehr er sich während seines Jurastudiums an der Universität von Montréal als Außenseiter gefühlt hat, da sich unter den Studierenden dieser Fakultät endlos viele Erben renommierter Juristen und Provinzpolitiker tummelten. Auf Mathieu, dessen Vater Mechaniker und dessen Mutter Sekretärin war, dürfte dieses Umfeld ziemlich einschüchternd gewirkt haben. Und obwohl er bei den Anwaltsexamina als einer der Besten abschloss und eine große Sicherheit ausstrahlt, leidet er im Vergleich mit seinen Partnern möglicherweise immer noch unter diesem Unterlegenheitsgefühl. Vielleicht will er dadurch, dass er mit der Tochter eines Richters schläft, seine Sehnsucht nach Besonderheit und Anerkennung befriedigen, was er mit mir nicht kann. Woher soll ich wissen, was in seinem Unterbewusstsein vor sich geht?

Ich nehme Charlotte auf den Arm. Auf der kurzen Strecke von meinem Zimmer in ihres drücke ich meine Nase in ihr Haar und werde wieder ganz ruhig: Sie hat zwar nicht mehr ihren Babygeruch, aber er ist immer noch einzigartig. Vorsichtig bringe ich meine Tochter in ihr Bett und ziehe ihr die Decke bis zur Brust hoch, dann lege ich ihren kleinen Baboune neben sie.

Als ich aus dem Zimmer gehe, sehe ich im Halbdunkel auf der Kücheninsel mein Smartphone liegen. Ich schnappe es mir und schalte den Bildschirm ein; vielleicht hat Mathieu mir geschrieben, damit ich mir keine Sorgen mache, dass er so spät noch nicht zu Hause ist. Ich habe tatsächlich zwei Nachrichten erhalten, aber keine ist von ihm. Die erste ist von meiner Mutter. Sie wurde um zehn vor zwölf abgeschickt. »Gute Nacht, Maggy, ich hab dich xxx lieb.« Meine Mutter hat offensichtlich verstanden, in welche Verwirrung mich die Ankündigung von vorhin gestürzt hat. »Ich dich auch«, antworte ich ihr, obwohl ich hoffe, dass sie um diese Uhrzeit längst schläft.

Die zweite Nachricht wurde um halb eins abgeschickt, von einer mir unbekannten Nummer. »Das solltest du nicht tun.« Ich frage mich, ob sie von einem neuen Kunden kommt, dessen Kontaktdaten ich noch nicht in mein Adressbuch aufgenommen habe, aber die Idee erscheint mit abwegig: Was für einen Sinn sollten diese Worte haben? Aus Höflichkeit schreibe ich »Falsche Nummer« und schicke die Nachricht ab. Dann gehe ich zurück in mein Bett, dessen zerwühlte Laken in diesen wenigen Minuten bereits total kalt geworden sind.

Donnerstag, 8. September

Guillaume,
Monique und ich würden Sonntagabend gerne ein Treffen mit unseren beiden Familien organisieren: ein schönes gemeinsames Abendessen. Das ist alles etwas kurzfristig, aber der Wetterbericht ist gut, und Grillen im Hof ist doch immer eine feine Sache. Hast du frei oder musst du arbeiten? Fällt das auf einen der Tage, an denen Julianne bei dir ist? Sonst könntest du dich vielleicht mit Karine arrangieren? Euer Fifty-fifty-Modell macht einem das Planen manchmal ganz schön schwer. Als ich und deine Mutter uns damals scheiden ließen, war das einfacher: zwei Wochen bei dem einen, zwei Wochen bei dem anderen. Wir haben unsere Zeit nicht damit verschwendet, uns komplizierte Umgangspläne auszudenken. Bei deinem Beruf ist das allerdings verständlich. Aber ich schweife ab. Wir hätten einfach gerne, dass alle sich kennenlernen, da wäre es doch schön, wenn Julianne und du auch kommen könntet. Gib mir bitte schnell Bescheid. Wenn es nicht geht, machen wir etwas mit mehr Vorlauf aus, für einen anderen Abend.

Dein Vater

PS: Hast du Montag einen meiner Pinsel mitgenommen? Falls ja, bring ihn mir bitte zurück.

2

Guillaume

Sonntag, 11. September

Sie sind jetzt fast eine halbe Stunde zu spät.

Monique bringt uns Bier auf die Terrasse und versichert, dass sie jeden Augenblick kommen werden. Aber plötzlich kommen ihr doch Zweifel, die sie auch gleich zum Ausdruck bringt: Hat sie sie vielleicht für sechs Uhr herbestellt statt für fünf? Sie schnappt sich ihr Telefon, das auf dem Tisch liegt, und checkt ihre Nachrichten. Das ist meine zweite Begegnung mit der Lebensgefährtin meines Vaters. Die erste fand letzten Montag statt, am Tag der Arbeit. Ich war gekommen, um meinem Vater beim Streichen seiner Veranda zu helfen. Am späten Nachmittag war Monique in ihrem kleinen roten Toyota aufgetaucht, eine Flasche Rosé in der Hand. Mein Vater bot mir an, mit ihnen gemeinsam noch einen Aperitif zu trinken, aber ich hatte ein Softball-Match mit Freunden vorgeschoben und sie allein gelassen. Darüber schienen sie auch nicht besonders enttäuscht zu sein.

Ich kenne Monique also noch nicht wirklich. Aber ich sehe,

wie sie ihren langen khakifarbenen Rock glatt streicht, und höre, wie sie meinen Vater schon zum zweiten Mal fragt, ob er genug Fleisch fürs Abendessen gekauft hat, und kann mir sehr gut vorstellen, wie ihr zumute ist: Monique ist nervös. Ihre Nervosität ist nicht wie die von Leuten, die etwas zu verbergen haben, wie bei diesem Drogendealer, den ich gestern vor dem überdachten Eingang der Metrostation Mont-Royal verhaftete und dem der Schweiß schon aus den Haarwurzeln perlte. Nein, eher wie die Nervosität von Leuten, die sich gerade fragen, ob sie alles richtig machen, während sie gleichzeitig genau wissen, dass es für einen Rückzieher schon zu spät ist. Wie das Gefühl, das manche Flugzeugpassagiere kurz vorm Abheben überkommt: Sie wären jetzt lieber woanders, drehen nervös Däumchen, hüsteln, schauen nach den Notausgängen; niemals hätten sie sich auf dieses gefährliche Abenteuer einlassen dürfen, denken sie, plötzlich überzeugt, dass das Flugzeug abstürzen wird. Aber sie haben ja keine Wahl mehr. Ihre Koffer wurden bereits in den Frachtraum geworfen, ihnen wurde das Video mit den Notfallmaßnahmen vorgespielt, die Kabinentüren wurden verriegelt, die Cockpittüren ebenso, die Flugbegleiter spazieren nicht mehr durch den Gang, um Hinterlassenschaften einzusammeln – sie sind, wie alle Mitreisenden, an ihren Sitz geschnallt und stumm, während das Flugzeug langsam auf die Startbahn zurollt. Aussteigen ist jetzt nicht mehr möglich, man muss zu seiner Wahl stehen und kann nur noch beten, dass es die richtige war. Wahrscheinlich geht es Monique gerade genauso. Nach außen hin nimmt sie kleine Schlucke von dem Weißwein und gerät in Verzückung über die Pracht der Anemonenbüsche im Nachbargarten, aber im Stillen, in ihrer Seele, betet sie, dass das Flugzeug, in das sie uns alle hat einsteigen lassen, nicht am Boden zerschellt, anders gesagt: dass alle Personen, die sie an diesem Abend zusammenbringen wollte, sich gegenseitig akzeptieren.

Obwohl der Abend bei ihm stattfindet, mitten im Quartier Notre-Dame-de-Grâce, und er in seiner Einladungsmail sehr begeistert klang, ist er ganz bestimmt nicht der Initiator dieses Abends. André Hamelin ist ein geselliger Mann, das schon, aber wer sich in Erinnerung ruft, auf welche Art seine vorherige Liebesbeziehung vor zwei Jahren endete, dem ist auch klar, dass ihm sicher erst einmal nicht so viel daran liegt, die Nachkommenschaft seiner neuen Flamme kennenzulernen. Zumindest hoffe ich das. Ich habe übrigens meine Zweifel, dass er Monique von dem Ende seiner letzten Beziehung berichtet hat, denn seine Fehler zuzugeben oder sich in einem ungünstigen Licht zu zeigen, ist nicht gerade seine Stärke. Ich hätte übrigens überhaupt nichts von dieser jämmerlichen Sache erfahren, hätte die unglückliche Estelle mich nicht in Tränen aufgelöst angerufen, wütend, unter Schock, weil sie wissen wollte, ob es nicht irgendeinen Weg gäbe, meinen Vater zu verklagen. Dass sie ausgerechnet mich gefragt hat, den Sohn des Mannes, der ihr das Herz gebrochen hat, war nur ein weiterer Beweis dafür, wie sehr er sie verletzt hat. Ich musste sie enttäuschen und ihr erklären, dass mein Vater nicht gegen das Gesetz verstoßen hat. Gegen die Moral ganz bestimmt, auch gegen Anstand und Schicklichkeit, aber ein Verbrechen hat er im juristischen Sinne nicht begangen. Und auch wenn mich diese wenig glorreiche Episode im Leben meines Vaters nicht wirklich betrifft, muss ich zugeben, dass meine Achtung vor ihm darunter sehr gelitten hat.

Plötzlich klingelt es an der Eingangstür. Monique springt auf, lässt meinem Vater aber auf dem Weg zurück ins Haus den Vortritt. Auch wenn es ihre Familie ist, die wir erwarten, fühlt sie sich wahrscheinlich noch nicht sicher genug, um an der Tür eines Hauses, das nicht ihr gehört, Gäste zu empfangen.

Hinten auf der Terrasse liegt meine Tochter wie ausgeknockt auf dem Liegestuhl und rührt sich nicht. Ich spreche ein paar deutliche Worte: »Hallo, der Besuch ist da. Weg mit dem Handy. Und zwar sofort.«

Meine Tochter antwortet mir einsilbig, und ich muss aufstehen und versuche, ihr den Apparat aus der Hand zu reißen. Sie schaltet das Handy aus, aber nicht schnell genug, sodass ich noch das Logo der App sehen kann, bei der wir ihr eigentlich verboten hatten, sich anzumelden.

»Gib es her, sonst ist es für den Rest der Woche eingezogen!«

»Kannst du ja gar nicht, da bin ich bei Mama!« Julianne versteckt ihr Handy hinterm Rücken, sieht mich herausfordernd an und stößt ein »Haha!« aus.

Ich merke, dass wir nicht mehr allein sind, dass sie hinter uns auf der Terrasse stehen und es lächerlich wäre, wenn ich jetzt darauf beharren würde, meine Disziplinarmaßnahme durchzuziehen, zumal der erste Eindruck oft entscheidend ist und ich nicht wie ein Polizist rüberkommen will, der sein Kind mit militärischer Strenge erzieht.

Trotzdem, wann ist meine Tochter so faul und undankbar geworden? Dieses Smartphone war wieder einmal so eine glorreiche Idee ihrer Mutter. »Es ist mir lieber, ich weiß, wo sie ist.« Und wo ist sie? In der Parallelwelt der Pixel und Megabytes, mit rauchendem Hirn, dabei hat sie mich gestern noch angefleht, mit ihr im Keller eine Legostadt zu bauen. Als ob ich selbst daran glauben würde, recke ich einen Finger in die

Luft und greife mir etwas aus meinem bewährten Repertoire an Drohungen: »Darüber sprechen wir noch.«

Monique stellt uns einander vor, und alle schütteln sich die Hand, nur die kleine Charlotte versteckt sich unter ihrem Strohhut und weigert sich, vom Arm ihrer Mutter herunterzusteigen. Moniques Tochter Magalie ist groß, dunkelhaarig, schlank und hübsch. Sie trägt ein schwarzes Kleid, dessen Ärmel sie bis zum Ellbogen hochgekrempelt hat, und dazu Leopardenballerinas. Ihre Wangen sind mit Sommersprossen übersät, und sie wirkt ein bisschen müde, aber trotz der dunklen Augenringe ist ihr perlgrauer Blick lebhaft und intelligent. Mein Vater hat mir erzählt, dass sie als Küchendesignerin für eine kleine hippe Firma in Montréal arbeitet. Mathieu, ihr Ehemann, ist Anwalt und betreibt eine Kanzlei im Stadtzentrum. »Aber er ist kein Anwalt für Strafrecht«, hatte mein Vater hinzugefügt, als könnte mich das stören, »sondern Fachanwalt für Wirtschaftsrecht.« Er ist Anfang vierzig und eine eher gepflegte Erscheinung: zu ausgewaschenen Jeans trägt er braune Lederschuhe, ein weißes Hemd mit einem tadellos sauberen Kragen und verströmt einen holzigen Duft nach Eau de Cologne. Er nimmt seine getönte Brille ab und steckt sie sich in die dunkelbraunen Haare, eine Höflichkeitsgeste, die ihn jedoch zu nerven scheint, und ich bemerkte den hochnäsigen Blick, mit dem er das Mobiliar auf der Terrasse mustert und beim Sonnenschirm haltmacht, ehe er sich wieder mir zuwendet. »Hocherfreut.« Er drückt mir eine Flasche Rotwein in die Hand. »Hier, ein kleiner Pinot«, sagt er.

Julianne hat ihren Liegestuhl verlassen und ihr Telefon weggepackt, um mit Magalie und Mathieu einen schlaffen Händedruck zu tauschen. Sie reißt sich zusammen und schneidet Charlotte keine Fratze. Dieses Kind, das muss man schon sagen, brüllt sich wirklich die Seele aus dem Leib und weigert sich, vom Arm ihrer Mutter auf den ihrer Großmutter umzusteigen, auch wenn diese die Arme weit geöffnet hat.

»Komm her, mein Schatz. Komm!«

»Sie ist wahnsinnig müde«, erklärt uns Magalie. »Wir mussten sie aus dem Mittagsschlaf aufwecken. Deshalb sind wir auch zu spät.«

Ich versuche, gegen den Lärm anzubrüllen.

»Wie alt ist sie denn?«

Diese Frage stelle ich nur, damit sie sich wohler fühlen, nach dem Motto: Wissen Sie, herumbrüllende Kinder sind etwas, da müssen alle Eltern durch, das darf uns nicht daran hindern, uns miteinander zu unterhalten.

»Fünf«, sagt Magalie, die so durcheinander zu sein scheint, dass man fast meinen könnte, sie würde auch gleich anfangen zu heulen.

Mit ein paar »Sch, sch« wiegt sie ihre Tochter, aber Charlotte brüllt weiter und feuert ihren Strohhut auf den Boden.

»Mein Schatz, hat sie sich vielleicht einen Virus eingefangen?«, fragt Monique besorgt und legt eine Hand auf die Stirn ihrer Enkelin, bevor sie zu dem Schluss kommt: »Sie fühlt sich aber nicht heiß an.«

Mathieu wirkt verärgert. Er hebt den Strohhut seiner Tochter auf.

»Hast du Baboune eingepackt?«, fragt Magalie und steht auf.

»Ich weiß nicht mehr. Schau halt nach.«

Sie macht eine kleine Hüftdrehung, damit er an den Reißverschluss der großen Tasche herankommt, die sie sich quer umgehängt hat. Mathieu lässt seinen Arm darin verschwinden, kramt ein bisschen herum und zieht triumphierend einen Plüschaffen mit haarigem Kopf heraus. »Ha! Ja, wen haben wir denn da?«, fragt er seine Tochter. Charlotte schnappt sich das Plüschtier und presst es ans Herz.

Das Heulen ist augenblicklich vorbei.

Mit einem komischen Gefühl im Magen übernehme ich die Aufsicht des Grills. Ich lege eine Reihe von Hühnerfleisch-, Rindfleisch- und Gemüsespießen auf, wende sie in regelmäßigen Abständen und halte die Flamme niedrig, damit nichts verkohlt. Fünf Jahre, so alt war Julianne, als wir die Entscheidung trafen, uns zu trennen.

Auch wenn mir das Wort Entscheidung übertrieben vorkommt. Dieser Schluss, zu dem wir nach neun gemeinsamen Jahren gekommen sind, hat sich uns eher als etwas ganz Natürliches präsentiert, als das Ergebnis eines stillen Prozesses, den man mit bloßem Auge nicht hatte sehen können, eine Art Kontinentaldrift. Wir standen auf ein und demselben Stück Erde, bis zu dem Augenblick, in dem wir merkten, dass uns ein Meer von Tausenden von Kilometern trennt, ein kaltes und tiefes Gewässer, in das wir nicht die Zehen zu tauchen wagten. Ich habe ihr ihren Anteil unseres Bungalows in der Rue Lapointe in Sainte-Julie ausbezahlt, wodurch sie sich in weniger als drei Kilometern Entfernung in einer neuen Immobilienanlage beim Boulevard Armand-Frappier eine Eigentumswohnung leisten konnte. Uns war es wichtig, Julianne nicht aus ihrer gewohnten Umgebung zu reißen und die Durchführung des gemeinsamen Sorgerechts so unkompliziert wie möglich zu gestalten.

Bis sie neun war, hatte Julianne auch ein Stofftier, von dem sie sich nie trennen und das sie bei jedem Kummer trösten konnte. Wenn Karine oder ich vergessen hatten, Fanfan in den Koffer zu packen, mit dem sie zum anderen Elternteil umzog, merkte unsere Tochter das spätestens beim Zubettgehen, und das Drama war perfekt, denn ohne ihren kleinen blauen Elefanten konnte sie nicht schlafen. Ich vergaß ihn natürlich häufiger als Karine – ein fanatischer To-do-Listen-Fan – und habe dafür bezahlt. Eines Sonntagabends, als ich zu Karines Wohnung an der Place de Chambord joggte, Fanfan unter den Gummizug meiner Shorts geklemmt, fand ich François im Wohnzimmer sitzen, wo er ein Bier trank und sich das Footballspiel der Green Bay Packers gegen die Denver Broncos ansah, das gleiche Spiel, das ich mir gerade wenige Minuten zuvor angesehen hatte, als Karine mich anrief und mit angepisster Stimme fragte: »Ich wette, Fanfan liegt noch bei dir, stimmt's?« François war aufgestanden, um mir die Hand zu schütteln und mich zu fragen: »Na, wie geht's denn so?« Sein Blick war eine Mischung aus Mitleid und unerschütterlicher Seelenruhe, er schien sagen zu wollen: »Machen wir uns nichts vor, du hättest es sowieso früher oder später erfahren.« Karine musste zu Julianne zurück und sie ins Bett bringen, ich hatte ihr Fanfan gegeben, und sie hatte sich dreisterweise darüber aufgeregt, dass mein Schweiß auf das Synthetikfell gekommen sei. Ich hatte Lust sie anzubrüllen: »Du pennst mit einem Typen, den ich dir vorgestellt habe, und jetzt besitzt du auch noch die Unverschämtheit, mir hier wegen eines Plüschtiers Stress zu machen?« Stattdessen lief ich auf dem Rückweg einen Umweg von mehreren Kilometern über den Chemin du Fer-à-Cheval, ohne auch nur ein einziges Mal zum Luftholen anzuhalten. Ich wusste, dass Karine mich nie mit François betrogen hatte. Das war ausgeschlossen, denn ich hatte sie ja erst nach unserer Trennung mit ihm bekannt gemacht. Was mir den Hals zuschnürte war also nicht so sehr das Gefühl, betrogen worden zu sein. François war nicht einmal ein Freund von mir, nur ein Bekannter, der Bruder meines Polizeikollegen Hamel, Hundeführer der Diensthundestaffel. François nahm manchmal an unseren Softballturnieren teil, nach denen wir meistens gemeinsam etwas essen oder ein Bier trinken gingen. Das waren auch schon die einzigen Gelegenheiten gewesen, bei denen ich mich ein wenig mit ihm unterhalten hatte. Wie sein Bruder war auch er ein passionierter Hundefan, das lag in der Familie, schließlich waren sie auf einem Bauernhof in der Gegend von Joliette aufgewachsen. Heute lebte er in der Nähe des Mont Saint-Hilaire und verdiente ein Vermögen mit Hunden, die er auf das Aufspüren von Bettwanzen abgerichtet hatte. Je mehr die Viecher zum öffentlichen Gesundheitsproblem wurden, desto gefragter war er: Hotels, Krankenhäuser, Kinos, öffentliche Bibliotheken, Sozialwohnungen. Im ersten Herbst nach unserer Trennung hatte es die Schule erwischt, in der Karine unterrichtete, und Karine war natürlich jede Nacht aufgewacht, um sich zu kratzen und ihre Bettlaken zu inspizieren, weil sie überzeugt war, Bettwanzen in ihr Zuhause eingeschleppt zu haben. Ich fand das völlig absurd – mal wieder –, bat Hamel aber trotzdem um die Telefonnummer seines Bruders. Wenn dreihundert Dollar ausreichten, um meine Ex wieder zur Vernunft zu bringen, warum nicht? François kam also mit Puck, einem Königspudel, um ihre Wohnung zu durchsuchen, und wenn ich mich nicht irre, fand das arme Tier nichts Interessantes zu schnüffeln, im Gegensatz zu seinem Herrchen, wie ich sechs Monate später auf ebenso unerfreuliche wie überraschende Weise erfuhr. Ab diesem Augenblick hatte sich für mich der Bruch erst richtig vollzogen.

Hatte ich gehofft, eines Tages zu Karine zurückzukehren? Ich weiß es nicht. Nach unserer Trennung habe ich unsere Entscheidung ein paarmal in Frage gestellt. Waren wir zu vorschnell? Geht es nicht allen jungen Eltern so, dass sie sich im Alltag aus den Augen verlieren? Würde es nicht genügen, sich ein wenig zusammenzureißen? Wäre das nicht besser für Julianne? Karine war nicht vollkommen, aber ich war es auch nicht, und ich muss sagen, die wenigen jungen Frauen, die ich auf einer Dating-Plattform kennengelernt und mit denen ich mich in den ersten Monaten meines Singledaseins verabredet hatte, waren am Ende allesamt weniger hübsch als auf dem Foto und so langweilig, dass ich mich schon bald wieder abmeldete. In der Patientenaufnahme des Hôpital Notre-Dame gab es eine gewisse Schwester Geneviève, die ich kennenlernte, als ich einen Notfall begleitete, einen Schizophrenen kurz vorm Exitus, den ich im Keller einer Pizzeria in der Avenue Papineau in seinen Exkrementen gefunden hatte. Geneviève und ich hatten mehrmals miteinander geschlafen und unsere Beziehung schien einen guten Anfang genommen zu haben, aber wenige Wochen später nahm sie ein Jobangebot in einem Krankenhaus auf der Gaspé-Halbinsel an, wo die Patienten nicht ganz so schwierig waren. Das ist Jahre her. Seither irre ich in sexueller und emotionaler Hinsicht durch die Wüste.

Ein warmer Arm legt sich um mich, ein kleiner Kopf lehnt sich auf Achselhöhe an mich. Julianne zeigt mir zwar immer seltener ihre Zuneigung, aber ganz vorbei ist es damit noch nicht.

»Das riecht gut, Papa, gibt's bald was zu essen?«

Ich streiche meiner Tochter zärtlich übers Haar und bitte sie, mir die Teller zu bringen, aber Monique hört mich und sagt, sie werde sich darum kümmern. Mein Vater sitzt auf der Terrasse und entkorkt die Flasche Wein, die Mathieu mitgebracht hat. Ich höre, wie sie sich über italienische Rebsorten unterhalten und dass mein Vater sich dabei als Kenner ausgibt. Magalie steht mit Charlotte im Garten bei einem Strauch gelber Blumen, die aussehen wie Sonnenblumen, aber keine sind. Sie zeigt ihr etwas auf einem Stiel.

»Das will ich haben, das will ich haben«, piepst Charlotte.

»Ist das eine Raupe?«, frage ich.

Magalie schaut zu mir hoch, überrascht, dass ich mich in ihre Vertraulichkeit einmische. Sie senkt den Kopf.

»Nein, eine Schnecke.«

Wir tauschen ein Lächeln, und ich drehe die Gasflasche des Grills zu.

Wie immer, wenn ich neue Leute treffe, werde ich über mein Leben als Polizist ausgefragt oder bekomme das letzte Verbrechen geschildert, dessen Opfer oder Zeuge man geworden ist. Magalie beispielsweise hatte sich letzten Juli mit Mathieu in der Nähe seines Büros im Stadtzentrum zum Mittagessen verabredet. Sie hatten gerade mit dem Essen begonnen, als plötzlich mit Pistolen bewaffnete Zivilbeamte zwischen den Tischen herumsprangen und sich die beiden Gäste am Nebentisch schnappten.

»Sie haben sie mitten auf der Terrasse über ihre Rechte belehrt, ihnen Handschellen verpasst und sie dann in zwei verschiedene Wagen verfrachtet«, erzählt Mathieu.

»Nach fünf Sekunden war alles vorbei«, setzt Magalie hinzu, während sie ihrer Tochter das Rindfleisch kleinschneidet. »Das war wirklich beeindruckend. Hier, Chacha, iss.«

»Wir haben uns abends dann die Nachrichten angesehen,

weil wir neugierig waren, ob sie darüber berichten würden, und wissen wollten, wer es gewesen war – Mitglieder einer Motorradgang, Mafiosi –, aber sie haben gar nichts dazu gebracht«, setzt Mathieu hinzu.

Magalie sieht mich fragend an, als warte sie auf ein Zeichen. »Das sagt dir wohl nichts?«

Ich zucke nur mit den Schultern: »Es sind gerade viele Sondereinsatzkommandos unterwegs.«

Sie wirkt enttäuscht, und auf einen Schlag fühle ich mich inkompetent, als hätte ich kleiner Polizeibeamter mal wieder keinen blassen Schimmer, was für spektakuläre Verhaftungen die Kollegen von der Oberliga vornehmen. Allerdings ist die Szenerie, die sie mir geschildert haben, nichts Außergewöhnliches und gehört zum Alltag vieler Ermittlungsbeamten. Als Julianne uns fragt, ob sie mit Charlotte in den Keller dürfe, um ihr ein paar von den alten Spielsachen zu zeigen, die mein Vater noch aufgehoben hat, und als mein Vater und Monique den Umstand, dass die Kinder nicht mehr am Tisch sitzen, dazu nutzen, mich über den Fall auszufragen, über den jetzt alle reden, nämlich den Vermisstenfall Annabelle Juneau, die vor etwa drei Wochen beim Carrefour Laval spurlos verschwunden ist, ergreife ich die Gelegenheit, mich wieder ins rechte Licht zu rücken: Ich erzähle ihnen bis ins kleinste Detail, was ich über diese mysteriöse Sache weiß. Der wurde zwar an die Polizei von Laval übergeben, aber die Einheit von Montréal, zu der ich gehöre, ist natürlich an der Ermittlung beteiligt. Ich spüre alle Blicke auf mich gerichtet, als ich ihnen verrate, dass Annabelle Juneaus Ehemann von der Liste der Verdächtigen gestrichen wurde, weil Dutzende von Zeugen bestätigen konnten, dass er zum Zeitpunkt ihres Verschwindens gerade mit Freunden im Jarry-Park Fußball gespielt hat.

»Ach ja? Ich arbeite beim Park, gleich gegenüber!«, ruft Magalie aufgeregt.

Ich halte kurz inne und sehe sie überrascht an, denn ist das nicht ein wahnsinnig weiter Weg, wenn sie extra von Villeray zu einem Restaurant im Stadtzentrum fährt, nur um sich mit Mathieu zum Mittagessen zu treffen? Aber ein Schluck Wasser hilft mir, mich wieder zu konzentrieren, und ich fahre fort: Die Beamten haben auch mit der Verkäuferin aus der GAP-Kinderabteilung gesprochen, in der Annabelle Juneau am Spätnachmittag etwas gekauft hatte. Laut dieser Verkäuferin war Annabelle Juneau dreißig Minuten vor ihrem mutmaßlichen Verschwinden nicht hektischer gewesen als viele andere Mütter auch, die am Tag vor dem Schulstart noch Klamotten für ihre Sprösslinge einkaufen. Sie wollte eine Hose, die sie in derselben Woche in diesem Laden gekauft hatte, gegen eine andere, identische, aber eine Nummer größere umtauschen, und dann hat sie noch drei T-Shirts und einen Pyjama mitgenommen. Diese Artikel fand man in der Plastiktüte auf dem Beifahrersitz in Annabelle Juneaus Wagen, ebenso ihr Smartphone, ihren Geldbeutel, ihr Schminktäschchen und ihre Hausschlüssel.

»Und wo waren die Kinder, wenn der Vater zu der Zeit Fußball gespielt hat?«, will Monique wissen.

»Sie waren übers Wochenende bei den Großeltern.«

»Aber gibt es denn auf dem Parkplatz keine Überwachungskameras?«, fragt mein Vater.

»Die waren kaputt«, erwidert Mathieu. »Das kam in den Nachrichten.«

Als er uns allen noch einmal Wein nachschenkt, korrigiere ich ihn: »Die waren nicht kaputt. Sie wurden gerade gegen neue, leistungsstärkere ausgetauscht. Daher gab es an dem

Tag beim Carrefour Laval überhaupt keine Überwachungskameras, weder drinnen noch draußen.«

Alle am Tisch kommentieren diesen schrecklichen Zufall mit Kopfschütteln. »Das nennt man dann wohl Ironie des Schicksals!«, entfährt es Monique.

»Und ihr habt keinen Verdächtigen?«, fragt mein Vater.

Ich schüttle den Kopf. Annabelle Juneau arbeitete schon seit Jahren in einem Reisebüro in LaSalle. Den Kollegen, die unsere Ermittlungsbeamten befragten, war keine außereheliche Beziehung bekannt, sie hatte keinen Umgang mit zwielichtigen Personen, keine Geld- und keine Suchtprobleme. Eine verlässliche, pünktliche, zupackende Frau, wie es schien.

»Das ist bestimmt ein Psychopath«, bemerkt Magalie mit einem Stirnrunzeln.

Ich beteuere, dass die Ermittlungsbeamten der Polizeidienststelle von Laval bereits die Alibis von sämtlichen gefährlichen Verbrechern der Rive-Nord überprüfen. Und dann gibt es natürlich noch die Wichtigtuer, die beim Einsatzkommando auf dem Parkplatz des Carrefour Laval vorbeigehen oder die Sicherheitspolizei von Québec anrufen, weil sie überzeugt sind, sie hätten Annabelle Juneau entweder in der Metro von Gatineau, bei einer Tankstelle in Rimouski oder im Schuppen ihres Hinterhofs gesehen.

»Die Ermittlungen gehen voran«, sage ich. »Wir verfolgen das hautnah.«

»In welchem Viertel bist du eingesetzt?«, fragt mich Mathieu.

»In Le Plateau. Polizeidienststelle 38. Zurzeit wohne ich in Sainte-Julie, aber nächstes Jahr möchte ich mir etwas in der Stadt kaufen. Die ganze Fahrerei wird mir einfach zu viel.«

Am Tisch werden ein paar mitleidige Seufzer laut. Dann verschwindet Monique mit dem schmutzigen Geschirr in der Küche, gefolgt von Magalie, die ihr unbedingt helfen will. Nach einigem Hin und Her kommen sie mit einem von Baiserschaumhäubchen gekrönten Zitronenkuchen heraus.

»Kaffee? Tee?«, fragt mein Vater in die Runde.

Nachdem wir alle unsere Wünsche geäußert haben, erklärt sich Magalie bereit, die Kinder zu holen, und ich biete ihr an, sie zu begleiten, und sei es nur, um ihr den Weg zu zeigen, denn sie kennt sich ja bei uns gar nicht aus. Wir gehen durch die Küche, dann durch den Flur, vorbei an der Treppe, die in den ersten Stock führt (»Was für ein schönes Stück Tischlerarbeit!«, bemerkt Magalie und streichelt den Pfosten), wir nehmen den Flur, in dem sich das Bad befindet und am Ende auch die Treppe, die in die Garage und den Keller führt. Jedes Mal, wenn ich meinen Vater besuche, wundert es mich, wie groß dieses Haus ist, das er sich nach der Scheidung von meiner Mutter gekauft hat. Selbst damals, als ich zwei Wochen im Monat dort wohnte, war es viel zu groß für ihn und mich; so ganz alleine muss er sich völlig verloren darin vorkommen.

»Chacha, komm und iss etwas von dem leckeren Kuchen von der Oma«, flüstert Magalie ihrer Tochter zu, die auf dem alten Schaukelpferd von Julianne sitzt.

Charlotte rennt sofort in die Arme ihrer Mutter. Julianne liegt auf dem Sofa und starrt abwechselnd auf ihr Handy und zu dem Tanzwettbewerb, der im Fernsehen läuft.

»Mama hat mir gerade eine Nachricht geschickt«, teilt sie mir mit. »Sie will wissen, wann du mich zu ihr nach Hause zurückfährst.«

»Sag ihr so um neun, grob geschätzt.«

»Sie sagt auch, du sollst den Scheck für meinen Schwimmkurs nicht vergessen.«

»Den hab ich im Auto«, stöhne ich ein bisschen genervt, dann drehe ich mich zu Magalie um: »Die Freuden des geteilten Sorgerechts.« Diese letzten Worte sind mir so rausgerutscht. Ich hoffe, sie hat jetzt nicht den Eindruck, ich wäre auch noch stolz darauf, dass wir es als Familie nicht gepackt haben. Aber Magalie ist in ihrem Urteil über mich nicht allzu streng.

»Da braucht man wahrscheinlich eine ziemlich gute Organisation.«

»Ja, und viel Geduld.«

Sie lächelt, dann gehen wir mit unseren Kindern wieder ins Erdgeschoss, aber kaum haben wir die Küche betreten, trifft uns der Schlag: Inmitten ganzer Berge von schmutzigem Geschirr stehen mein Vater und Monique am Spülbeckenrand und küssen sich. Ein langer, leidenschaftlicher und geradezu obszöner Kuss. Mein Vater knetet Moniques Brüste. Weil die Espressomaschine gerade rumort und ihre Flüssigkeit zischend in eine Tasse spuckt, haben sie uns nicht gehört. Magalie hält ihrer Tochter eine Hand vors Gesicht und dreht sich erstarrt und mit aufgerissenen Augen zu mir um. Müsste ich die drängende Bitte übersetzen, die sich hinter ihrem Gesichtsausdruck verbirgt, würde ich so etwas sagen wie: »Das ist das Haus deines Vaters, du bist hier zuständig, du musst sie jetzt lautstark warnen, dass wir da sind!«

Aber Julianne kommt mir zuvor: *»Hey, dafür gibt's Hotels!«*, brüllt sie genau in dem Moment los, in dem die Kaffeemaschine ihren Höllenlärm einstellt.

Ich gebe ihr einen kleinen Klaps auf den Hinterkopf, denn ich habe keine Ahnung, wo meine Tochter diesen Ausdruck herhat.

Monique und mein Vater lassen augenblicklich voneinander ab. Monique rückt ihre Bluse zurecht. Mit puterrotem Kopf und ohne uns anzusehen, stößt sie ein schwaches »Tut mir leid« aus, bevor sie mit einer Handvoll Dessertgäbelchen Richtung Terrasse verschwindet. Mathieu sitzt immer noch draußen, tippt auf seinem Handy herum und hat von der Sache nichts mitbekommen. Charlotte fragt ihre Mutter, warum sie ihr die Hand vor die Augen gehalten hat, und Magalie sagt, da sei eine riesige Spinne gewesen.

»Aber du brauchst keine Angst zu haben, mein Schatz, wir haben sie getötet«, schickt mein Vater noch lachend hinterher.

Ich möchte ihm gerne sagen, dass das überhaupt nicht witzig ist, aber vielleicht ist ihm ja nach alledem auch nicht wohl, denn ohne den Blick vom Boden zu heben, schnappt er sich die Milchpackung aus dem Kühlschrank und nimmt sie mit nach draußen. Julianne geht auch raus, gefolgt von Charlotte. Ihre Mutter rührt sich nicht. Plötzlich füllen sich ihre Augen mit Tränen.

»Alles in Ordnung?«, frage ich und kann es mir nicht verkneifen, ihr die Hand auf den Arm zu legen.

»Dein Vater ist der erste Mann, auf den meine Mutter sich einlässt, seit mein Vater tot ist«, bringt sie nach einer Weile heraus.

»Das tut mir leid.«

»Ist ja nicht deine Schuld. Ich muss mich nur daran gewöhnen.«

Magalie kann sich das Heulen gerade noch verkneifen und schnieft, aber ich reiße für alle Fälle schon mal ein Blatt von der Küchenrolle auf der Arbeitsplatte und reiche es ihr. Sie legt es sich auf die Augen und drückt fest darauf, als müsse sie eine starke Blutung stoppen.

Als ich Julianne um zehn vor zehn nach Hause bringe, lässt Karine sich die Gelegenheit natürlich nicht entgehen, mir vorzuhalten, dass ich zu spät komme. Ich kann noch so sehr versichern, dass es auf der Pont Champlain einen Stau und auf der A 30 einen leichten Zusammenstoß gab, sie erinnert mich an unsere Vereinbarung: Julianne soll nach Schulbeginn jeden Abend allerspätestens um neun Uhr dreißig im Bett liegen.

»Was bringt es, Vereinbarungen zu treffen, wenn man sich nicht daran hält?«

»Jetzt entspann dich mal, Mama. Ich bin kein Baby mehr.«

Karine seufzt, dann beugt sie sich vor, um Juliannes Gesicht genauer in Augenschein zu nehmen. Ein Dutzend rote Pusteln prangen auf ihrer Haut, vor allem auf der Stirn und den Wangen.

»Lass mich los«, protestiert Julianne und weicht zurück, um dem Blick ihrer Mutter zu entgehen.

»Habt ihr am Wochenende wieder so viel Fleisch und Wurst gegessen?«, fragt mich Karine genervt. »Das ist nicht gut für ihre Haut.«

Meine Tochter umarmt mich und wünscht mir eine gute Nacht, dann geht sie mit ihrem Koffer auf ihr Zimmer, aber ich weiß genau, was sie damit vorhat, und behaupte zum letzten Mal in dieser Woche meine väterliche Autorität: »Ju, lass das Handy im Wohnzimmer!«

Sie wirft mir einen vernichtenden Blick zu, holt den Apparat aus der Gesäßtasche ihrer Jeans, wirft ihn aufs Sofa und knallt anschließend die Zimmertür hinter sich zu. Ich sehe Karine mit großen Augen an.

»Sie hat sich wieder bei Snapchat angemeldet.«

»Das hilft ihr, die Akne zu vergessen.«

»Hey!«, brüllt Julianne und reißt dabei ihre Zimmertür auf. »So viele Pickel habe ich gar nicht! Und wenn, dann bekomme ich die von euch!«

Die Tür knallt wieder zu.

»Ihre Freundinnen sind alle dort angemeldet. Außerdem werden wir irgendwann anfangen müssen loszulassen.«

»Steht das so in deinen Büchern über moderne Kindererziehung?«

»Was zum Kuckuck ist eigentlich dein Problem?«

Ich zucke mit den Schultern. Selbst sieben Jahre nach der Trennung befindet sich unsere Kommunikationsfähigkeit noch im Anfangsstadium. Und trotzdem, ich muss oft genug bei häuslicher Gewalt einschreiten, daher weiß ich genau, es gibt schwierigere Fälle als unseren: Bei einigen Ex-Ehepartnern fließt echtes Blut. Es wäre somit eher ungewöhnlich, wenn Karine und ich uns eines Tages ohrfeigen würden, schließlich ist es bis heute nie dazu gekommen. In ihrer kleinen Eigentumswohnung duftet es nach gebratenen Zwiebeln und Hackfleisch. Karine trägt eine Yogahose und ein Trägershirt; ich nehme an, sie ist am späten Vormittag von François nach Hause gekommen, hat ein Bad genommen, nachdem sie vorher noch schnell im Fitnessstudio war, dann hat sie sich Alltagsdingen gewidmet, etwa eine Spaghettisoße oder eine Gemüsesuppe gekocht, um unter der Woche Juliannes Lunchbox befüllen zu können.

Ich reiche ihr den Scheck für den Schwimmkurs; sie prüft den Betrag, bevor sie ihn in den Gummibund ihrer Hose klemmt.

»Danke«, sagt sie. »Hat Ju dir schon die Neuigkeit mit dem Wettkampfclub mitgeteilt?«

»Was für ein Wettkampfclub?«

»Erinnerst du dich nicht, dass im Juli ein paar Trainer vorbeigekommen sind und ihrer Schwimmgruppe beim Training zugesehen haben? Die Mail hatte ich aber an dich weitergeleitet. Na ja, sie ist aufgenommen worden. Im Januar beginnt sie mit dem Wettkampfschwimmen.«

»Können wir da ein andermal darüber reden?«

»Wieso? Ihre Entscheidung ist gefallen. Es reizt sie. Du willst ja wohl deine Tochter nicht daran hindern, Sport zu treiben?«

Der Weg von Karines Wohnung zu mir ist kurz, fünf oder sechs Minuten mit dem Auto, aber an diesem Abend reicht die Zeit, um mir eine Vorstellung davon zu geben, bis zu welchem Grad ich die Kontrolle über mein Leben verloren habe. Ein Schwimmverein, in dem für den Wettkampf trainiert wird, nur wozu? Seit wann ist man mit zwölf Jahren schon eine Olympia-Hoffnung? Was für eine schwachsinnige Idee. Ich versuche, auf Julianne stolz zu sein, mich über ihren Ehrgeiz zu freuen. Die Disziplin, die so ein Sport erfordert, wird ihr die richtigen Werte mit auf den Weg geben, und jede Minute im Wasser ist eine Minute weniger in den Fängen ihres Smartphones.

Sicher doch. Aber was ist meine Rolle bei dem Ganzen? Aus meinem Plan, von Sainte-Julie weg und wieder nach Montréal zu ziehen, wird dann wohl nichts. Ich hatte gedacht, ich warte noch bis zum zweiten Jahr im Gymnasium, bis sie wirklich in der Lage ist, alleine die Metro oder den Bus zu nehmen, um nach Saint-Lambert in die Schule zu fahren. Aber ab nächsten Januar muss meine Tochter mehrmals in der Woche bereits vor Sonnenaufgang aufstehen, um noch vor Schulbeginn ihr Training in der Sportanlage von Sainte-Julie zu absolvieren, und damit ist mein Vorhaben gestorben. Wieder bin ich dazu verdammt, am Südufer zu bleiben, in der Gegend, in der sich die jungen Familien tummeln, in der es schwer ist, eine junge Frau, die man in der Stadt kennengelernt hat, über Nacht zu sich nach Hause zu locken, und in der alle von den Verkehrsstaus an den Brücken unglaublich genervt sind.

Als ich mein Auto in der Garage parke, versuche ich, trotz alledem die gute Seite an allem zu sehen. Ich sage mir dann: Eine Duplex-Garage, mein lieber Scholli, in der Stadt könntest du dir das niemals leisten! Ich stelle den Motor ab, gehe die Treppe hoch, durchquere das Wohnzimmer, schenk mir in der Küche ein Glas Wasser ein. Nachdem Julianne sich heute Mittag ein Mortadella-Sandwich gemacht hat, hat sie wohl vergessen, die Mayonnaise wieder in den Kühlschrank zu räumen. Ich möchte kein Risiko eingehen und werfe sie in den Müll. Durch das Panoramafenster sehe ich, wie sich im Pool das Wasser im Mondschein kräuselt, und obwohl die Luft frisch ist und ich heute die Wasserheizung abgestellt habe, ziehe ich mich aus, lasse meine Kleider auf einem Haufen in der Küche liegen, öffne die Schiebetür, gehe in den Hof und springe hinein. Du hast nicht nur einen Pool, mein Guter, sondern noch dazu einen, der vor den Blicken der Nachbarn geschützt ist und in dem du nackt baden kannst, wann immer du willst, auch das könntest du dir in der Stadt niemals leisten.

Das Wasser ist kalt, ich schwimme ein paar Bahnen, um warm zu werden, dann lege ich mich reglos auf den Rücken und schaue mit leerem Blick in den Sternenhimmel. Vor ein paar Jahren habe ich Juliannes Klasse bei einem Schulausflug ins Observatorium von Mont-Mégantic begleitet. Der Wissenschaftler, der die Führung leitete, brachte uns bei, dass einige der Sterne, die er nachts mit seinem Teleskop betrachtet, bereits tot sind, denn obwohl das Licht mit einer Wahnsinnsgeschwindigkeit reist, ist es angesichts der Ausmaße des Universums mit seinen Milliarden von Kilometern nicht schneller als eine Schildkröte. Zwischen dem Augenblick, in dem der Stern das Licht aussendet, und dem, wenn es bei uns ankommt, sind vielleicht Tausende von Jahren vergangen, sodass wir den Stern nur so sehen können, wie er damals war, und nicht so, wie er jetzt aussieht, denn da wäre höchstwahrscheinlich gar nichts mehr, weil es den Stern längst nicht mehr gibt.

»Das ist voll crazy«, hatte er gesagt und das Firmament beobachtet.

Ich treibe weiter im Wasser, betrachte mir die Hunderte von Leuchtpunkten, die viele Milliarden Kilometer über meinem Körper hängen, und plötzlich frage ich mich, ob ich nicht auch schon längst tot bin, auch wenn die Leute um mich herum mich sehen können.

Dann schließe ich die Augen. Der Sternenhimmel ist wie auf meiner Netzhaut eingebrannt, bis auf den Unterschied, dass sich jetzt Magalies Bild darüberschiebt.

Donnerstag, 22. September

Romane,
kannst du dieses Rezept noch einmal gegenlesen? Es soll spätestens morgen Nachmittag im Blog von Bissfreuden *erscheinen (und als Aufmacher im Newsletter).*
Danke

Isa

Mehlfreie Erdnussbutterkekse mit zartbitteren Schokoflocken

Vegan, glutenfrei, ohne Eier, ohne Laktose (aber mit viel Fun!), wahlweise ohne Nüsse, wahlweise ohne Soja, perfekt für Kinder (und für Ihren Mann), lässt sich problemlos einfrieren.

Vorbereitungszeit: 15 Minuten
Backzeit: 12 bis 14 Minuten
Stückzahl: 12 Kekse

Vor vier Jahren, als ich Olivier kennenlernte, aß er Unmengen Reese's Pieces Erdnussbutter-Schokolinsen. Würg! Aber das sollte kein Dealbreaker für mich sein, also habe ich mir dieses Rezept für ihn ausgedacht, damit ich ihm eine mindestens genauso leckere Alternative anbieten kann. Der sämige Geschmack der Erdnussbutter ist hier die ideale Kombi zur Schokolade, aber ohne bösen Zucker und raffinierte Kohlehydrate, und ohne die Farb- und Konservierungsstoffe der industriell hergestellten Süßwaren. Noch eine kleine Anekdote an Rande: Mein Mann hat mir, keine vierundzwanzig Stunden nachdem er diese Köstlichkeit zum ersten Mal gegessen hat, einen Heiratsantrag gemacht. Zufall? Neeein! Übrigens, falls ihr Angst habt, dass ihr zu viele gemacht habt, sie lassen sich auch gut einfrieren. (Und jetzt mal ehrlich: Ihr KÖNNT gar nicht zu viele davon haben. Ich selbst würde sie am liebsten gleich vom Blech weg futtern.)

Der Erfolg dieses Rezepts hängt natürlich von der Qualität der Erdnussbutter ab, die ihr verwendet. Im Idealfall macht ihr eure Erdnussbutter selbst, und zwar mit einem leistungsstarken Mixer wie dem Vitamix (das Gerät ist nicht billig, aber es ist es wert; es ist sozusagen der Heilige Gral der Küche). Falls ihr keine Zeit habt oder nicht die nötige Ausrüstung, um eure Erdnussbutter selbst herzustellen, dann kauft bitte wenigstens eine biologische und naturbelassene Erdnussbutter und rührt sie gründlich um, bevor ihr sie abwiegt, bis Öl und feste Bestandstoffe gut vermischt sind. Und denkt dran: Solltet ihr industriell hergestellte Erdnussbutter verwenden, der Zucker und Öl zugesetzt wurde, werden die Kekse nicht ganz so göttlich. Nur damit ihr gewarnt seid.

PS: Bei der nussfreien Variante (denken wir an die Lunchboxen unserer Kinder!) wird die Erdnussbutter durch einen Brotaufstrich aus gerösteten Sojabohnen ersetzt, der den Geschmack von Erdnussbutter ziemlich perfekt imitiert. Probiert es aus!

Zutaten
1 EL gemahlene Leinsamen
3 EL Wasser
½ Tasse geraspelte Kokosnuss ohne Zucker
½ Tasse Instant Haferflocken, glutenfrei
½ Tasse Kokosblütenzucker
1 TL Backpulver, aluminiumfrei
½ TL Tafelsalz
¼ Tasse laktosefreie zartbittere Schokoladenflocken
½ Tasse cremige Erdnussbutter, naturbelassen (siehe Einführung)
1 TL Vanilleextrakt aus Madagaskar
2 EL Ahornsirup aus Québec

Zubereitung
1. Herd auf 180 °C vorheizen (Umluft 160 °C). Ein Blech mit braunem Backpapier auslegen (braunes Papier ist nicht mit Dioxin gebleicht, daher mehr öko).

2. Das Wasser mit den Leinsamen mischen. Diese Mischung ein paar Minuten ruhen lassen. Zugegeben, die Masse sieht nicht sehr appetitlich aus, ersetzt aber in diesem Rezept die Eier.

3. In einer anderen Schüssel Kokosflocken, Kokosblütenzucker, Backpulver, Salz und Schokoflocken miteinander mischen.

4. Die Erdnussbutter, die Vanille und den Ahornsirup zu der Leinsamenmischung geben und umrühren, bis alles eine sehr zähe Masse bildet.

5. Die feuchten mit den trockenen Zutaten mischen und alles zu einem schönen Teig vermengen. Dabei werdet ihr – wie schon eure Großmutter – alles schön mit den Händen verkneten müssen!

6. Den Teig zu zwölf kleinen Kugeln rollen, diese vorsichtig aufs Backpapier setzen und zwei bis drei Zentimeter dazwischen frei lassen. (Sie werden beim Backen aufgehen, genau wie euer Ego, nachdem ihr diese Kekse gebacken habt.)

7. Das Blech zwölf bis vierzehn Minuten in den Ofen schieben und den Backprozess beobachten. (Immer dran denken: Backöfen sind wie Kinder – alle verschieden!) Die Kekse ein paar Minuten auf dem Blech auskühlen lassen. Um dabei nicht die Geduld zu verlieren: Schöne Fotos machen und auf Instagram einstellen, damit die andern vor Neid erblassen, LOL. Und dann: Genießen!

Aufbewahrung: In einem luftdichten Behälter im Kühlschrank vier oder fünf Tage oder einzeln in Alufolie gewickelt im Gefrierfach bis zu einem Monat haltbar.

Hallo Isa,

wow! Deine Kekse sehen ja superlecker aus!

Ich habe hier und da ein paar Rechtschreibfehler korrigiert. Aber mir ist noch etwas anderes aufgefallen: In deiner Einführung schreibst du, Olivier hätte dir, weniger als vierundzwanzig Stunden nachdem er diese Kekse probiert hat, einen Heiratsantrag gemacht. In deinem Buch schreibst du aber in der Einführung zu deinem Kürbis-Gerstotto-Rezept mit Muskat und Salbei, nachdem er dieses Gericht probiert hätte, wäre er vor dir auf die Knie gegangen. Ich möchte nicht so indiskret sein, dich zu fragen, welche von beiden Anekdoten jetzt die wahre ist, aber ich würde dir natürlich raten, die Anspielung auf den Heiratsantrag aus dem Intro zu dem Keksrezept zu streichen, sonst könnten deine Leserinnen diese kleine romantische Doppelung auch bemerken.

Ich habe gerade die Klickzahlen für den Blog von Bissfreuden *erhalten: mehr als 83462 Besucher. Unfassbar! Das sind zwölf Prozent mehr als letzte Woche. Ich glaube, das Erscheinen deines Buchs beginnt sich gerade bemerkbar zu machen. Außerdem haben wir 18309 Abonnenten auf den wöchentlichen Newsletter dazugewonnen. Natürlich haben fast alle an unserer kleinen Willkommensumfrage teilgenommen, um die zehn Prozent Rabatt auf den Online-Buchpreis zu bekommen. Die*

Tendenz bestätigt sich: Über zweiundachtzig Prozent der Abonnementszugänge sind Frauen zwischen fünfundzwanzig und fünfundvierzig Jahren, und sie haben mindestens ein Kind. Mit einem Wort Hausfrauen, die dich als inspirierendes Vorbild sehen.

Ich warte auf deine Anweisungen, ehe ich die vorhin angesprochene Kürzung vornehme. Ansonsten schon mal Bravo für dein neues Rezept! Ich werde es dieses Wochenende ausprobieren, auch wenn ich keinen Mann zu Hause habe, der mich dann um meine Hand bitten kann, nachdem er sie probiert hat.

Jetzt mal ehrlich, ein Ehemann, der dich liebt, ein rundum gesundes Baby, ein Unternehmen, das total im Kommen ist: Musst du dich nicht manchmal kneifen?

Ciao

Romane

3

Magalie

Freitag, 30. September

Olivier und ich haben das hundertjährige Anwesen an den Ufern des Massawippi-Flusses verlassen. Alain und Robert, das Besitzerehepaar, sind begeistert. Ihre Küche ist genau so geworden, wie sie es sich erträumt haben: funktional, aber ohne den halb urbanen, halb ländlichen Look zu verlieren, der gut zum kolonialen Stil des Hauses passt, das auf einem lichtgefluteten freien Platz steht. Es hatte Ärger mit ihrem Geschirrspüler gegeben, was an einer unsachgemäßen Installation des Klempners lag; es hatte also nichts mit der Arbeit der Installateure von Penture und unserem Team von Subunternehmern zu tun. Wir überreichten ihnen den Geschenkekorb, der unseren VIP-Kunden vorbehalten ist, das heißt ein Schneidebrett aus Kirschholz, eine Flasche spanisches Olivenöl, zwei Leinenschürzen mit dem Logo der Firma; diesem Paket haben wir noch ein Exemplar von *Bissfreuden* mit Isabelles Autogramm beigelegt. Olivier hat mehrere Aufnahmen gemacht, einige werden die Sparte »Unsere fertiggestellten

Projekte« auf der Website von Penture und auf unserem Instagram-Account zieren. Er hat sie mir noch nicht gezeigt, aber sie sind bestimmt sehr hübsch geworden, mit der Herbstsonne, die mit voller Kraft auf die Schränke und die Einlegeböden aus Walnussholz scheint, auf das Porzellanbecken an der Stirnwand, den bordeauxfarbenen Herd, groß wie ein Klavier, den Gewölbebackofen von La Cornue, das Kochfeld mit der kupfernen Dunstabzugshaube und die Arbeitsplatten aus Speckstein.

Und noch so ein idyllisches Bild: Eingerahmt von zwei orangefarbenen Chrysanthemen in Töpfen, in Begleitung von Victoria, ihrem Golden Retriever, der herumspringt und sich im ockerfarbenen Laub wälzt, dessen Töne so gut zu seiner Fellfarbe passen, winken Alain und Robert uns zu. Olivier und ich winken zurück, während der Jeep von Penture durch die von riesigen Koniferen gesäumte Allee zurückfährt. Unter den Reifen springen Kieselsteine weg.

»Sie sehen glücklich aus«, bemerkt Olivier.

»Stimmt.«

Wir sind es auch: Mit einer Rechnung von über fünfundachtzigtausend Dollar zählt diese Küche zu unseren wichtigsten Projekten des Jahres. Als allgemeine Regel gilt: Sofern man dieses Geld beim Verkauf des Hauses wieder reinholen möchte, sollte man nicht mehr als zehn Prozent der Gesamtkosten in die Renovierung seiner Küche stecken. Ich weiß nicht, ob Alain und Robert dieses ungeschriebene Gesetz befolgt haben; das machen die wenigsten meiner Kunden. Denn vollkommen egal, um welche Art von Immobilie es geht – Cottage, Eigentumswohnung, Chalet –, die Küche ist immer das Herzstück. Daraus ergibt sich folgerichtig, dass die Besitzer mehr Geld auszugeben bereit sind, als der gesunde Menschenverstand es einem eigentlich erlauben würde. Zumindest beobachte ich das tagtäglich: Am Ende trägt der Spaß an der Sache immer den Sieg über die Rentabilität davon. Übrigens wurde letzte Woche eine neue Studie veröffentlicht – ein Journalist sprach sogar im Radio darüber –, in der es heißt, dass die Amerikaner für ihre Küchen (vom Fleischthermometer bis zur Arbeitsplatte aus Marmor) pro Jahr mehr als siebenundsechzig Milliarden Dollar ausgeben. Eine gewaltige Zahl, das Doppelte dessen, was sie in die Kinderbetreuung investieren. Aus den verschiedensten guten wie schlechten Gründen – Funktionalität, Ästhetik, sozialer Rang – werden die Leute immer küchenbesessener, und sie bei dieser Besessenheit zu begleiten macht mir deshalb so großen Spaß, weil dieser Raum, über den Designaspekt hinaus, in meinen Augen die Quintessenz eines Zuhauses verkörpert. Einer meiner Universitätsprofessoren hat es einst so formuliert: In der Küche, mehr als in jedem anderen Raum eines Hauses, kommen die Menschen nicht nur zusammen, dort treffen sie auch über die Hälfte der wichtigen Entscheidungen ihres Lebens. Wenn ich Kunden berate, behalte ich das immer im Hinterkopf. Vielleicht werden sie vor diesem Vorratsschrank mit Ausziehschubladen den Vornamen für ihr Baby aussuchen oder das Ziel ihrer nächsten Reise festlegen. Und auch wenn einige meinen Beruf für überflüssig halten – letztlich hat tatsächlich seit der Entdeckung des Feuers vor Hunderttausenden von Jahren keine wahre Revolution mehr in der Küche stattgefunden –, ist er für mich doch Grund genug, jeden Morgen aus dem Bett zu steigen.

»Möchtest du etwas Bestimmtes hören?«, fragt mich Olivier.

Ich hole den iPod aus der Aufbewahrungskuhle zwischen unseren Sitzen heraus, gehe die Liste der Künstler durch und entscheide mich für Daft Punk. Aus den Lautsprechern erklingen die ersten elektronischen Takte. Ich lege das Gerät wieder an seinen Platz zurück, als Olivier plötzlich meine Hand nimmt und auf seinen Oberschenkel legt.

»Was machst du da?«

Er lächelt und drückt meine Hand noch etwas stärker, damit ich sie nicht wegziehe.

»Ich weiß nicht«, sagt er, ohne den Blick von der Straße zu lösen. »Als ich dich betrachtet habe, wie du ihnen das Geschenk überreicht hast … in deinem roten Kleid … seither muss ich daran denken.«

»Wir haben uns darauf geeinigt, dass damit ein für alle Mal Schluss ist.«

»Zu viele Erinnerungen. Als wir das erste Mal hierhergekommen sind, hast du dasselbe Kleid getragen.«

»Ich habe es erst letzte Woche gekauft.«

»Wie auch immer, Rot steht dir gut.«

Es gelingt mir, die Hand wegzuziehen.

»Charlotte hat einen Schnupfen bekommen. Heute Morgen hat sie viel gehustet. Ich werde sie vor vier Uhr von der Vorschule abholen.«

»Wir sind um drei Uhr spätestens wieder in der Stadt, versprochen. Na, komm schon, Maggy. Das ist das letzte Mal, dass wir hier sind.«

»Wir haben keine Kondome.«

»Im Dorf gibt es eine Apotheke.«

»Weißt du, dass ich mich auf sexuell übertragbare Krankheiten habe testen lassen?«

»Warum denn das? Wann?«

»Nachdem wir bei Isas Buchpräsentation ohne Kondom miteinander geschlafen haben.«

»Ich schlafe mit keiner anderen als mit dir.«

»Ich habe gesehen, wie dieses Mädchen letztens dich über den Granittresen hinweg angehimmelt hat.«

»Ich habe keine Kontrolle über meine Wirkung auf andere Frauen. Aber deinem Partner würde ich an deiner Stelle nicht trauen.«

»Als ich das letzte Mal nachgeschaut habe, waren wieder Kondome in seiner Sporttasche. Mathieu hat sich zu Studienzeiten eine Chlamydieninfektion geholt, das hat ihn traumatisiert. Die Tochter der Ministerin für Frauenfragen hat sie ihm angehängt«

»Sehr witzig. Wenigstens war es kein Herpes, da hätte er sein ganzes Leben dran zu knabbern gehabt. Isabelles Cousin ist Arzt, und er hat uns letztens erzählt, dass es jetzt immer mehr Leute mit Herpes gibt. Ich finde das widerlich.«

»Ihr habt ja nette Gesprächsthemen bei euren Abendessen im Familienkreis. Mein Arzt hat mir jedenfalls gesagt, dass ich nichts habe, dann hast du also auch nichts.«

»Dann müssen wir ja gar keinen Umweg über die Apotheke machen. Okay? Wir fahren zur Pension. Einfach um den Kreis zu schließen.«

Olivier biegt nach rechts ab. Noch eine Landstraße liegt vor uns, diesmal etwas gerader. Die Bäume, deren Blätter bereits die rostigen Herbstfarben angenommen haben, säumen die Straße wie ein Vorhang, der sich hier und da auf ebenerdige Häuser mit abblätternder Wandfarbe öffnet, auf Alleen, neben denen ausgeblichenes Kinderspielzeug und ein Haufen Schrott herumliegt. Ein anderes Gesicht des Landlebens, fernab der luxuriösen Zweitwohnsitze. Langsam lege ich meine Hand wieder auf Oliviers Oberschenkel; die Muskeln unter seiner Jeans zucken. Wir lächeln uns an. Seine Wangen sind von dichten Stoppeln übersät, die blauen Augen sprühen vor Begehren, und ich habe plötzlich Lust, mich ihm hinzugeben. Wir werden bestimmt so bald nicht wieder in diese Gegend im Cantons-de-l'Est zurückkommen, und da unsere Geschichte hier begonnen hat, warum sollten wir sie nicht am gleichen Ort beenden? Ich fahre ihm mit der Hand zwischen die Beine, und er seufzt auf. Ich genieße es durchaus, eine solche Macht über Olivier zu haben, vor allem seit ich bei Mathieu völlig machtlos bin. Nicht dass Mathieu und ich nicht mehr miteinander schlafen würden. Aber seit ich entdeckt habe, dass er mich betrügt, dient unser Liebesleben nur noch der Aufrechterhaltung des äußeren Scheins. In der Ferne entdecke ich die handbemalte Holztafel, die anzeigt, dass es nur noch zwei Kilometer bis zur Pension sind. Letzten Februar hatte ein Schneesturm uns gezwungen, dort haltzumachen. Wir kamen damals gerade von unserem ersten Besuch bei Alain und Robert, die über Freunde aus dem Altstadtviertel von Montréal, deren Küche wir renoviert hatten, von Penture gehört hatten. Unsere zukünftigen Kunden schenkten uns gleich reinen Wein ein: Sie hatten die Absicht, noch drei weitere Küchenfachberater um Kostenvoranschläge zu bitten, darunter eine etablierte Firma aus dem schicken New Yorker SoHo-Viertel. In ein paar Jahren würden sie ihr Cottage in Mile End in Montréal verkaufen und sich ganz hier niederlassen. Aus diesem Grund waren die beiden sehr vorsichtig und auf der Suche nach der seltenen Perle. Olivier und ich haben genug Erfahrung, um uns bei Erstkontaktbesuchen mit Neukunden nicht von der Erwähnung irgendeines Konkurrenten ins Bockshorn jagen zu lassen. Olivier war Sohn eines Generalunternehmers, der ihm alles über seinen Beruf beigebracht hatte, und in unseren Projekten war es seine Aufgabe, bei den Häusern die Strukturelemente zu erkennen, die einen Einfluss auf die Küchenrenovierung haben könnten. An jenem Morgen hatte er beispielsweise Alain und Robert darauf aufmerksam gemacht, dass es vielleicht nicht so einfach sein würde, den Bogen herauszunehmen, der die Küche vom Esszimmer trennt, weil es sich um eine tragende Wand handelt. Dasselbe galt für die abgehängte Decke, hinter der sich ein Kaminrohr befand: Wollte man sie abnehmen, würde das zusätzliche Arbeitsschritte erforderlich machen. Ich wiederum hatte Alain und Robert erläutert, wie ich mir die baulichen Veränderungen in dem Raum vorstellte. Meiner Ansicht nach müsste man die hintere Wand durchbrechen, um das Fenster mit Blick auf den See zu vergrößern und so viel natürliches Licht wie möglich hereinzulassen. Ich empfahl ihnen auch, die Gipsplatten auf den Wänden rausreißen zu lassen, um den Naturstein freizulegen, der sich dahinter versteckte. Und die Decke zu öffnen, um die Deckenbalken aus Hemlocktanne freizulegen, eine Idee, die gut zu dem Landhausstil passte, den sie ihrer Küche geben wollten. Was die Arbeitsoberfläche ihrer Kücheninsel betraf – eine Kücheninsel, die ich mir riesengroß vorstellte, weil der Raum es hergab –, hatten Alain und Robert bei dem Speckstein ein wenig gestutzt, da sie noch nie etwas davon gehört hatten. Ich musste ihnen nur erklären, dass dieser Stein sozusagen lebendes Material ist, weil er mit der Zeit eine andere Färbung annimmt, und schon rissen sie vor Erstaunen die Augen auf. Kurz und gut, Olivier und ich hatten nach dieser Begegnung das Gefühl, einen guten Eindruck hinterlassen zu haben. Wir waren auch ein wenig aufgekratzt wegen der Summe, die wir verdienen würden, falls wir den Auftrag an Land zögen, daher hatten wir nicht sonderlich auf die dicke Schneeschicht geachtet, die sich in weniger als zwei Stunden auf dem Jeep angehäuft hatte. Der Himmel war düster, die Straße glatt, und auf den Scheibenwischern gingen Spritzer geschmolzenen Schnees nieder. Olivier fuhr langsam, der Scheibenwischer war voll aufgedreht, und durch die Größe des Jeeps fühlten wir uns zwar nicht gerade unverwundbar, aber wenigstens sicher. Doch nachdem wir auf einer Eisplatte ins Rutschen gekommen und fast im Graben gelandet waren, hielten wir es für klüger, irgendwo unterzukommen, wo wir auf ein Nachlassen des Schneesturms warten konnten. Die Pension war im altenglischen Stil gehalten, ein bisschen altmodisch, aber sympathisch. Die Wände der Bar schmückten Schwarzweißfotos von Polo- und Cricketspielern, und auf den Tee-Serviertabletts aus angeschlagenem Porzellan hatte sich Staub angesammelt. Mit Ausnahme eines grauhaarigen amerikanischen Pärchens, das um die Taille Bauchtaschen trug, war der Ort verlassen, und der alterslos wirkende Barmann, der sich auch um die Rezeption kümmerte, hatte uns Sandwiches gemacht und Gin Tonics gemixt. Wäre ich noch Oliviers Angestellte gewesen, wie zu meiner Anfangszeit bei Penture vor vier Jahren, wären die Dinge anders verlaufen; ich hätte vielleicht, wie man so schön sagt, etwas Zurückhaltung geübt. Aber seit nun fast schon drei Jahren bin ich Isabelles und Oliviers Geschäftspartnerin, sodass ich ihm nach meinem zweiten Gin Tonic erzählte, was mir am Abend zuvor passiert war. Mathieu hatte mir das Auto dagelassen, damit ich Charlotte nach ihrem Tag im Hort zum Zahnarzt im Côte-des-Neiges-Viertel fahren konnte. Unterwegs hatte sie fast den gesamten Inhalt des Trinkjoghurts, den ich ihr als Snack mitgegeben hatte, ins Auto erbrochen. Ich hatte den Passat auf dem Parkplatz einer Halāl-Metzgerei geparkt und meine Tasche, wenn auch vergeblich, nach Taschentüchern durchwühlt, um das Erbrochene aufzuwischen. Ich war selbst überrascht, dass ich auf Zwischenfälle dieser Art, die immerhin häufig vorkamen, so schlecht vorbereitet war. Also schaute ich im Kofferraum nach, ob nicht vielleicht dort ein paar Taschentücher zu finden wären. Als ich die Adidas-Sporttasche sah, die Mathieu benutzte, wenn er ins Fitnessstudio ging, öffnete ich sie ohne Zögern, weil ich mir sicher war, ein Handtuch darin zu finden. Während ich die Tasche durchwühlte, legte Charlotte an Lautstärke zu. Eine Pappschachtel weckte meine Aufmerksamkeit; ich zog daran und fand bei dieser Gelegenheit eine bereits zu großen Teilen aufgebrauchte Schachtel Kondome, die neben ein paar Restexemplaren das Foto einer nackten Frau im Gegenlicht eines Fensters enthielt. Ihr lockiges Haar verdeckte zum Teil das Gesicht, eine Hand hatte sie im Mund, die andere vors Schamhaar gepresst, und sie reckte die zarte Brust mit den verhärteten Brustwarzen. Auf dem Parkplatz stieg gerade ein Mann aus einem Lastwagen, in dem blutige Tierkarkassen transportiert wurden, die an den Haken eines Rollcontainers hingen. Ohne Charlottes Gekreische wäre ich wer weiß wie lange einfach mitten in diesem hübschen Setting stehen geblieben und hätte mich gefragt, welche Richtung mein Leben nun einschlagen sollte, denn eines war klar: Ab jetzt würde nichts jemals mehr so sein wie früher. Ich packte alles wieder in die Tasche zurück, knallte den Kofferraumdeckel fester als nötig zu und wischte dann am Ende mit meinem Wollschal Charlottes Hals und Mantel ab. Weniger als vierundzwanzig Stunden später, als ich Olivier dieses Unglück schilderte, liefen mir Tränen über die Wangen. »Du bist der Erste, dem ich davon erzähle. Ich weiß nicht, was ich machen soll. Ich habe mich auf der Website von

Mathieus Anwaltskanzlei umgesehen und die junge Frau von dem Foto wiedererkannt: Es ist eine seiner Kolleginnen.« Olivier war das ein bisschen peinlich, und nachdem er mich nach besten Kräften getröstet hatte – »Das ist mit Sicherheit nichts Ernstes« –, gab er zu, dass er der Letzte wäre, der mir in Partnerschaftsfragen gute Ratschläge geben könnte, weil seine eigene, entgegen allem Anschein, keineswegs als Erfolgsmodell durchging: »Das letzte Mal, als wir miteinander geschlafen haben, war Isa im zweiten Monat schwanger. Mikaël wird nächste Woche ein Jahr alt. Bist du gut in Mathe?« Draußen fiel immer mehr Schnee und verdunkelte wie ein Vorhang das Sprossenfenster. Auf der gusseisernen Standuhr neben der Kleiderhakenleiste war es fast drei Uhr. Olivier war aufgestanden, um Isabelle anzurufen und ihr mitzuteilen, dass er aufgrund der schlechten Straßenverhältnisse zum Abendessen nicht zurück sein würde; ich hatte Mathieu eine ähnliche Nachricht geschickt, hatte mir mit einer Tischserviette die Augenwinkel trocken getupft und ihn gefragt, ob er Charlotte vom Kindergarten abholen könnte. Olivier kam mit einem kleinen Rattankörbchen mit Erdnüssen in der Schale zurück, und wir bestellten weitere Gin Tonics. Seine Augen waren von einem sehr sanften Himmelblau, und seine braunen zerzausten Haare, durch die er ständig mit der Hand fuhr, gaben ihm einen gewissen Bad-Guy-Touch. Dieses Detail stand im Kontrast zu Oliviers geschniegeltem Stil, zu dem sein Beruf ihn zwang. Außerdem weiß ich nicht mehr, wer von uns beiden, Olivier oder ich, etwa eine Stunde später auf die Idee kam, im ersten Stock ein Zimmer zu mieten, um uns ein wenig auszuruhen, aber ich erinnere mich, dass ich beim Hochgehen der unter unseren Schritten knarzenden Treppe nicht so sehr an Schlafen dachte. Und Olivier genauso wenig, wie ich erfuhr, als die Tür sich hinter uns geschlossen hatte. »Wir könnten uns gegenseitig einen Gefallen tun«, sagte er und zog mich zu sich heran. »Deine Beziehung ist keinen Pfifferling mehr wert, meine auch nicht. Am besten, wir nehmen sie nicht allzu ernst.«

Dieser Vorschlag kam mir aufrichtig vor, und er hat sich mehrere Monate bewährt. Unsere Affäre war keiner ausgeklügelten Vertuschungslogistik unterworfen: Sie war so unabhängig von den modernen Kommunikationsmitteln, dass man hätte meinen können, wir befänden uns noch in den Fünfzigern. Olivier und ich nahmen einfach jede Gelegenheit wahr, einander nah zu sein, zum Beispiel wenn wir die Arbeiten an unserem Projekt am Massawippi-See beaufsichtigen mussten oder wenn wir als Letzte die Büroräume von Penture verließen. Dieses Geheimnis wurde mein Refugium: Sobald die Wut in mir hochkochte, dass Mathieu mich betrog, dachte ich an Olivier, an unsere letzte Begegnung und die kommende, und schon war sie verraucht. Seltsamerweise hatte ich manchmal das Gefühl, dass meine Affäre mit Olivier mich Mathieu näherbrachte. Bot diese Affäre mir nicht letztlich ein Fenster mit Aussicht auf die männliche Psyche und deren ganze Komplexität? Im Juli, vor dem Ferienstopp für die Bauarbeiten, teilte Olivier mir mit, dass er unsere Affäre gerne beenden wolle. Er würde einen Familienurlaub in Italien nutzen, um »sich Isabelle wieder anzunähern«. Bei der Wiedereröffnung von Penture Anfang August dachte ich mir dann schon, dass die Reise nicht besonders romantisch gewesen sein dürfte. Isabelle erzählte mir, sie habe auf der Suche nach dem perfekten Olivenöl die toskanischen Märkte abgeklappert und bei einer echten italienischen Mamma gelernt, wie man nach einer uralten überlieferten Familientradition

Tomaten in der Sonne trocknete. Außerdem hatte Mikaël eine Mittelohrentzündung bekommen.

Olivier stöhnt ein paarmal unter dem Druck meiner Hand, dann ergreift er sie und führt sie an seinen Mund. Er küsst zart meine Finger, einen nach dem anderen, und sein warmer Atem streichelt meine Haut. Sophie Hyndman ist letzte Woche aus Spanien zurückgekehrt, und ich frage mich, ob Mathieu heute eine Verabredung mit ihr hat. Ich versuche schon lange nicht mehr, ihn mit verzweifelten Methoden davon abzubringen, indem ich ihn etwa ohne Vorankündigung in seinem Hochhaus im Stadtzentrum aufsuche, unter dem Vorwand, ich sei gerade in der Gegend, und es wäre doch nett, wenn man zusammen zum Mittagessen ginge. Ich stelle mir vor, wie sie sich in einer dunklen Ecke der Place Ville Marie die Kleider vom Leib reißen, vielleicht auf der Treppe eines Notausgangs, denn es ist die Frage, ob sie sich ein Zimmer im W leisten wollen – eine Rechnung dieses Hotels habe ich bereits gefunden, wahrscheinlich gibt es noch weitere, aber nicht massenweise, denn bei den Preisen würde die Monatsmiete einer Wohnung in Griffintown, wenige Minuten vom Stadtzentrum entfernt, sie billiger kommen.

Olivier legt seine Hand auf mein Knie und schiebt den Stoff meines Rocks bis zu Taille hoch, und plötzlich wird mir bewusst, dass ich nirgendwo sonst lieber sein will als in diesem Auto, was mir fast die Kraft gibt, Mathieu zu verzeihen. Denn ich frage mich, ob mit vierzig, bei all den Pflichten, die auf einen zukommen, sobald man die Elternrolle einnimmt, der wesentliche Nutzen einer Arbeit außer Haus – einmal davon abgesehen, dass sie uns ein regelmäßiges Einkommen beschert – nicht vielleicht darin besteht, dass sie uns einen persönlichen Freiraum bietet, in dem wir die Bestimmer sind, der ganz uns allein gehört und in dem wir uns fallen lassen, frei sein, verführen und uns außerehelichen Abenteuern hingeben können; also eine Art Spielwiese. Jedenfalls ist das eine Theorie, der ich gar nicht so abgeneigt bin, denn ich bin nicht in Olivier verliebt, aber nichts und niemand kann mir garantieren, dass Mathieu nicht in Sophie Hyndman verliebt ist.

Der Jeep biegt nach rechts ab und fährt auf eine Kiesallee; durch die Bäume kann man andeutungsweise das Gesims der Pension erkennen. Ein Schauder läuft mir über den Leib, und ich kauere mich nur noch mehr in meinem Sitz zusammen, doch in diesem Moment klingelt das Telefon und unterbricht sowohl die elektronische Musik aus dem Lautsprecher als auch Oliviers Zärtlichkeiten. Er zieht seine Hand aus meinem Höschen und drückt auf den Bluetooth-Knopf an seinem Lenkrad.

»Hallo?«

»Oli? Wo bist du?«

Isabelles Stimme klingt gequetscht und sehr nervös.

»Ich bin mit Magalie im Auto. Was ist los?«

»Hallo, Magalie!«

»Hallo!«

»Ich soll aufs Cover der Weihnachtsausgabe von *Châtelaine*! Ich dreh gleich durch! *Bissfreuden* geht wirklich voll durch die Decke. Romane ist Champagner kaufen gegangen, kommt her, das werden wir feiern.«

»Wow! Glückwunsch«, sage ich ihr.

»Das ist super«, kommentiert Olivier.

»Ich dreh durch, ich dreh durch, das ist wie ein Traum! Wann werdet ihr da sein?«

Olivier sieht mich fragend an. Ich ziehe mir den Rock wieder über die Schenkel und mache ihm damit klar, dass der Programmwechsel nicht so schlimm ist. Er wendet auf dem Parkplatz der Pension, auf dem sich nur zwei weitere Wagen befinden, dann fährt er die Kiesallee zurück Richtung Montréal.

»Wie brauchen etwa eineinviertel Stunden«, sagt er. »Wir beeilen uns.«

»Ja, beeilt euch. Ich dreh durch! Bye!«

Aus den Lautsprechern tönt wieder Musik. Ich hole mein Telefon aus der Tasche und beantworte ein paar Mails von Kunden und Lieferanten. Kurz bevor wir die Autobahn erreichen, bricht Olivier das Schweigen und fragt mich: »Was ist das eigentlich, die *Châtelaine*?«

»Willst du mich verarschen?«

»Äh, nein.«

Ich seufze: »Das ist eine Zeitschrift.«

Ich höre ein Pling und schrecke hoch; offenbar bin ich eingeschlafen. Der Jeep fährt gerade über die Champlain-Brücke, über die schwarzen Fluten des Sankt-Lorenz-Stroms. Neben uns tummeln sich Arbeiter in grellgelber Kleidung auf den Bauplattformen der zukünftigen Brücke, inmitten von Kränen und Betonpfeilern, die wie riesige Haiflossen aus dem Wasser ragen. Ich betrachte den Wolkenkratzer Place Ville Marie, der in der Sonne funkelt. Versuche, Mathieus Kanzlei zu orten. Ich bin einmal zu einer Weihnachtsfeier dort gewesen, daher weiß ich, dass die Büroräume von Blitt Cantin Ségur im achtundzwanzigsten Stock liegen, im Ostflügel des Hochhauses. Vielleicht sitzt Mathieu an seinem Schreibtisch und sieht genau in diesem Moment auf die Brücke hinunter. Vielleicht denkt er an mich und bedauert seinen Fehltritt.

Vielleicht hat er mir die Nachricht geschickt, die mich gerade geweckt hat. Vielleicht bittet er mich, für heute Abend eine Betreuung für Charlotte zu organisieren, damit wir gemeinsam ins Restaurant gehen können.

Ich suche mein Telefon. Es ist mir unter den Po gerutscht. Die Nachricht kommt nicht von Mathieu. Zum dritten Mal innerhalb von vier Wochen meldet sich diese unbekannte Nummer. Ich lese: »Du bist echt eine miese Person.«

»Gut geschlafen?«, fragt mich Olivier. »Alles in Ordnung?«

Wahrscheinlich hat er gesehen, wie ich beim Lesen zusammengezuckt bin. Ich versuche, meine Verwirrung zu überspielen und gebe ein schwaches »Ja, ja« von mir. Aber ich verstehe trotzdem nicht, was da gerade abgeht. Als ich vor vier Wochen die erste Nachricht von diesem Unbekannten erhielt – »Das solltest du nicht tun« –, bekam ich ein paar Tage später schon die nächste: »Unsere Taten sind der Spiegel unserer Werte; deine sind hässlich.« Ich habe ohne zu zögern geantwortet: »Sie haben die falsche Nummer und die falsche Person erwischt. Hören Sie bitte auf, mir Nachrichten zu schicken.« Danach hat es aufgehört, deshalb bin ich davon ausgegangen, das Problem sei gelöst. Den Chatverlauf kann ich auf dem Display meines Smartphones verfolgen. Warum schreibt diese Person mir weiter, obwohl ich sie auf ihren Irrtum hingewiesen habe? Sind diese Nachrichten wirklich an mich gerichtet?

Ich hebe den Kopf und schaue Olivier an: »Bist du dir sicher, dass Isa, was uns angeht, keinen Verdacht schöpft?«

Seine Gesichtsmuskeln verkrampfen sich, und sehr feine Fältchen erscheinen auf seinen Wangen unter den Barthaaren.

»Absolut sicher. Warum?«

»Habe ich mich nur so gefragt.«

»Die wenigen Nachrichten, die wir uns geschickt haben, hab ich gelöscht. Du auch?«

»Ja klar.«

»Dann gibt es auch keine Spuren.«

Olivier verstummt, dann fragt er mit leicht ironischem Unterton: »Hast du Angst, deinen Job zu verlieren?«

Ich versuche, den leichten Ton beizubehalten, obwohl ich empört bin, dass er darauf anspielt. Mit einem Lächeln auf den Lippen erwidere ich: »Habt ihr denn die nötigen Mittel, mir meinen Anteil abzukaufen?«

Die Antwort kenne ich bereits. Vor drei Jahren haben Isabelle und Olivier sich in der Nähe des Atwater-Marktes ein Häuschen gekauft. Einen Neubau, drei Stockwerke hoch, mit Panoramafenstern und einem Blick auf den Lachine-Kanal. Das ist im Übrigen auch der Grund, weshalb sie damals mein Angebot, Geschäftsteilhaberin bei Penture zu werden, mit Freuden annahmen. Die sechzigtausend Dollar, die sie von mir bekamen, konnten sie in das Grundkapital für ihr Haus stecken. Aber obwohl die Zinsen niedrig sind, jammert Isabelle oft, das Abzahlen der Hypothek bringe sie noch um, und seit einigen Monaten kommt noch der Lohn für eine Kinderfrau dazu, die sich in Vollzeit um ihren Sohn kümmert.

Olivier wirft mir einen zärtlichen Blick zu.

»Das war ein schlechter Witz, tut mir leid. Aber ich schwöre dir, Maggy, wenn Isabelle etwas wüsste, hätte sie mir schon längst eine Szene gemacht.«

Er hält kurz inne und bemerkt dann: »Sie ist nicht wie du.«

Seine Miene drückt irgendetwas zwischen Faszination und Verzweiflung aus; der Satz bleibt zwischen uns in der Luft hängen. Ich habe keine Lust, mich über die Gründe auszulassen, warum ich Mathieu keine Szene mache. Habe ich Olivier das nicht alles längst erklärt? Dass ich lieber nichts sage, um mir die Hoffnung zu bewahren? Ich packe das Handy in meine Tasche und beschließe, meinen Telefonanbieter anzurufen, um die Nummer blockieren zu lassen.

»Das war gerade idiotisch von mir, dich anzubaggern«, sagt Olivier. »Wir müssen damit aufhören. Es hat uns gutgetan, aber jetzt ist es vorbei.«

Da gebe ich ihm recht. Allerdings wüsste ich auf die Frage, ob wir uns in den letzten Monaten gutgetan haben, nicht so genau, was ich antworten sollte. Letztlich war unsere Affäre, soweit ich sie verstanden habe, sowohl für Olivier als auch für mich nur ein Mittel, die Realität, der wir nicht entfliehen konnten, erträglicher zu machen.

Wenige Monate nach der Geburt ihres Sohnes Mikaël hatte Isabelle ihr Küchenatelier im Ausstellungssaal von Penture eingerichtet. Sie behauptete, sie könnte sich keine Rezepte mehr ausdenken, nicht mehr kochen und ihre Machwerke zu Hause auch nicht fotografieren, weil ihr Sohn trotz Kinderfrau ständig ihre Aufmerksamkeit einfordere. Daher hatte ich ihr eine Küche nach ihren Vorstellungen designt – ein paar Schränke mit weißen Shaker-Türen, Butcherblock-Arbeitsflächen und eine Kücheninsel aus Granit –, hinten im offenen Bereich im Erdgeschoss, bei unseren anderen Vorzeigemodellen. Dann schlossen wir die elektrischen Haushaltsgeräte an und verlegten die Rohrleitungen, und zur Einweihung schenkten wir Isabelle eine weiße, maßgefertigte Neonreklame auf der in großer Schreibschrift *Bissfreuden* stand. Diese Neonreklame hängt an der Wand über ihrem Kühlschrank. Die Anwesenheit von Isabelles Atelier im Ausstellungssaal von Penture hat zweifellos die Attraktivität des Einkaufserlebnisses erhöht, wie Marketingexperten wohl sagen würden: Es genügt, dass Isabelle bei ihren Öfen sitzt und an der letzten Version ihrer Dashi-Suppe oder ihres weißen Chili mit Blumenkohl feilt, damit der Ausstellungssaal sich mit verlockenden Düften füllt, die es unseren Kunden gestatten, sich vorzustellen, wie sie selbst sich diese Köstlichkeiten in ihrer zukünftigen Küche zubereiten. »Das ist fast schon ein Kaufargument«, hatte Olivier ein paar Tage nach der Einweihung von Isabelles Atelier gesagt.

Als Olivier und ich heute durch die Türen von Penture kommen, empfängt uns ein zuckersüßer Duft in der Ausstellungshalle. Eine Gruppe, in der herzhaft gelacht wird, hat sich in Isabelles Atelier versammelt. Sobald sie uns entdeckt, läuft sie in ihren hochhackigen Stiefeletten auf uns zu und wirft sich Olivier in die Arme. Er drückt ihr einen Kuss auf die Stirn.

»In der *Châtelaine*! Das ist Wahnsinn, mein Schatz. Bravo!«

»Ich dreh durch, ich dreh durch, ich glaube, seit heute Mittag sag ich nichts anderes. Ich kann es einfach noch nicht fassen.«

Mit hochroten Wangen dreht sie sich zu mir um. Sie sieht aus wie ein Kind mit ihren blonden Löckchen und den braunen Rehaugen.

Ich sage »Hiiii« und nehme sie in den Arm. »Das ist echt genial!«

Olivier wendet den Blick ab. Er dürfte es unerträglich finden, uns so zu sehen, Isabelle und mich, wie wir einander in den Armen liegen. Ich für mein Teil mag Isabelle, auch wenn mein Verhalten etwas anderes suggeriert. Allerdings bin ich emotional ein bisschen auf Abstand gegangen, wegen eines

Kommentars von ihr, kurz nach meinem Einstieg in der Firma. Wir sprachen über unsere Familien – ihre Eltern sind beide Fotografen –, und ich hatte ihr gerade erzählt, dass mein Vater an Magenkrebs gestorben war. Nachdem sie mitleidig das Gesicht verzog, nickte sie mit zusammengekniffenen Lippen und sagte in einem Ton, als halte sie den Schlüssel zu den Geheimnissen der Menschheit in Händen, zu mir: »Dein Vater hat sich bestimmt sehr schlecht ernährt.« Diese Bemerkung hat mich ziemlich geärgert. Nicht nur dass Isabelle keine Ahnung davon hat, was mein Vater jeden Tag gegessen hat – tatsächlich war er ein Anhänger der Mittelmeerdiät und hat sich verhältnismäßig gut ernährt –, gab sie darüber hinaus indirekt ihm die Schuld an der Krankheit, die ihn dahingerafft hat. Wie kann man nur so wenig Mitgefühl zeigen? Kurz und gut, ich fand es abscheulich von Isabelle und ging selbstverständlich davon aus, dass ich niemals eine echte Freundschaft zu dieser jungen Frau entwickeln würde, die sich derart in ihre Überzeugungen verrannt hatte, dass sie, ohne es zu merken, solch grausame Bemerkungen von sich geben konnte.

»Kommt schon, es ist kaum mehr was vom Schampus da!«, sagt sie.

Wir folgen ihr. Hinter der Kücheninsel steht Romane, über ihrem Kleid eine Leinenschürze mit einem mehlbestäubten Penture-Logo.

Sie empfängt uns mit Champagnerflöten.

»Ihr seid die Einzigen, die noch gefehlt haben!«

Romane ist Isabelles rechte Hand. Sie hat einen Magister in Literatur, der sie zunächst nur ins dritte Untergeschoss von Radio Canada gebracht hat, in die Abteilung Untertitelung für Hörgeschädigte, ein Job, den Romane schließlich kündigte, um selbstständige Korrektorin zu werden. Für diesen Job durchforstete sie die Internetseiten von Québequer Kleinunternehmen und checkte sie nach Orthografiefehlern durch. Anschließend schrieb sie die Webseitenbetreiber an und erklärte ihnen, wie wichtig es für das Image ihrer Firma sei, ein stilvolles und gepflegtes Französisch zu schreiben, auch wenn wir in einer Gesellschaft leben, in der es immer mehr Analphabeten gibt und immer mehr Fremdsprachen gesprochen werden. In neun von zehn Fällen engagierten die Unternehmen sie am Ende als Korrektorin. *L'Araignée inc.* – so hatte sie, da sie ihren Beruf ausschließlich im Netz ausübte, ihr Unternehmen genannt – brachte ihr am Ende genauso viel ein wie die Anstellung bei Radio Canada. Wenige Monate nach dem Start des Foodblogs *Bissfreuden* lernte sie Isabelle kennen; sie las ihre Rezepte Korrektur, bevor sie online gingen. Je mehr Klicks *Bissfreuden* bekam und je populärer es wurde, desto wichtiger wurde Romanes Rolle. *L'Araignée inc.* stellte sämtliche Aktivitäten ein; Isabelle übernahm Romane als Vollzeitkraft und übertrug ihr die Verwaltung des Sponsorings und die Durchführung von Werbemaßnahmen in den Sozialen Netzwerken.

Unter Isabelles Namen hatte Romane die Aufgabe, die immer zahlreicher eintrudelnden Fragen und Kommentare der User zu beantworten. Vor nicht allzu langer Zeit wusste ich nicht einmal, dass Isabelle überhaupt eine persönliche Assistentin hat; aber vor wenigen Monaten zog auch Romane mit ihrem Büro ins Hochhaus von Penture um und erzählte mir ihre Geschichte. Damals lernte sie auch Alexandru kennen, einen unserer rumänienstämmigen Installateure. Morgens sah ich sie oft zusammen auf Romanes verrosteter Honda ankommen, sicherlich ein Zeichen dafür, dass sie eine oder zwei

Stunden vorher nebeneinander aufgewacht waren. Ich weiß nicht, was der Grund ist, aber sie scheinen es nicht eilig zu haben, ihre Beziehung offiziell bekannt zu geben, und tun so, als seien sie nichts weiter als Kollegen. Alexandru hat einen Zwillingsbruder, Stefan, der auch Installateur ist. Jetzt sitzen sie gerade alle beide mit roten Augen auf den Hockern bei der Kücheninsel, und ich bin mir sicher, dass sie auf den Parkplatz geschlichen sind, um einen Joint zu rauchen, was ich absolut nicht tolerieren würde, wäre ihr Arbeitstag nicht schon zu Ende.

Johanne, die Angestellte vom Empfang, und Mylène, unsere Buchhalterin, nehmen auch an der Feier teil. Sie sind Anfang fünfzig, die Hintern in zu enge Jeans gezwängt, und machen den Abwasch. Schaber, Schalen, Schlagschüsseln, Messbecher, Holzlöffel, die eine spült, die andere trocknet ab, hin und wieder halten sie inne, um an ihren Champagnerflöten zu nippen. Isabelle geht zu Romane hinter die Kücheninsel und holt einen Teller voll kleiner schwarzer Törtchen mit grelloranger Cremefüllung aus dem Kühlschrank.

»Das müsst ihr probieren!«, befiehlt sie uns. »Meine Halloween-Cupcakes! Ich werde sie nächste Woche auf meinen Blog stellen, bin mir aber noch nicht sicher, ob sie schon fertig sind.«

»Wir waren gerade dabei, sie zu testen, als das Redaktionsbüro der Zeitschrift angerufen hat«, erklärt Romane.

»Der *Châtelaine*!«, sagt Isabelle und hüpft hoch. »Ich dreh durch!«

Alexandru und Stefan sind die Ersten, die mit ihren schwieligen Händen nach den Tellern langen. »Yam, yam«, bemerken sie zwischen zwei Bissen, aber Isabelle verdreht die Augen zur Decke.

»Bei den vielen Joints würdet ihr das auch über einen Duncan-Hines-Kuchen sagen.«

Da Johanne und Mylène ständig auf Diät sind, wurden sie von der Pflichtübung des Probeessens befreit. Wenn sie mittags in ihren vinaigrettefreien Salaten herumstochern, gekrönt von kleinen Thunfischstückchen im eigenen Saft oder Hühnerfleischwürfelchen, jammern sie immer: »Wenn du als Frau die Fünfzig überschritten hast, ist es egal, was du machst, du nimmst zu: im Gesicht, an der Taille, am Hintern. Schrecklich.«

Olivier, Romane und ich sind die offiziellen Versuchskaninchen. Die Kuchen sind lecker, höchst ausgewogen, enthalten wenig Zucker. Die Textur ist weich, leicht, hier und da einige kräftige Stückchen dunkle Schokolade, schmelzzart, aber knackig. Das eigentlich Problematische ist das Icing: Es schmeckt bitter, ist zäh wie Gips und passt nicht zu dem süßen Kuchen.

»Irgendwas ist mit der Konsistenz«, sagt Olivier.

»Die stimmt überhaupt nicht«, setzt Romane noch eins drauf und überlässt ihr Kuchenstück Alexandru, der sich begeistert darauf stürzt.

»Scheiße«, sagt Isabelle.

Ich versuche, in meinen Kommentaren etwas konstruktiver zu sein als die anderen.

»Schmeckt ein bisschen wie Kreide.«

Isabelle runzelt die perfekt gezupften Brauen und sieht mich fest an. Ich frage mich, ob ich vielleicht zu direkt gewesen bin. Meine Geschäftspartnerin ist sich selbst gegenüber sehr anspruchsvoll, und sie wünscht sich zwar, dass wir ehrlich sind, wenn wir ihre Kreationen testen, hofft aber trotzdem, dass alles perfekt ist. Bin ich nicht auch ein bisschen so, wenn ich den Kunden meine Planskizzen für ihre Küchen vorlege?

Sie nickt dem Kuchenteller zu, nimmt sich mit spitzen Fingern ein Probierstück und führt es zum Mund. Sie kaut konzentriert, versucht herauszufinden, was nicht stimmt, sieht nach rechts, dann nach links und wendet sich schließlich Romane zu: »Da fehlt Stevia. Aber das Kurkuma passt.«

»Das Kurkuma ist ein bisschen intensiv«, sagt Romane. »Aber wenn wir noch Stevia dazutun, übertüncht das den Geschmack, und es wird perfekt, da hast du recht.«

»Was ist Stevia?«, fragt Alexandru.

»Lies mein Buch, dann weißt du es«, antwortet Isabelle.

»Da ist Kurkuma in deinen kleinen Kuchen?«, fragt Joanne verwundert.

»Im Icing, ja, dadurch bekommt es diese Halloween-Farbe.«

Mylène verzieht angeekelt das Gesicht. »Ein indisches Gewürz in Cupcakes?«

Isabelle verwendet selbstverständlich niemals künstlich hergestellte Farben, da zahlreiche Studien den Zusammenhang zwischen diesen synthetischen Produkten und der Hyperaktivität von Kindern sowie allen möglichen Krankheiten bestätigt haben. Immer wieder rühmt sie die Vorteile von Kurkuma; wenn man ihr Glauben schenkt, dann ist diese Wurzel das absolute Wundermittel – ein Superfood –, es ist supergesund, wirkt als Antioxidans und ist entzündungshemmend.

»Kurkuma ist der neue Kale«, verkündet sie.

»Was ist Kale?«, fragt Stefan.

Ich leere meine Champagnerflöte, reiche Mylène den letzten Scheck des Massawippi-Projekts, den Alain und Robert mir zuvor gegeben hatten – zwölftausend Dollar –, und gehe hoch in mein Büro. Eine gute halbe Stunde lang widme ich mich dem Neuentwurf des Küchenplans für eine Kundin, die mich gestern panisch angerufen hat, um mir mitzuteilen, sie brauche jetzt doch einen zusätzlichen Schrank, wenn möglich links vom Kühlschrank, um darin ihre Waschmaschine und den Trockner zu verstecken, denn sie habe sich nun doch entschlossen, Badewanne und Dusche im Badezimmer zu trennen, deshalb sei da jetzt kein Platz mehr für eine Hauswirtschaftsecke. Aber trotz dieser Änderung würde sie nur ungern auf Stauraum verzichten. Ob ich da nicht ein Wunder vollbringen könnte?

Ich habe Charlottes Erkältung nicht vergessen, entschließe mich aber dennoch, meinen Telefonanbieter anzurufen, bevor ich das Büro verlasse. Ich muss lange warten und bin sehr dankbar für die Lautsprecherfunktion meines Apparates, die mir freie Hand lässt, in die Suchmaschine meines Computer die Frage »Wie blockiert man eine iPhone-Nummer?« einzutippen. Als ich zehn Minuten später mein Smartphone ausschalte, habe ich immer noch mit niemandem gesprochen, dafür aber die Lösung meines Problems auf einem Techno-Blog gefunden. Ich bin gerade dabei, Punkt für Punkt die empfohlenen Schritte auszuführen, als jemand an meine Bürotür klopft, die ich halb offen gelassen habe.

»Hast du irgendwelche Knöllchen nicht bezahlt?«, fragt mich Romane. Sie hat ihre bemehlte Schürze ausgezogen.

Ich runzle die Brauen: »Welche Knöllchen?«

»Unten steht ein Polizist und möchte dich sprechen.«

»Weshalb?«

Romane zuckt mit den Schultern, als habe sie keinen blassen Schimmer.

»Keine Ahnung. Er hat nur gesagt, er wolle Magalie Breton sprechen.«

Charlotte!, ist mein erster Gedanke, und ich spüre, wie mir das Herz bis zum Hals schlägt. Sie ist erstickt, als sie in der Pause eine Rosine gegessen hat, sie hat sich beim Spielen im Hof den Schädel eingeschlagen, sie hat das Klassenzimmer verlassen, um auf Toilette zu gehen, und ist nie zurückgekehrt, schließlich habe ich selbst letztens bemerkt, dass die Schultore während der Hortzeiten niemals abgesperrt sind. Jeder Geisteskranke kann sich da einfach so reinschleichen. Ich muss daran denken, was die Medien gestern zum Vermisstenfall der Annabelle Juneau gebracht haben. Jugendliche hatten sich mit einem Smartphone gefilmt, als sie den Sephora-Laden verließen, und dabei die Vermisste aufgenommen, wie sie gerade mit einem Unbekannten diskutiert, von dem man nur den dicken Hals und die breiten Schultern erkennt. Auf diesem Fünfzehn-Sekunden-Video sieht man, wie Annabelle Juneau sich wild gestikulierend über diesen Mann aufzuregen scheint. Dann geht sie weiter, und es ist offensichtlich, dass er sie verfolgt. Laval ist nur ein paar Kilometer von Rosemont, meinem Viertel, entfernt. Vielleicht hat derselbe Beutegreifer sich in die Schule meiner Tochter geschlichen. Charlotte befindet sich entweder in den Händen dieses Monsters oder, mit etwas mehr Glück, auf der Intensivstation des Hôpital Sainte-Justine.

Ich trete Romane auf die Füße, als ich völlig panisch aus dem Büro stürze.

»Oh, fuck!«

»Sorry!«

Von der Treppe aus sehe ich den Polizisten: Er steht mit dem Rücken zu mir und schaut sich gerade ein paar von den ausgestellten Waschbecken an. Für ihn ist ein Kind, das sich in Gefahr befindet, natürlich nur eine Routineangelegenheit, die ihn nicht davon abhält, sich ein paar topmodische Armaturen anzusehen. Ich rase die Treppen hinunter und halte mich am Geländer fest, weil ich das Gefühl habe, gleich in Ohnmacht zu fallen.

»Magalie Breton, das bin ich.«

Er dreht sich um.

»Hallo.«

Ich brauche ein paar Sekunden, bis ich ihn wiedererkenne.

»Guillaume?«

Die Überraschung dürfte mir ins Gesicht geschrieben stehen. Plötzlich wird er rot, lässt den Info-Flyer der Armatur fallen, bückt sich, um ihn wieder aufzuheben, und legt ihn an seinen Platz zurück.

Er stammelt: »Deine Mutter … Sie hat mir verraten, wo du arbeitest.«

»Ach so, ja klar.«

»Geht's dir gut?«

Ich kämpfe um Luft, mit der Hand auf dem Herzen, und spüre sein wildes Klopfen.

»Fuck, ich dachte, meiner Tochter wäre was passiert.«

»Shit, das tut mir leid. Ich hätte vorher anrufen sollen. Aber ich wurde zu einem Einsatz hier in der Ecke gerufen, und da hab ich mir gedacht …«

»Alles in Ordnung, Maggy?«, schreit Romane, auf das Geländer im Zwischengeschoss gestützt.

»Ja, ja. Wir kennen uns.«

Romane reißt die Arme hoch, als ob sie sich wundern würde, warum ich noch vor wenigen Sekunden eine solche Panik geschoben habe, und verschwindet in ihrem Büro.

Hätte ich ihr erzählen sollen, woher ich diesen Polizisten kenne? Ich würde Guillaume ja nicht gerade meinen Stiefbruder nennen, so vertraut sind wir nicht miteinander, schließlich habe ich ihn erst einmal im Leben gesehen. Aber immerhin, Familienbande sind hier durchaus im Spiel.

»Ich hätte anrufen sollen«, wiederholt Guillaume. »Es tut mir wirklich leid.«

»Ach was, das passt schon. Ich muss ohnehin gleich los, um Charlotte von der Schule abzuholen. Was kann ich für dich tun?«

Johanne sitzt an der Rezeption an ihrem Schreibtisch, saugt an einer Wasserflasche und beobachtet uns mit inquisitorischem Blick. Nur Guillaume scheint nicht zu merken, dass seine Uniform für Neugierde und Aufregung sorgt. Wahrscheinlich kennt er es nicht anders. Er lässt den Blick über unseren Ausstellungsraum schweifen und kratzt sich dabei mit etwas verlorenem Blick am Kopf. Dann schaut er mich mit seinen braunen Augen an, und ich erkenne wieder diese Sanftheit darin, die mir schon bei unserer ersten Begegnung aufgefallen ist, als wir uns völlig ratlos ansahen und nicht wussten, wie wir beim Anblick unserer sich küssenden Eltern reagieren sollten.

Außerdem erinnere ich mich, wie verletzlich ich mich ihm gegenüber an diesem Abend gezeigt habe, und sehe kurz das Bild der feuchten Stirn meines Vaters vor mir, der auf seinem Krankenhausbett im Sterben liegt. In dem Moment überkommt mich eine tiefe Traurigkeit und ein großes Schamgefühl, aber von alldem bekommt Guillaume scheinbar nichts mit, denn am Ende sagt er bloß: »Ich würde gerne meine Küche renovieren, und ich habe keine Ahnung, wo ich anfangen soll.«

Bin ich eine vorbildliche Mutter? Ich habe Charlotte fast zwölf Monate lang gestillt, und als ich mit dem Zufüttern begann, habe ich jeden Brei selbst gekocht, sogar den mit Fleisch. An den Wochenenden schalte ich für mehrere Stunden mein Handy aus, um tausend Dinge mit ihr zu unternehmen. Wir basteln, zeichnen, werkeln im Garten, wir gehen zum Spielen in den Park, zum Schlittschuhlaufen, machen ein Picknick, wir besuchen das Biodôme, das Planetarium, die Große Bibliothek, den Zoo von Granby und das Museum. An Halloween höhlen wir Kürbisse aus und schneiden Fratzen rein; an Weihnachten schmückten wir den Weihnachtsbaum mitten im Wohnzimmer mit glitzernden Christbaumkugeln, Lichtern und Girlanden. Weil die Studien zur Benutzung von Touchscreens bei Kindern wenig eindeutige Ergebnisse geliefert haben, bin ich noch vorsichtig und lasse Charlotte nie länger als zwanzig Minuten damit spielen, und nie kurz vorm Schlafengehen; seit fast schon sechs Jahren lese ich ihr lieber aus einem Buch vor oder singe ihr ein Wiegenlied. Aber trotz dieses Verzichts und sämtlicher Beweise meiner bedingungslosen Liebe ist Charlotte überzeugt, dass ich sie foltern will, sobald ich versuche, ihr etwas Nasenspray zu verabreichen, wenn der grüne Rotz ihr schon aus der Nase läuft. Daher beschließe ich, diese undankbare Aufgabe an diesem Abend Mathieu zu überlassen, und rufe meine Mutter an. Seit dem Abendessen bei André Anfang September haben wir nicht mehr miteinander gesprochen und uns nur vier oder fünf Nachrichten geschrieben. Ich fühle mich unwohl, da ich befürchte, sie könnte mich nach meiner Meinung zu André fragen. Vielleicht muss ich ihn ein zweites Mal treffen, um mir ein genaueres Bild zu machen, aber der Eindruck, den ich in der gemeinsam verbrachten Zeit gewonnen habe, war eher negativ: ein kalter und von sich selbst eingenommener Mann. Und natürlich, selbst wenn ich versuche, diese Sache zu vergessen: schamlos.

»Hast du Guillaume erzählt, ich könnte seine Küche renovieren?«

»Er ist gestern bei André vorbeigekommen und hat uns erzählt, dass er eine Renovierung plant. Die Küche stammt noch aus den Achtzigern. Ich nehme an, er wollte ursprünglich das Haus verkaufen, hat dann seine Meinung geändert, und da er jetzt drin wohnen bleiben wird, lohnt es sich für ihn, sie zu renovieren. Ich habe ihm einfach nur gesagt, du könntest ihn beraten.«

»Er will mich von Anfang bis Ende mit dem Projekt betrauen.«

»Ist er bei dir im Büro aufgetaucht?«

»Ja, vorhin. Ich hab nichts dagegen, ihm zu helfen, aber ich bin so beschäftigt, mein Terminkalender ist voll bis Weihnachten.«

»Einer mehr, bei dem du …« Meine Mutter fällt sich selbst ins Wort. »Mein Gott, was ist denn bei dir los? Seid ihr gerade dabei, ein Huhn zu schlachten?«

Ich gehe zur Badezimmertür und drücke sie auf. Charlotte weigert sich, den Kopf in den Nacken zu legen, damit Mathieu das Nasenspray in die Nasenlöcher sprühen kann. Er hält sie sanft im Nacken, um ihr Mut zu machen, aber sie brüllt, weint und schlägt so heftig um sich, dass Rotzstreifen an Mathieus Hemd kleben bleiben.

»Kannst du das nicht machen?«, fragt er mich unwirsch. »Sie hört überhaupt nicht auf mich.«

Er beißt die Zähne zusammen, und ich spüre, dass er ungeduldiger ist als sonst. Seine Augen sind rot unterlaufen. Er dürfte hungrig sein, denn er hat nichts zu Abend gegessen. Ich habe ihm Charlotte aufs Auge gedrückt, sobald er die Wohnung betreten hat, das war vor wenigen Minuten. Er war um acht zu Hause. »Das Meeting mit unseren Kunden zieht sich in die Länge«, hatte er mir um kurz vor sechs geschrieben. War das die Wahrheit? Charlotte gibt ihrem Vater einen Fußtritt.

»Alles in Ordnung? Ist alles in Ordnung?«, fragt meine Mutter beunruhigt. »Warum weint sie denn so?«

»Lass es bleiben«, sage ich zu Mathieu. »Sie ist müde. Putz ihr die Zähne und bring sie ins Bett.«

Ich schließe wieder die Tür und führe mein Gespräch in der Küche fort. Ich versichere meiner Mutter, dass es Charlotte gut geht. Wir wollen gerade auflegen, und ich bin schon erleichtert, dass sie das gefürchtete Thema nicht angeschnitten hat, als sie mit der Frage herausrückt:

»Und André?«

»Was ist mit André?«

»Maggy, ich bitte dich. Ich habe das Gefühl, das ist der Elefant im Raum. Ich wette, er ist der Grund, warum du mich in den letzten drei Wochen nicht angerufen hast.«

Mein Kopf steckt im Kühlschrank, auf der Suche nach Resten, die ich für Mathieu warm machen kann, denn Charlotte und ich haben die Nudeln von gestern Abend aufgegessen. Ich schnappe mir den Reis, auch wenn der schon ein paar Tage alt ist.

»Er ist sehr nett.«

»Ist das alles?«

Ich nehme den Deckel ab und schnuppere an dem Gericht in der Pyrex-Form. Der Reis ist noch frisch, das wird gehen.

»Er hat ein schönes Haus.«

»Als Mensch meine ich natürlich.«

»Aber Mama, ich habe ihn doch erst einmal gesehen!«

»Das weiß ich. Aber ich fühle mich wohl mit ihm, das ist alles. Und ich wünsche mir so sehr, dass das für dich kein Problem ist. Ich habe deinen Vater über sechsunddreißig Jahre geliebt, aber er ist nicht mehr da. Und ich bin jetzt schon sieben Jahre lang ganz alleine, Maggy.«

Ich stelle den Reis in die Mikrowelle, um ihn aufzuwärmen. Wie könnte ich etwas dagegen haben, dass meine Mutter nach Glück und Geborgenheit sucht? Sie ist vierundsechzig und hat noch ein paar schöne Jahre vor sich; und sie hat das Recht, sie so zu verbringen, wie es ihr passt. Und doch kann ich mich nicht so richtig für sie freuen. Wir reden noch ein bisschen, und obwohl der Herbst kaum begonnen hat, fragt mich meine Mutter, ob wir am 24. Dezember Zeit hätten, weil André und sie uns gerne zu Heiligabend einladen würden. Ich verspreche ihr, Mathieu so bald wie möglich zu fragen, ob seine Eltern am 24. oder am 25. mit unserem Besuch rechnen, und lege auf. Mathieu packt mich bei der Taille. Ich habe ihn nicht in die Küche kommen hören. Er küsst mich in den Nacken.

»Entschuldige, das war gerade blöd von mir. Das steht dir gut, dein rotes Kleid.«

»Danke. Ist Charlotte bereit für ihre Geschichte?«

»Sie schläft schon. Sie ist umgefallen wie ein Stein.«

Ich schenke uns zwei Gläser Wein ein und setze mich zu ihm an die Kochinsel, um ihm beim Abendessen Gesellschaft zu leisten. Auch wenn er meinen Vater nie kennengelernt hat und seine Begeisterung für André sich in Grenzen hält, hat Mathieu eine dezidierte Meinung zu der Sache: »Dein Vater würde sich für deine Mutter freuen.«

Diese Angewohnheit mancher Leute, sich einzubilden, sie wüssten genau, was die Toten gewollt hätten, geht mir tierisch auf den Geist. Mein Vater wollte nicht krank sein, und er wollte vor allem nicht sterben, das ist die ganze Wahrheit. Was ihn wirklich glücklich machen würde, wäre, niemals gestorben zu sein. Mathieu findet, meine Art, die Dinge zu sehen, ergebe keinen Sinn, weil mein Vater keine andere Wahl hatte, als zu sterben.

»Wenn ich einmal sterbe«, sagt er, »wäre ich glücklich darüber, wenn du mit einem anderen ein neues Leben anfängst, weil ich dich liebe.« Er nimmt sich eine Gabel voll, dann setzt er kauend hinzu: »Du etwa nicht, ich meine, wenn du sterben würdest?«

Ich sehe ihn sprachlos an. Wie die meisten Menschen bin ich nicht sehr erpicht darauf, über meinen Tod nachzudenken. Aber da die Umstände nun mal sind, wie sie sind, habe ich vor allem plötzlich Lust, ihm die Wahrheit ins Gesicht zu schleudern: »Was hat das schon für eine Bedeutung? Du wartest ja nicht einmal ab, dass ich in meinem Sarg liege, um dich anderweitig umzusehen.« Stattdessen empfehle ich ihm, seinen frittierten Reis nicht in Sojasoße zu ertränken. Durch das viele Salz riskiere er bloß eine vorzeitige Verstopfung der Arterien.

Sein Smartphone klingelt, und der Name Fabrice erscheint auf dem Display. Das ist einer der Teilhaber seiner Kanzlei. Mathieu hat keine andere Wahl, er muss rangehen, und ich lasse ihn mit seinem Telefonat allein.

In Charlottes Zimmer gibt es einen rosa Sternenhimmel, der von ihrem Marienkäfer-Nachtlicht aus Plastik an die Decke projiziert wird. Ich ziehe Babounes Ohr aus Charlottes Mund, an dem sie saugt, als wäre es ihr Daumen, und schreibe mir im Geist eine Notiz: das Stofftier waschen, es beginnt zu müffeln. Dann strecke ich mich neben meiner Tochter aus und lasse mich vom Schnarchen des kleinen Ferkels in den Schlaf wiegen. Wieder ist ein Tag zu Ende, sage ich mir; wieder ein Tag, an dem ich nichts getan habe, um mich aus dieser irrwitzigen Lage zu befreien.

Mittwoch, 5. Oktober

Mathieu,
gerade bin ich in London gelandet und weiß nicht, ob ich mich ärgern oder das lustig finden soll. Du glaubst, dass ich deine Süße quäle, indem ich ihr anonyme Nachrichten schicke? Da wir schon einmal bei dem Thema sind, hast du vielleicht auch Angst, dass ich das Häschen deiner Tochter koche? Ich habe nicht einmal die Telefonnummer von Magalie. Bist du sicher, dass es nicht Camille von Faber & Limoges war? Vielleicht hat ja das, was vor drei Jahren zwischen euch gelaufen ist, bei ihr einen bitteren Nachgeschmack hinterlassen. Wie es aussieht, hast du ihr auch versprochen, deine Partnerin zu verlassen. Ich habe mich fast an meinem Cocktail verschluckt, als sie mir vorgestern auf der Gala der jungen weiblichen Anwälte davon erzählt hat. Mir wäre es lieber gewesen, ich hätte es von dir erfahren. Aber wie auch immer, deine Vergangenheit ist deine Sache und geht nur dich etwas an. Ich wende mich lieber der Zukunft zu, immer etappenweise, die nächste steht Weihnachten an, was du sicher nicht vergessen hast. Hast du es gesehen, in der Firmenzeitung stand, dass die Party dieses Jahr im Sofitel steigen wird. Wir könnten uns eine Suite reservieren. Ciao, I love you.
Sophie

PS: Schließ deine Bürotür ab und ruf mich auf FaceTime an, bevor du nach Hause gehst. Bei der Zeitumstellung wäre ich dann so weit, mich im Hotel schlafen zu legen und fände es schön, wenn wir uns Gute Nacht sagen könnten.

4

Guillaume

Dienstag, 18. Oktober

Bevor ich mich dazu entschlossen habe, meine Küche renovieren zu lassen, habe ich sie gar nicht richtig wahrgenommen. Jetzt frage ich mich, wie es mir die ganze Zeit egal sein konnte, dass sie so abgenutzt ist und aus so schäbigen Materialien besteht. Die vergilbten und absplitternden Spanplatten der Schränke, die Arbeitsplatten aus Laminat mit den nicht mehr entfernbaren Flecken, die Küchenrückwand aus Dekoglas mit dem Kaffeebohnenmotiv: ein Horror. Ganz zu schweigen von dem gänsekackefarbenen Vinylboden. Wenn ich nur an die vielen Menschen denke, die ich in den letzten Jahren zu mir eingeladen habe, ohne mich für meine Küche zu schämen. Dabei ist sie das Zentrum des Erdgeschosses. Als offener Raum konzipiert bildet sie eine Einheit mit dem Wohnzimmer und springt ins Auge, sobald man durch die Eingangstür das Haus betritt. Wie viele haben bei sich gedacht, dass ich einen schlechten Geschmack habe, dass ich altmodisch bin?

Magalie und ihr Geschäftspartner Olivier, ein Typ mit zerzausten Haaren, aber festem Händedruck, sind mit dem Zollstock zugange. Ihre Gesten sind präzise, mechanisch, sie tauschen Blicke, die nur sie allein verstehen. Wie wenn Ärzte bei ihren Patienten Krebsgewebe entdecken, überrascht sie das, was sie da ertasten, abkratzen, beobachten, auch nicht allzu sehr: Sie bekommen jeden Tag noch ganz andere Fälle zu sehen, und bestimmt weitaus schlimmere. Außerdem ist es meiner Ansicht nach keine übertriebene Behauptung, dass diese altmodische Küche so etwas wie ein Muttermal mitten auf meiner Stirn ist, das ich schon lange einmal hätte untersuchen lassen sollen. Ich muss mich rechtfertigen.

»Meine Ex-Frau wollte die Küche lieber einfach so lassen, wie sie war, statt auf einer riesigen Baustelle zu leben. Und wenn wir uns gleich in Renovierungsarbeiten gestürzt hätten, hätte unsere Ehe wahrscheinlich noch kürzer gedauert! Als wir uns vor sieben Jahre getrennt haben, hatte ich nicht genug Geld, um es in die Küche zu stecken, weil ich ihr ihren Teil des Hauses abkaufen musste. Mittlerweile habe ich meine Finanzen wieder im Griff, aber da ich mir sicher war, dass ich das Haus verkaufen würde, um mir nächstes Jahr was Neues in der Stadt zu suchen, und jeder mir geraten hat, nicht zu renovieren, weil das große Ausgaben sind und keiner die Geschmäcker der zukünftigen Käufer kennen kann, habe ich dieses Schmuckstück länger ertragen, als mir lieb ist. Nur muss ich jetzt meinen Plan, vom Südufer wegzuziehen, vorläufig begraben, weil meine Tochter in einen Schwimmverein eingetreten ist. Im Januar wird sie schon im Morgengrauen aufstehen, um hier im Schwimmbad zu trainieren.«

Ich merke, dass ich vom Hölzchen aufs Stöckchen komme und gar kein Ende mehr finde.

»Da bringst du aber ein großes Opfer«, bemerkt Magalie.

Ich frage mich, warum sie das sagt: Findet sie mein Leben in einem Kaff am Südufer so beknackt? Ich weiß schon: Sainte-Julie ist nicht so hipp wie Saint-Lambert oder Boucherville, zwei kleine edle Nobelgemeinden, auch wenn sie auf der anderen Seite der Brücke liegen. Nein. Sainte-Julie ist ein Vorort ohne besonderen Charme, völlig zusammengewürfelt, ein Ort für junge Familien, die nicht die Mittel haben, sich irgendwo auf der Île de Montréal ein Haus mit Hof und drei Schlafzimmern zu kaufen, oder nicht den Mut, sich ins Obergeschoss einer Duplexwohnung auf dem Plateau Mont-Royal zu quetschen. Und auf diesen hässlichen und viel zu grell erleuchteten Boulevards muss ich noch mindestens die nächsten fünf Jahre meines Lebens verbringen.

Ich tue aber so, als würde ich mir darüber keine Gedanken machen: »Ach was! Vielleicht holt sie Gold bei den Olympischen Spielen!«

Magalie streift mich, als sie mit ihrem Smartphone Fotos vom Deckenbalken macht. Ihr Parfüm erinnert mich an das von Karine: ein vager Duft nach Sommerblumen, dezent, aber ein bisschen verrucht, der einem Lust macht, näher zu kommen, um sie besser riechen zu können. In acht von zehn Fällen hat mir dieser Impuls bei meiner Ex ein »Lass mich, bitte, ich habe keine Lust« oder ein »Ich habe keine Zeit« eingebracht. Ich frage mich, ob Magalie Sex mag, ob Mathieu und sie oft miteinander ins Bett gehen. Bei dem Abendessen bei meinem Vater wirkten sie nicht sehr verliebt; ich habe nicht einmal gesehen, dass sie sich berührt hätten. Aber sagt das etwas über die Stärke ihrer Bindung aus?

Hatte Magalie nicht erzählt, sie würde ins Stadtzentrum fahren, das gute sechs oder sieben Kilometer von ihrer Arbeitsstelle entfernt liegt, nur um mit Mathieu zu Mittag zu essen? Olivier unterbricht meine Überlegungen, indem er einwirft, als Polizist müsste ich ja wahrscheinlich viele Überstunden machen und hätte daher in den letzten Jahren wenig Zeit in meiner Küche verbracht. Das stimmt so nicht ganz, aber ich gebe ihm trotzdem mit einem Nicken recht.

»Als kleiner Junge habe ich davon geträumt, Polizist zu werden«, setzt er hinzu.

Magalie prustet los, ohne ihn auch nur anzuschauen: »Du? Du und Polizist?«

Sie scheint ihm das überhaupt nicht abzunehmen, was Olivier, dessen Gesäßtasche zu vibrieren beginnt, wiederum nicht zu stören scheint. Er entfernt sich ein wenig, bevor er mit einem »Ja, Babe?« drangeht.

Magalie fragt mich, ob ich die tragende Säule rechts neben den Arbeitsflächen mit Tafelfarbe streichen und diese wiederum entfernen und stattdessen eine Kochinsel bauen möchte, in die die Säule integriert werden könnte. In diesem Moment kommt Olivier mit besorgtem Blick und einer Hand in den Haaren auf uns.

»Auf Facebook ist so eine Idiotin, die Isas Rezepte kopiert.«

»Was?«, fragt Magalie verwundert.

»Wer ist Isa?«

»Meine Freundin. Sie ist vollkommen panisch. Ich sollte wohl besser gleich gehen. Ich habe jedenfalls alles gesehen, was ich sehen muss. Kannst du dich um den Rest kümmern, Maggy?«

Er gibt mir schnell die Hand und versichert, wir würden uns bald bei der endgültigen Planerstellung wiedersehen. Er übergibt Magalie einige Papiere und nach weniger als fünf

Sekunden bin ich auch schon mit ihr alleine. Mit der Frau, die mir seit über einem Monat nicht mehr aus dem Kopf geht, auch wenn ich sehr wohl weiß, dass es völlig sinnlos ist, mir Illusionen zu machen: Sie ist in festen Händen.

Magalie tippt auf ihrem Smartphone herum, offensichtlich auf der Suche nach dem Betrugsmanöver 2.0, das den Abgang ihres Geschäftspartners beschleunigt hat. Sie erklärt mir, dass Isabelle ein aufsteigender Stern am Gourmethimmel von Québec sei; ohne einer bestimmten Schule in der Welt der Gastronomie anzugehören, schöpfe sie ihre Inspiration aus unterschiedlichen kulinarischen Moden und zeichne sich durch Kreationen aus, die den Anspruch haben, zugleich lecker und gesund zu sein. Ihr Blog *Bissfreuden* sei vor wenigen Wochen unter demselben Titel in Buchform erschienen. Der Name sagt mir etwas: Vielleicht ist mir dieses Buch in Karines Bibliothek aufgefallen, als ich Julianne nach Hause gebracht habe. Meine Ex war immer schon ganz verrückt nach diesen Gurus, mit ihren Versprechen, die Kunst des Muffinbackens zu revolutionieren. Magalie lächelt, dann sagt sie mir, ich hätte diesen Titel bestimmt bei Penture gesehen oder auf ihrer Internetseite, denn *Bissfreuden* und Penture seien Schwestergesellschaften und machten bei ihren Aktivitäten Werbung füreinander. Ich würde auch ein kostenloses Exemplar von Isabelles Buch bekommen, sobald meine Küche fertig wäre.

»Das ist interessant. Möchtest du ein Glas Wein? Ich habe einen Nebbiolo da.«

Magalie nimmt das Angebot an, wobei ihre schönen perlgrauen, von endlosen Wimpern gesäumten Augen mich mit einem leicht verdutzten Augenaufschlag ansehen. Dann taucht sie wieder in ihr Smartphone ab.

Auf meiner Laminatarbeitsplatte, die bald der Vergangenheit angehören wird, entkorke ich den Nebbiolo, den ich gestern extra für diese Begegnung gekauft habe, ein wertvolleres Tröpfchen als der Pinot Noir, den Mathieu zum Abendessen bei meinem Vater mitgebracht hat. Das weiß ich, weil ich, bevor ich die Flasche an jenem Abend in den Müll warf, das Etikett mit dem Handy abfotografiert und dann eine kleine Internetrecherche zur Qualitätskontrolle durchgeführt habe, einzig und allein, um den Preis herauszufinden: siebzehn Dollar neunzig. Ich war überrascht und zugleich beruhigt. Angesichts seiner Arroganz und aufgrund der Lässigkeit, mit der er mir die Flasche in die Hand gedrückt hatte, als wäre ich der Kammerdiener, schien Mathieu mir zu diesem ausgewählten Kreis von Besserverdienern zu gehören, die bereit sind, für einen fermentierten Traubensaft ein Vermögen auszugeben. Pustekuchen. Ein Kasten Bier wäre ihn teurer gekommen als die eine Flasche Wein.

Wie ein echter Kenner schnuppere ich an dem Korken, dann setze ich mich zu Magalie aufs Sofa, mit meinen zwei Gläsern italienischem Nebbiolo zu dreiunddreißig Dollar fünfundzwanzig die Flasche. Sie hat auf dem Couchtisch vor uns die Prospekte ausgebreitet, die Olivier uns dagelassen hat. Eine ganze Weile reden wir über die verschiedenen Möglichkeiten der Neugestaltung meiner Küche: als I, als U, als L, als G oder, noch eine Möglichkeit, als Parallelkonstruktion. Magalie kritzelt Entwürfe auf ein Stück Papier und erklärt mir, warum es wichtig ist, sich an das von ihr sogenannte Aktivitätsdreieck zu halten: Zwischen den drei Polen der Mahlzeitenzubereitung, als da wären die Aufbewahrung, das Kochen und der Abwasch, muss eine flüssige Zirkulation möglich sein. Das bedeutet, der Herd, der Kühlschrank und die Spüle müssen in einem Dreieck angeordnet sein, und die Entfernung zwischen den drei Zonen muss völlig oder annähernd gleich sein. Ich weiß nicht, ob es daran liegt, dass sie mit ihrem Bein das meine berührt, aber es fällt mir schwer, dem, was sie sagt, zu folgen. Ich entscheide mich aber für die u-förmige Anordnung, die Magalie mir vorschlägt, denn sie ermöglicht es mir, besagte Kochinsel einbauen zu lassen, in die man die tragende Säule integrieren und die man auch als Theke nutzen kann. Dann schauen wir uns verschiedene Materialien an, die für meine neuen Arbeitsflächen und Küchenschränke in Frage kommen. Es geht auch um Entscheidungen wie Gasherd oder Elektroeinbauherd, Schubladen mit Dämpfungssystem, Griffe und Beschläge, Doppel- oder Einbeckenspüle, Unterbau oder nicht, Armaturen und so weiter und so fort. Magalie macht mich darauf aufmerksam, dass ich Hausaufgaben zu erledigen habe: Ich muss ihr beim nächsten Treffen in allen Punkten, die wir besprochen haben, meine Präferenzen mitteilen. Sie ist überrascht, als ich mein iPad hole, um ihr die Fotos zu zeigen, die ich mir bereits auf Houzz und Pinterest zusammengesucht habe, um mich inspirieren zu lassen und, ich gestehe es, mich mit ihrem Interessensgebiet vertraut zu machen. Magalie wischt mit dem Finger über den Touchscreen und schaut sich die Fotoreihe an.

»Okay«, sagt sie gehaucht. »Du willst also eher etwas im klassischen Look?«

»Klar erkannt.«

Sie gibt mir mein Tablet zurück und sagt, ich solle noch einmal bei Penture vorbeikommen und mir ein paar Muster anschauen. Wir schnappen uns jeweils unser Smartphone und konsultieren den Kalender, bevor wir für nächsten Dienstag ein Treffen ausmachen. Ich nutze den Moment, in dem ihre Aufmerksamkeit sich ganz darauf richtet, den Termin aufzuschreiben, um sie genauer zu betrachten. Mich trennen nur wenige Zentimeter von ihr, und zum ersten Mal fallen mir die Falten in den Augen- und Mundwinkeln auf, die aber nichts daran ändern, dass sie jünger aussieht als vierzig. Ein paar Haarsträhnen haben sich aus ihrem Dutt gelöst und tanzen auf dem Kragen ihrer cremeweißen Bluse, deren oberste zwei Knöpfe offen sind und ein klitzekleines Stück ihres spitzenbesetzten BHs erkennen lassen.

»Möchtest du noch ein Glas Wein?«

»Nein, danke. Er ist wirklich gut, aber ich muss Charlotte zum Tanzunterricht bringen und vorher noch bei mir vorbeifahren, um ihre Kleider zu holen und mit dem Abendessen anzufangen. Darf ich kurz dein Bad benutzen?«

»Aber sicher, solange du es nicht auseinandernimmst.«

Magalie lächelt, dann steht sie auf und sieht mich mit Fragezeichen in den Augen an.

Ich deute auf die Treppe: »Oben gleich rechts.«

Ich bin froh, dass ich damit schon gerechnet und mein Bad heute Morgen mit Badreiniger geputzt habe. Ich will auf keinen Fall den Eindruck erwecken, dass ich ein alleinerziehender Vater bin, der im Dreck haust; das mit der Küche hat mir schon gereicht, dabei hat sie wahrscheinlich gedacht: Der Mann hat die Eleganz eines Sattelschleppers.

Als sie zur Toilette geht, sehe ich unwillkürlich auf ihren runden und in der schwarzen Jeans perfekt geformten Hintern. Ich bringe unsere Gläser in die Küche. Als sie wenige Minuten später ins Wohnzimmer zurückkehrt und ihre Prospekte einsammelt, fällt mir auf, dass sie Lipgloss aufgetragen hat.

»Gut, ich bestelle mir dann mal ein Taxi«, sagt sie.

»Das kostet dich ein Vermögen. Ich fahr dich nach Hause.«

»Es ist viel zu weit bis zu mir. Ich wohne in Rosemont. Außerdem zahlt das Penture.«

Um sie zu überzeugen, behaupte ich, die Taxis würden immer eine Ewigkeit brauchen, bis sie das Haus finden würden, weil die Straßenbiegung, in der es liegt, im Datensatz der GPS-Geräte nicht verzeichnet wäre.

»Mit Oliviers GPS haben wir es gut gefunden«, wirft sie ein.

Es ist wirklich völlig absurd: Nicht allein, dass ich es schwer habe, junge Frauen aus der Stadt hierherzulocken – Geneviève, die Krankenschwester vom Notre-Dame-Krankenhaus, war dazu, nachdem wir uns fünf Wochen lang immer wieder getroffen haben, nicht ein einziges Mal bereit gewesen –, jetzt habe ich das Problem auch noch umgekehrt. Wenn eine junge Frau bei mir ist, muss ich darum kämpfen, sie nach Hause bringen zu dürfen. Scheiß Vorortpampa. Ich bleibe trotzdem stur und behaupte, ich müsste ohnehin auf mein Revier im Plateau Mont-Royal, weil ich dort meine Jogginghandschuhe vergessen hatte, die ich aber bräuchte, wenn ich morgen früh laufen gehe.

Vermeiden Magalie und ich es absichtlich, über unsere Eltern zu reden? Schließlich ist deren Beziehung der Grund, warum wir jetzt hier in meinem Subaru Impreza sitzen und mit zwei Stundenkilometern über die Jacques-Cartier-Brücke tuckern. Magalie fragt sich, ob der Verkehr um diese Zeit in die andere Richtung nicht viel dichter sein müsste. Doch wenn man am Südufer lebt, weiß man, dass der Verkehrsfluss auf dieser Brücke keinerlei Logik gehorcht. Ich wiederum möchte keineswegs über meinen Vater sprechen, weil ich nicht will, dass meine Verbindung zu ihr von ihm abhängt. Erstens garantiert uns nichts, dass die Liebesbeziehung zwischen unseren Eltern hält – und wer möchte schon, dass die Anwesenheit einer schönen jungen Frau im eigenen Leben von der Idylle zwischen zwei Individuen abhängt, auf die man keinerlei Einfluss hat? Ich jedenfalls nicht. Zweitens wird, wie so oft bei solchen Geschichten, die Wahrheit über die Vergangenheit meines Vaters mit Sicherheit früher oder später ans Licht kommen, und wenn das der Fall ist, möchte ich auf keinen Fall, dass Magalie glaubt, ich wäre genauso wie er. Als Estelle letzte Woche auf ihrer Facebook-Seite verkündete, sie sei jetzt mit einem gewissen Mario Couture liiert, habe ich, um der Ex-Frau meines Vaters einmal mehr meine seelische Unterstützung zu zeigen und ihre Widerstandsfähigkeit zu feiern, ihren Status gelikt. Mein Vater hat sie wirklich durch die Hölle gehen lassen, da wären andere Frauen vielleicht gar nicht mehr aufgestanden. Im Alter von achtundfünfzig Jahren zu erfahren, dass dein Liebster und deine dreißigjährige Tochter sich Sex-Nachrichten schicken, ist das etwa nicht mit einem Erdbeben vergleichbar? Cynthia, Estelles Tochter, war mager, wenig gesprächig und versteckte ihr unansehnliches Gesicht und ihren leblosen Blick unter einem Helm rabenschwarz gefärbter Haare. Sie arbeitete als Geschäftsführerin von Winners im Einkaufscenter Marché-Central. Was fand mein Vater nur an ihr? Monique habe ich bisher nur selten gesehen, aber sie scheint mir doch eher unter die Kategorie von Frauen zu fallen, die zu anständig und zu distinguiert sind, um einem Mann ein Verhalten zu verzeihen, das zwar der Vergangenheit angehört, aber doch fast schon pervers zu nennen ist. Ich habe also meine ganz eigenen Gründe, warum ich mich mit Magalie lieber über die letzte Staffel von

Homeland unterhalte, sie hat sie zwar noch nicht gesehen, aber ich ahne, dass sie ihr gefallen würde: Sie bittet mich nicht einmal darum, nicht zu spoilern.

Wie könnte ich jemals den traumatisierten Blick vergessen, den sie mir an dem Abend bei meinem Vater zugeworfen hat, als wir unsere Eltern beim Küssen erwischt haben. In dem Augenblick hat Magalie mich voll ins Herz getroffen. Als ich ihr dabei zusah, wie sie sich mit einem Küchenpapier die Nase schnäuzte, hätte ich sie am liebsten in den Arm genommen, um sie zu trösten, aufzumuntern, zu retten und – aber der Gedanke ist mir erst später gekommen – sie auszuziehen. Ich bin überzeugt, dass mein Vater im Vergleich mit ihrem verstorbenen Vater eine jämmerliche Figur abgibt und dass der Tag, an dem sie akzeptieren wird, dass ihre Mutter einen neuen Mann in ihrem Leben hat, noch fern ist. Warum sollte sie über sie sprechen wollen, wo das Thema bloß alte Wunden aufreißt? Es stimmt zwar, dass sie an jenem Abend zu mir gesagt hatte: »Ich muss mich nur daran gewöhnen.« Aber gewöhnt man sich jemals an den Tod eines nahestehenden Menschen, den man geliebt hat?

Schließlich fahren wir an dem Range Rover vorbei, der den Stau verursacht hat und dessen Warnblinker eingeschaltet sind. Hinterm Steuer sitzt eine Frau um die sechzig. Sie trägt einen Pelzhut und hält, um den neugierigen Blicken auszuweichen, den Kopf so tief gesenkt, dass man das Gefühl hat, er werde von den Schultern verschluckt. Aufgeregt spricht sie in ihr Handy.

»Die fahren hier mit ihren Luxusschlitten herum, und dann bringen sie es nicht fertig, ans Tanken zu denken«, seufzt Magalie. »Du solltest aussteigen und ihr ein Bußgeld aufbrummen.«

»Die Jacques-Cartier-Brücke ist das Territorium der Provinzpolizei von Québec.«

Magalie sieht mich an, die Brauen leicht gerunzelt, dann lächelt sie mich an.

»Sollte ein Scherz sein.«

Wir befinden uns immer noch in der aufregenden Kennenlernphase, sage ich mir, in der man den Humor des anderen noch nicht so recht kennt. Ich frage mich, was die nächste Phase sein wird, dann erinnere ich mich plötzlich wieder daran, dass sie ja gebunden ist, und komme mir bescheuert vor.

Als wir nach der Ausfahrt von der Brücke vor einer roten Ampel stehen, sage ich mir zum Trost: Okay, ich weiß sehr wohl, dass Magalie zwar anderweitig liiert ist, aber was ist mit den Besitzern all dieser Autos rund um uns, die ganz beiläufig zu uns herüberschauen, während sie darauf warten, dass die Ampel auf Grün springt? Sie gehen wahrscheinlich davon aus, dass Magalie und ich ein Paar sind. Ist das nicht etwa der Eindruck, den wir vermitteln, wie wir so Seite an Seite in unserem Subaru sitzen? An der Ecke Sherbrooke und Saint-Denis freue ich mich, dass ich in einen weiteren Stau geraten bin. Ich möchte nicht, dass dieser Augenblick vorübergeht.

»Das ist völlig sinnlos«, bemerkt Magalie. »Da brauchen wir ja hin und zurück drei Stunden. Kannst du mich hier absetzen, und ich nehme die Metro?«

Ich antworte ihr, dass das überhaupt nicht in Frage kommt: »Wenn ich etwas anfange, dann bringe ich es auch zu Ende.«

Ich bereue die Worte sofort. Könnte Magalie in dieser Bemerkung nicht eine ziemlich dreiste Doppeldeutigkeit erkennen? Bin ich so hin und weg von ihr, dass ich ihr auf diese unterschwellige Art zu verstehen geben möchte, dass die Frauen, mit denen ich schlafe, immer zum Höhepunkt gelangen? Und stimmt das überhaupt? Es ist so lange her, dass eine Frau sich in mein Bett verirrt hat, dass ich das nicht einmal mehr mit Sicherheit sagen könnte. Um gar nicht erst ein unbehagliches Schweigen zwischen uns aufkommen zu lassen, erinnere ich sie an die Jogginghandschuhe, die ich auf dem Polizeirevier in der Rue Rachel vergessen habe, und nutze die Gelegenheit, sie zu fragen, ob sie auch gerne joggt. Magalie erzählt mir, dass sie gewöhnlich ein- bis zweimal die Woche im Morgengrauen am Rand der Eisenbahnlinie des Canadien Pacifique, die an der Rue des Carrières vorbeiführt, laufen geht, also nicht weit von ihr; allerdings ist der Ort bei Tagesanbruch oft menschenleer, weshalb sie seit dem Verschwinden von Annabelle Juneau von der Routine Abstand genommen hat. Im gleichen Atemzug fragt sie mich, ob wir mit den Ermittlungen vorankommen, wodurch ich die Möglichkeit bekomme, ihr ein paar Insiderinformationen zu geben, von denen ich erst letzte Woche erfahren habe.

»Es gibt eine Frau am Ende der Rue de Sorel, eine Hellseherin, die in Laval mit den Ermittlungsbeamten gesprochen hat. Sie sagt, sie habe Visionen von Annabelle Juneau.«

»Was für Visionen?«

»Ich weiß auch nicht so genau. Sie sieht sie, so als wäre sie noch irgendwo am Leben.«

Magalie wirkt skeptisch.

Ich setze hinzu: »Falls man so etwas glauben soll.«

»Ganz genau«, bemerkt sie.

»Du könntest ja auch drinnen laufen. In manchen Fitnessstudios gibt es jetzt auch Indoor-Jogging.«

»Ja, vielleicht.«

Sie seufzt, öffnet den Mund, macht ihn wieder zu und beißt sich auf die Lippen.

Ich beobachte sie aus dem Augenwinkel.

»Ist was?«

»Nein, nichts.«

»Du wolltest etwas sagen.«

Sie dreht sich zu mir um. Die Sonne scheint sanft auf ihr Haar und intensiviert den leichten Rotschimmer. Ich muss mich konzentrieren, um den Blick weiter auf die Straße zu richten.

»Okay. Dir kann ich es ja erzählen, schließlich bist du Polizist. Ich bekomme seit einigen Wochen seltsame Nachrichten auf mein Handy, und das ist mir sehr unangenehm.«

»Wirst du bedroht?«

»Nicht wirklich. Die Person, die mir diese Nachrichten schickt, schreibt nur immer wieder, ich sei kein guter Mensch. Letzten Monat ist es mir gelungen, die Nummer zu blockieren, aber vor zwei Wochen hat es unter einer anderen Nummer wieder angefangen. Kann man irgendwie herausfinden, wer das ist?«

Das weiß ich natürlich nicht. Ich bin ja nicht von der kriminaltechnischen Abteilung. Ich tue trotzdem so, als könnte ich ihr Problem in die Hand nehmen: »Ich werde mich schlaumachen. Gibt es jemanden, der ein Hühnchen mit dir zu rupfen hat?«

Magalie zieht merkwürdig die Nase kraus und sagt nickend: »Keine Ahnung, nein. Vielleicht ein früherer Kunde, der mit meiner Arbeit nicht zufrieden ist.«

»Dann lass uns doch das mal anschauen!«

Aber Magalie erklärt mir, wie fordernd und kompliziert die Leute manchmal sein können. Einmal habe sich eine Frau geweigert, ihre Rechnung zu bezahlen, weil ihre italienische Kaffeemaschine nicht unter die Senkkästen ihrer Schränke passte, dabei hatte sie Magalie nie darauf hingewiesen, dass sie einen ganz bestimmten Platz zwischen den Arbeitsplatten und Schränken für sie vorgesehen hatte. Aber den Vogel schoss offenbar ein junges Paar aus Hochelaga-Maisonneuve ab. Um einen neun Fuß langen Granitstein, der ihnen als Oberfläche für die Kücheninsel dienen sollte, aber nicht durch das zu enge Treppenhaus passte, in ihre im dritten Stock gelegene Wohnung zu befördern, hatten sie in ihrem Viertel die Dienste eines Kranunternehmers in Anspruch genommen, statt den Subunternehmer von Penture damit zu beauftragen. Die Operation endete in einer Katastrophe. Eine falsche Bewegung des Kranführers, als er bemerkte, dass er den Abstand zwischen seiner Krangondel und den elektrischen Leitungen in der Gasse falsch berechnet hatte, führte dazu, dass der Granitblock auf der Terrasse im zweiten Stock in mehrere Teile zerschellte. Das Paar beschuldigte Magalie, sie hätte sie nicht ausreichend über die Risiken eines solchen Unterfangens aufgeklärt, und verlangte, Penture müsse ihnen kostenfrei den Granitblock ersetzen, eine Forderung, der nachzukommen Magalie sich geweigert hatte.

Sie nickt: »Jedenfalls habe ich keine Ahnung, woher diese Anrufe kommen. Ich habe beide Nummern zurückgerufen, aber es geht keiner ran. Und der Auskunft ist sie natürlich auch nicht bekannt.«

»Hör zu, du hilfst mir bei meinem Küchenprojekt, da kann ich dir gern helfen herauszufinden, wer dir diese Nachrichten schickt. Lass mich sehen, was ich für dich tun kann.«

Magalie bedankt sich bei mir, dann gibt sie mir Anweisung, erst nach rechts und dann nach links abzubiegen. Von den Bäumen in der Rue Saint-Vallier sollte man unbedingt ein Foto machen, mit all den gelben, roten und orangenen Blättern, die sich an ihre Zweige klammern. Die Schönheit dieses Anblicks macht mich plötzlich melancholisch und versetzt mich in jene Zeit zurück, als Julianne mir mit ihrem kleinen Rechen mit dem Micky-Maus-Kopf am Griff dabei half, das Laub im Hof zusammenzukehren. Bevor wir es auf den Kompost warfen, wälzten wir uns darin, taub gegenüber Karines Geschrei, wir sollten aus dieser toten Vegetation herauskommen, die wahrscheinlich voller Regenwürmer sei und voller Läuse und weiß der Geier was sonst noch. Wäre das Leben sanfter mit meiner Ex-Frau umgesprungen, wenn sie nicht so dermaßen psychisch gestört wäre? Ich stelle mein Auto vor einer hübschen Backstein-Maisonettewohnung ab. Magalie sagt mir auf Wiedersehen, und bevor ich auch nur die Zeit habe, mich zu fragen, ob ich ihr nun ein Küsschen geben soll oder nicht, spüre ich ihre feuchten Lippen auf meiner Wange.

»Bis nächsten Dienstag«, sagt sie.

Ich höre die Tür knallen, dann sehe ich, wie sie die Treppenstufen zur ersten Etage hochsteigt. Ihre quergeschulterte Tasche schlägt ihr ins Kreuz, und ich starte wieder den Wagen, bevor sie die Empore erreicht. Wenn ich zu lange warten würde, könnte das aufdringlich wirken.

Sinnlos, um diese Tageszeit Richtung Südufer zu fahren: Es ist die Stunde des Stoßdämpfer-an-Stoßdämpfer-Festivals. Ich biege bei der Christophe-Colomb ab und beschließe, bei Chez Victoire in der Avenue du Mont-Royal haltzumachen, wo ich mich an den Tresen setze und einen Smoked-Meat-Burger mit Fritten und ein Bier bestelle. Das Restaurant wurde gerade erst eröffnet, und außer den beiden Köchen, dem Barmann und der Bedienung ist der Laden leer. Aus unsichtbaren Lautsprechern ertönt ein Lied von Coeur de Pirate, und als der Barmann mit seinem Handy den Ton leiser stellt, frage ich mich, ob er das wegen mir macht. Es kommen dann allerdings noch ein paar weitere Gäste, und ich höre, wie sie der Bedienung erklären, dass sie um sieben Uhr dreißig nebenan auf der Theaterbühne sein müssen, das heißt eine Stunde vorher in den Kulissen, und dass es ihnen deshalb lieb wäre, wenn man sie schnell bedienen könnte. Schauspieler? Ich versuche, sie nicht allzu neugierig zu beobachten, aber keines der Gesichter ist mir bekannt. Ich nehme mal an, das Theater, von dem sie sprechen, ist das La Licorne, Avenue Papineau. Jérémie und ich sind letztes Jahr dort gewesen, um eine Gruppe junger Obdachloser zu entfernen, die sich den Platz unter der Markise zu ihrem Domizil auserkoren hatten. Selbst in den hippen Arrondissements habe ich es bei meinen Einsätzen in acht von zehn Fällen eher mit den verlausten und herumschmarotzenden Exemplaren zu tun als mit den jungen Schönlingen, für die diese Viertel eigentlich bekannt sind, wie etwa diese Schauspieler hier. Eigentlich bin ich so etwas wie ein Hüter der Gesellschaft, denn ich befreie sie von ihren Unreinheiten. Ich könnte versuchen, die Karriereleiter hochzuklettern, wozu Karine mich oft genug ermuntert hat, und beispielsweise Ermittler werden. Aber dazu müsste ich wieder psychometrische Tests über mich ergehen lassen, und bei der bloßen Vorstellung, sie nicht zu bestehen, wie es Jérémie vor zwei Jahren passiert ist, vergeht mir die Lust, es überhaupt erst zu versuchen.

Ich verspeise gerade meinen Hamburger, als ich eine Nachricht von Julianne erhalte: »Papa! Samstagabend bin ich bei dir, aber kann ich bei Max übernachten? Er hat Geburtstag. Seine Mutter lädt ihn ins Kino ein.« Ich lecke mir den gelben Senf von den Fingern und antworte: »Okay. Und jetzt leg dein Handy weg und mache deine Hausaufgaben.«

Als ich die Rechnungssumme sehe, traue ich erst meinen Augen nicht – ein Hamburger für dreiundzwanzig Dollar? Seit wann ist Smoked Meat ein Luxusprodukt? Ich zahle mit meiner Kreditkarte und verlasse das Restaurant. Überlasse die Schauspieler und die übrigen Gäste ihrem Gelächter und Gekreische. Als ich wieder bei meinem Auto bin, das ich in der Rue Fabre geparkt habe, um keine Parkautomatengebühren zahlen zu müssen, sehe ich, wie ein Mann, etwa mein Alter, enge Jeans und Lederjacke, gerade auf die Müllsäcke in der Gasse uriniert.

»He! Du Schmutzfink! Mach das woanders!«

»Was los, du Wichser?«

Er macht seinen Hosenlatz zu und kommt auf mich zu. Sein Blick ist glasig. Einer von den Junkies, denke ich bei mir, obwohl ich mich nicht erinnern kann, sein Foto auf unserer Celebrity-Wand gesehen zu haben.

Ich warne ihn, ehe es zu spät ist: »Pass bloß auf, ich bin von der Polizei.«

Er bleibt ein paar Schritte vor mir stehen und zieht geräuschvoll die Luft durch die Nase. Er ist garantiert vorbestraft, und sollte er sich nicht ganz sicher sein, dass das, was ich sage, auch wirklich stimmt, will er bestimmt nicht alles noch schlimmer machen. Er spuckt auf den Boden.

»Fick dich.«

Dann quetscht er sich zwischen den geparkten Autos durch und geht diagonal über die Straße. Diese Begegnung hätte schlecht ausgehen können, hat mich aber nicht einen Tropfen Adrenalin gekostet. Erst als ich wieder bei meinem Auto bin, fängt mein Herz zu rasen an. Scheiße aber auch! Meine Jogginghandschuhe aus Mikrofaser liegen auf dem Rücksitz. Ich habe sie Sonntag nach dem Laufen auf den Wegen des Mont

Saint-Hilaire dort liegen gelassen. Hat Magalie sie gesehen? Hat sie verstanden, dass ich sie überhaupt nicht auf dem Revier vergessen habe und dass das alles nur eine Lüge war, die ich mir ausgedacht habe, um sie so lange wie möglich in meiner Nähe zu haben? Als wäre es nicht ohnehin zu spät und als könnte es etwas ändern, stopfe ich sie in meine Tasche und stecke den Autoschlüssel in den Kontakt.

Freitag, 21. Oktober

Hallo Maggy,
wie geht's? Ich war gerade mit einem Notfall beschäftigt, aber sag Isabelle, dass ich ihr in ein paar Stunden das Mahnschreiben zukommen lasse. Sie kann es direkt an Brigitte Méthot weiterleiten. Das wird meiner Meinung nach genügen, damit diese junge Frau ein für alle Mal aufhört, auf Facebook und im Internet solche Sachen zu posten. Sag Isabelle außerdem, dass ich dafür nicht bezahlt werden möchte. Sollten andere Maßnahmen nötig sein und sollte es zum Erlass einer einstweiligen Verfügung kommen, hätte ich keine Wahl und müsste ihr meine Dienste in Rechnung stellen, aber so freut es mich, ihr erst einmal weiterhelfen zu können.

Schlechte Nachricht: Die Putzfrau von Fabrice möchte nicht für uns arbeiten. Sie nimmt nur Stellen in Westmount an. Hast du selbst noch weitergesucht?

Ich werde morgen ins Büro gehen müssen. Kannst du dich in der Zeit um Charlotte kümmern? Ich hole das Sonntag wieder rein und bastle mit ihr die Halloween-Dekoration.

Love you

Mathieu

5

Magalie

Donnerstag, 10. November

Als ich vor vier Jahren bei Penture angefangen habe, brachte meine Mutter in meinem Büro einen Sonnenschutz an. Wenn dieser hochgefahren ist, hat man aus dem Fenster freien Blick auf den Jarry-Park. Es kommt oft vor, dass ich eine Weile reglos vor diesem Fenster stehe und den Blick auf die sich sanft wiegenden Bäume genieße, diese Kreaturen, die sich von dem Gehupe und den Rasern auf dem Boulevard Saint-Laurent nicht beeindrucken lassen. Ich finde es schade, dass ich nicht die Namen all dieser Bäume kenne. Sicher, da gibt es die Ahornbäume, deren Blätter so leicht zu erkennen sind, die Eschen, deren Stämme mit einem Kreuz in orangener Farbe gekennzeichnet sind, weil sie vom Eschenprachtkäfer befallen sind und gefällt werden sollen, und die Trauerweiden, deren Silhouette so romantisch ist, aber damit ist mein dendrologisches Wissen auch schon erschöpft. Zumal ich dieses Wort vor ein paar Wochen noch gar nicht kannte. Es stand in einer Mail von Stephanie, Charlottes Lehrerin. »Hallo liebe Eltern, nächsten Mittwoch besucht uns ein Dendrologe (ein Baumspezialist!) aus der Stadt Montréal, um unser großes Herbariumprojekt zu Ende zu bringen. Es wäre schön, wenn Sie mit Ihren Kindern ein paar Fragen vorbereiten könnten.« Was Vogelnamen angeht, habe ich das gleiche Handicap: außer dem Kardinal und dem Blauhäher erkenne ich keinen einzigen. Da sind natürlich die Möwen, die Tauben und die Spatzen, aber die sind so gewöhnlich, das zählt nicht. Vor der Geburt von Charlotte hatte ich diesen Komplex noch nicht. Aber je größer sie wird, desto stärker spüre ich, dass ich auf allen möglichen Gebieten keine Ahnung habe. Es wäre so viel angenehmer, und ich nehme an für sie auch so viel spannender, wenn ich zu ihr sagen könnte: »Sieh mal, eine Nachtigall auf dem Ast eines Kirschbaums«, statt »Schau, ein Vogel auf einem Baum«. Aber ich mache mir da keine Illusionen: Mit vierzig ist es wahrscheinlich zu spät, sich ein enzyklopädisches Wissen aneignen zu wollen.

Doch wenn ich heute voller Bewunderung den Jarry-Park betrachte, dann sind es nicht die Bäume, die meine Aufmerksamkeit auf sich ziehen. Trotz der Kälte, die seit Anfang der Woche die Stadt in ihren Fängen hält, spielen ein paar Jugendliche, die offensichtlich von ihrem kahlköpfigen Trainer hergeschleift worden sind, eine Partie Fußball, und ich muss unwillkürlich an Annabelle Juneaus Ehemann denken, der genau das Gleiche getan hat, am gleichen Ort, an jenem Sonntagnachmittag im August, in dem Augenblick, in dem sie verschwand. Ich wage nicht, mir vorzustellen, was dieses zwielichtige Individuum mit dem Stiernacken und den breiten Schultern dieser Frau angetan hat, bevor er sie umbrachte: Hat er sie vergewaltigt, hat er sie gefoltert? Denn im Gegensatz zu dem, was diese angebliche Hellseherin behauptet, von der

Guillaume mir erzählt hat, ist Annabelle Juneau zum gegenwärtigen Zeitpunkt wahrscheinlich schon lange tot; wie so oft bei solch grausamen Geschichten, hat der Mörder die Leiche wahrscheinlich entsorgt, nachdem er sich auf perverse Art an ihr vergangen hat. Wenn ich ihn etwas besser gekannt hätte und nicht hätte befürchten müssen, dass er meinen Kommentar als Kritik an seinem Berufsstand auffasst, dann hätte ich Guillaume offen an meinen Gedanken teilhaben lassen. Ist es nicht skandalös, dass die Polizei ihre Zeit damit verplempert, sich auf die Aussagen von selbst ernannten Erleuchteten oder sogar von ausgemachten Scharlatanen zu stützen? Zwei Monate nach dem Tod meines Vaters hatte meine Mutter, wie sie mir gestand, eine Hellseherin aufgesucht. »Aber was willst du denn da?«, hatte ich mich, ohne groß nachzudenken, gewundert, denn meine Mutter wollte selbstverständlich mit meinem Vater oder zumindest mit seinem Geist kommunizieren und sich versichern, dass es ihm dort gut ging, in dieser anderen, uns so unbekannten Welt. Ich hatte darauf bestanden, sie zu begleiten: Schließlich war es durchaus möglich, dass sie auf der Rückfahrt viel zu aufgewühlt wäre, um noch Auto fahren zu können, falls mein Vater sich während dieses Treffens tatsächlich, unter welcher Form auch immer, materialisieren sollte. Ich begann fast schon selbst daran zu glauben, allerdings nicht sehr lange. Besagte Hellseherin wohnte in Cartierville, im Kellergeschoss eines Quintduplex, bei dem die Balkone des ersten und zweiten Stocks sich unter Gerümpel aller Art buchstäblich bogen. »Wo hast du die denn ausgegraben?«, fragte ich meine Mutter beim Parken des Autos. Die Frage war mir vorher gar nicht in den Sinn gekommen. »Im Internet, sie hatte gute Bewertungen«, antwortete sie mir. »Madame Gina, Medium und Hellseherin«, wie sie sich vorstellte, war um die sechzig Jahre alt. Sie trug weiße Crocs, eine Stoffhose und eine lange Bluse; ihr billiges Parfüm vermochte kaum den Feuchtigkeitsgeruch in dem Zimmer zu überdecken, in dem sie uns empfing, nachdem sie meine Mutter gebeten hatte, ihr die Sitzung zu bezahlen: achtzig Dollar. Trotz der schwachen Beleuchtung durch eine Kerze, die auf dem Klapptisch in der Zimmermitte brannte, sah man die Fettflecken auf den Stuhlbezügen, und meine Mutter und ich tauschten einen zögerlichen Blick, bevor wir uns setzten. Madame Gina hatte vor uns Platz genommen und uns aufgefordert, uns alle drei bei den Händen zu fassen. Ihre Hände waren sehr rau. »Jetzt schließen wir die Augen und denken an Jacques, den Verstorbenen, und rufen ihn zu unserer Versammlung.« Das Kerzenlicht sollte meinen Vater zu uns führen, während Madame Gina ihrer Kehle seltsame Geräusche entlockte. »Das war ja wohl völliger Schwachsinn«, gab meine Mutter auf dem Heimweg zu. Ich spürte, wie enttäuscht sie war, genauso wie ich, also schlug ich ihr vor, in der Rue Saint-Denis anzuhalten und in dem kleinen vietnamesischen Lieblingslokal meines Vaters eine Pho-Suppe zu essen. Aber wir standen vor verschlossenen Türen, denn das Lokal war aufgrund eines Stromausfalls geschlossen, was wir als die einzige Gespenstererscheinung dieses Abends deuteten: Wahrscheinlich wollte mein Vater uns auf diese Weise dafür rügen, dass wir mit der Welt des Spiritismus geflirtet hatten.

Das Fußballspiel im Park ist zu Ende. Die Jugendlichen laufen zur großen Umarmung auf, und die vielen bunten Westen erinnern an ein Kaleidoskop. Es wird Zeit, dass ich mich wieder an die Arbeit mache. Als ich mich umdrehe, schrecke ich zusammen.

»Kann ich dich sprechen?«, fragt mich Romane.

Ich habe keine Ahnung, wie lange sie schon in meiner Bürotür steht. Sie trägt ein schwarzes Kleid, das durch die kleinen weißen Katzenköpfe darauf, die im Kontrast zu ihrer gewöhnlich eher ernsten Miene stehen, ein klein wenig fröhlicher wirkt.

Sie setzt sich und legte die Hände flach auf die Oberschenkel, aber das scheint ihr Mühe zu bereiten, denn unablässig krümmt und streckt sie die Finger.

»Ich weiß nicht, wo ich anfangen soll, Magalie, aber ich muss mich bei dir entschuldigen.«

»Wofür denn?«

Letzte Woche hat Romane einen Joghurt gesessen, den ich im Kühlschrank des Aufenthaltsraums für Angestellte habe stehen lassen, weil sie dachte, er würde ihr gehören. Am folgenden Tag hat sie ihn sogar ersetzt, obwohl ich ihr gesagt habe, das wäre unnötig. Hat sie jetzt etwa eine meiner Perrier-Flaschen ausgetrunken? Sie seufzt, und ihr Atem riecht nach Tabak.

»Die anonymen Nachrichten, die du in letzter Zeit bekommen hast, stammen von mir.«

Ich mache den Mund auf, aber es kommt kein Wort heraus.

»Mein Bruder arbeitet in einem Recyclingshop für alte Handys«, fährt sie fort. »Ich konnte es einfach nicht hinnehmen, dass du mit Olivier schläfst.«

Ich habe Isabelle noch vor Kurzem unten in ihrem Atelier gesehen, aber vielleicht ist sie hochgekommen, um auf Toilette zu gehen, und in einem ersten Reflex geht mein Blick zur Tür: Romane hat sie gut hinter sich verschlossen. Mir ist, als befände ich mich in einem bösen Traum. Wie hat sie herausgefunden, dass Olivier und ich eine Affäre haben? Wir sind immer diskret gewesen. Aber vor allem: Was geht sie das an? Sie ist immer noch damit beschäftigt, die Hände auf ihren Oberschenkeln zu krümmen und wieder zu strecken.

»Ich hab mich in ihn verliebt«, setzt sie hinzu. »Warum hast du mit Olivier geschlafen?«

Meine Verblüffung dauert etliche Sekunden, bis es mir gelingt, das Schweigen zu brechen: »Ich habe ihn schon lange nicht mehr gesehen.« Mein Ton ist nicht so aggressiv, wie ich es gerne hätte.

»So lange ist das noch nicht vorbei«, murmelt Romane nachdenklich. Sie hat dunkle Ringe unter den Augen, und ihre Mundwinkel zucken. Das ist alles offensichtlich sehr schmerzhaft für sie. Ich frage mich, ob Romane nicht vielleicht, indem sie sich so völlig hinter Isabelle versteckt und Olivier gegenüber solche Gefühle hegt, in Wahrheit den Ehrgeiz hat, ihre Vorgesetzte zu werden. Träumt sie davon, ihren Platz einzunehmen? Wie dem auch sei, mir wird ganz schlecht bei dem Gedanken, denn da Romane jetzt so intime Details meines Lebens kennt, gerate ich da nicht ihr gegenüber in eine unterlegene Position?

»Ich bin momentan in psychologischer Behandlung. Es hilft mir. Aber dass ich dich belästigt habe, tut mir trotzdem leid. Das war nicht in Ordnung.«

Am liebsten würde ich ihr sagen, wie durchgeknallt ich sie finde, aber mein Herz rast, und absurderweise ertappe ich mich sogar dabei, wie ich mich für ihre Offenheit bedanke. Als ob es mich beruhigen könnte, erzählt sie mir noch, ich sei nicht die Einzige, die unter ihrem Verhalten gelitten hätte.

»Ich habe mit Alexandru geschlafen, nur um Olivier eifersüchtig zu machen. Wie du dir denken kannst, hat es nicht funktioniert. Alexandru ist ziemlich angepisst deswegen. Rumänen sind in ihren Beziehungen viel konservativer als Québequer. Er wollte mich schon seiner Familie vorstellen.«

Sie verlässt mein Büro und zieht die Schiebetür hinter sich zu. Wie ist es möglich, dass man mit bestimmten Leuten vierzig Stunden die Woche verbringt und keinen blassen Schimmer davon hat, unter welchen psychischen Störungen sie leiden? Das Vibrieren meines Handys hält mich davon ab, der Frage weiter nachzugehen. In dem für ihn typischen unbeteiligten Tonfall teilt Mathieu mir mit, er habe vergessen, dass wir zum Geburtstag seiner Schwester nächsten Freitag bei seinen Eltern eingeladen sind. Ob es möglich wäre, das Abendessen mit Isabelle und Olivier, das für diesen Abend geplant war, zu verschieben? Der Ton einer Sirene lässt mich ahnen, dass er gerade nicht im Büro ist, vielleicht noch auf dem Weg zum Justizpalast. Dieses Abendessen mit Isabelle und Olivier, das mir von vornherein nicht in den Kram gepasst hat, erscheint mir jetzt, nach dem Gespräch mit Romane, absurder denn je. Ich verschicke ein paar Textnachrichten, in der Hoffnung, das Essen auf den Sankt-Nimmerleins-Tag verschieben zu können, aber ich erhalte schnell Antwort: Morgen Abend würde es allen gut passen. Isabelle wollte sich nur vorher schnell noch erkundigen, ob ihre Reservierung bei Bouillon Bilk sich ändern lässt; sie möchte uns alle einladen, um sich bei Mathieu dafür zu bedanken, dass er das Mahnschreiben an diese Brigitte Méthot aufgesetzt hat. Noch so eine Durchgeknallte, die gerne selbst Isabelle wäre und sie vom Thron stoßen möchte, denke ich bei mir. Was haben die nur alle?

Ich massiere mir die Schläfen: Soll ich Olivier über mein Gespräch mit Romane informieren? Vor fünf oder sechs

Wochen haben wir unsere Beziehung beendet. Wir erlauben uns nur noch selten Anspielungen auf das Thema, wenn wir alleine mit dem Jeep von Penture unterwegs sind. Ist es in dem Fall angemessen, die Vergangenheit noch einmal anzusprechen? Sollte Romane Maßnahmen ergriffen haben, um psychisch wieder ins Lot zu kommen, dann haben, wie mir scheint, weder Olivier noch ich irgendetwas zu befürchten. Außerdem versuche ich, das Positive an der neuen Situation zu sehen: Ich müsste nun nicht mehr jedes Mal, wenn mein Smartphone sich meldet, Angst haben, dass mir von einer unbekannten Nummer eine kryptische Nachricht geschickt wurde. So viele waren es zwar gar nicht, aber ich war doch immerhin so verunsichert, dass ich mich Guillaume anvertraute, obwohl ich ihn kaum kenne. »Ich habe mit einem Kollegen gesprochen«, sagte er mir, als er bei Penture vorbeikam, um sich die Musterlösungen anzuschauen und eine Vorauswahl des Materials für seine Küche zu treffen. »Bevor du Anklage erhebst und eine Ermittlung einleitest, könntest du versuchen, die Telefonnummer zu wechseln, dann siehst du ja, ob die unerwünschten Nachrichten ausbleiben.« Ich hatte Guillaume gesagt, ich würde darüber nachdenken.

Eine gelbes Post-it am Bildschirmrand meines Computers erinnert mich daran, dass ich eben jenem Guillaume noch mitteilen muss, dass das Quarzmodell, das er sich für seine Arbeitsplatte ausgesucht hat, bei unserem Händler nicht mehr verfügbar ist, und als ich seine Nummer wähle, beschließe ich spontan, ihn von der unerwarteten Wendung in der Geschichte meiner merkwürdigen Textnachrichten in Kenntnis zu setzen. Schließlich ist Guillaume Polizist, da dürfte er gelöste Fälle zu schätzen wissen. Doch beim ersten Klingeln verwerfe ich den Gedanken wieder, denn müsste ich ihm dann nicht auch gleich mitteilen, dass ich Mathieu, um seine Seitensprünge besser verkraften zu können, mit meinem Geschäftspartner betrogen habe und dass die Nachrichten von der eifersüchtigen Assistentin der Frau meines Liebhabers stammten? Zu viel muss er auch nicht über mich erfahren.

»Hallo, Magalie. Ich sehe auf meinem Display, dass du deine Telefonnummer noch nicht geändert hast.«

»Nein.«

»Hast du noch eine seltsame Nachricht bekommen?«

»Nein, ich denke, das ist vorbei.«

Sollte Guillaume enttäuscht sein, dass ich ihm mitteilen muss, dass wir seinen Marengo-Quarz nicht mehr vorrätig haben, so lässt er es mich jedenfalls nicht spüren. Ich verspreche ihm, ein ähnliches Produkt aufzutreiben, den Grey Expo zum Beispiel, und ihm per Mail Fotos zu schicken, zusammen mit meinem dreidimensionalen vorläufigen Küchenplan.

»Darauf bin ich schon sehr gespannt!«, sagt er. »Die Reste meiner alten Küche fahre ich gerade zum Wertstoffhof.«

»Wieso denn das?«

»Ich hab sie mit der Axt zu Kleinholz verarbeitet.«

»Du hast deine Küche demoliert?«

»Stell dir vor. Ich konnte sie einfach nicht mehr sehen.«

»Aber wie willst du in den nächsten zwei Monaten kochen?«

»Wieso zwei Monate?«

Ich stoße leise ein nervöses Lachen aus.

»Du willst mich auf den Arm nehmen, oder? Die Küche ist eine Maßanfertigung. Die Fabrik, mit der wir zusammenarbeiten, hat außer uns noch andere Kunden. Da gibt es Lieferfristen.«

Nach einem kurzen Schweigen versichert mir Guillaume, dass er sich mit seiner Mikrowelle und dem Eisschrank behelfen wird, und ich begreife, dass er es ernst meint: Er hat tatsächlich seine Küche dem Erdboden gleichgemacht. Das Auftragsbuch auf meinem Schreibtisch quillt schon über, wie jedes Jahr vor den Festtagen. Ich habe ein Dutzend laufende Projekte, die meisten wurden lange vor dem von Guillaume unterschrieben – der ja im Grunde noch gar nicht unterzeichnet hat! Außerdem habe ich ihm zwar gerade etwas von zwei Monaten gesagt, in Wirklichkeit sind es aber eher drei, da die Fabrik in den Weihnachtsferien und in den ersten beiden Januarwochen normalerweise geschlossen ist. Es ist völlig undenkbar, Guillaume über eine so lange Zeit ohne Küche zu lassen. Würde er alleine leben, wäre das etwas anderes, aber er kann ja nun wirklich nicht seine Tochter, wenn sie bei ihm ist, von Tiefkühlgerichten ernähren, die er in der Mikrowelle erhitzt. Ich schließe die Augen und rechne schnell alles durch: Madame Azoulay, der ich von Alain und Robert empfohlen wurde, den Kunden des Projekts am Massawippi-See, und die für ich weiß nicht mehr welche Regierungsbehörde arbeitet, ist nach Paris zurückgegangen, um dort ihre Amtszeit zu beenden, und hatte uns gesagt, sie wolle eine Safari in Afrika machen, bevor sie in ihre Eigentumswohnung im Quartier des Spectacles umziehen würde. Es gibt bestimmt eine Möglichkeit, Guillaumes Projekt vorzuziehen. Ganz einfach wird es allerdings nicht.

Seufzend sage ich: »Unter Umständen kann ich erreichen, dass deine Küche bis Weihnachten geliefert wird, Guillaume, aber auch nur vielleicht, und früher wird nicht drin sein. Mal sehen, ob ich den Auftrag einer anderen Kundin aufschieben kann. Und Arbeitsplatten wirst du dann voraussichtlich auch noch keine haben, denn man kann erst Maß nehmen, wenn der Unterbau steht, ab dem Moment musst du noch zehn Arbeitstage rechnen.«

»Verstehe.«

»Du musst so schnell wie möglich meine Pläne absegnen. Außerdem muss der Auftrag spätestens nächste Woche unterzeichnet vorliegen, zudem verlangen wir immer eine Anzahlung von zwanzig Prozent.«

»Kein Problem. Sonst noch was?«

»Wir müssen noch einmal zum Maßnehmen bei dir vorbeikommen. Dazu muss der Gips an den Wänden erneuert werden und der Boden muss auch gemacht sein, falls du ihn erneuern willst. Da musst du Gas geben.«

»Cool. Ich suche mir jemanden.«

Seine Begeisterung geht mir ein bisschen auf die Nerven: Er scheint nicht zu verstehen, welche Auswirkungen sein vorschnelles Handeln auf meinen Terminplan hat.

»Du musst mir unbedingt die technischen Datenblätter der Haushaltsgeräte zusenden, die du kaufen willst. Vergiss nicht, einen Kühlschrank mit der gleichen Tiefe wie die Arbeitsplatte zu kaufen, sonst schließt sie damit nicht harmonisch ab.«

»Okay. Zwei Monate, immerhin, ganz schön heftig. Ich hatte mit einem Termin in zwei oder drei Wochen gerechnet.«

»Da wärst du dann doch besser zu IKEA gegangen.«

Stille.

»Dazu ist es ja wahrscheinlich noch nicht zu spät. Wäre dir das lieber?«

Sein Tonfall ist plötzlich schroff, möglicherweise habe ich ihn beleidigt. Ich versichere ihm, dass es mir Freude macht, ihn bei seinem Projekt zu begleiten. Sein Vorschlag hat mich verunsichert, aber ich habe Zweifel, dass er mir überhaupt zuhört.

»Ich bin jetzt auf dem Recyclinghof angekommen«, schneidet er mir das Wort ab. »Ich lade jetzt mal meine Karre aus. Ciao.«

Heute Morgen werden meine Nerven stark strapaziert: Es gelingt mir nicht, Madame Azoulay in Paris zu kontaktieren, um herauszufinden, ob sie damit einverstanden wäre, wenn wir die Lieferung ihrer Küche um zwei Wochen verschieben; und als ich zur Toilette gehe, begegnet mir Romane, die mich mit ihren Glupschaugen ansieht. Als ich Penture gegen Mittag verlasse, grüße ich Mylène und Johanne, die im Aufenthaltsraum für Angestellte an ihrem vinaigrettefreien Salat knabbern und sich über die neuesten Ereignisse aus der letzten Staffel von *Unité 9* unterhalten. Alexandru ist auch mit von der Partie. Mit gebeugtem Rücken steht er, während ihm die dicken braunen Haare in die Stirn fallen, auf den Rücken eines Stuhls gestützt vor einer Mikrowelle, deren Motor ein leises Brummen von sich gibt. Ich müsste ihn eigentlich informieren, dass der Lieferant uns für die Schränke der Küche, die er morgen in Pointe-Saint-Charles zusammenbauen muss, das falsche Griffmodell geliefert hat, aber sein verkatertes Gesicht lässt mich das auf später verschieben. Ich nehme an, Romane hat heute Morgen oder vielleicht schon gestern Abend mit ihm gesprochen, und er ist noch völlig neben der Kappe.

Als ich endlich im Petit Alep sitze und mir gerade ein Glas Wein und einen Teller Kebab bestellt habe, klingelt mein Telefon. Meine Mutter wirkt sehr aufgekratzt am anderen Ende.

»Maggy? Hör mal, ich glaube, ich habe auf deine Nachricht von heute Morgen zu schnell geantwortet. Ich kann morgen Abend nicht auf Charlotte aufpassen.«

Sie erklärt mir, dass André sich verpflichtet hat, auf Julianne, die Tochter von Guillaume, aufzupassen, und dass er gerne hätte, dass sie den Abend mit ihnen verbringt.

»Wir werden mit ihr ins Kino gehen, und anschließend übernachtet sie mit uns bei André. Tut mir leid. Kannst du wirklich überhaupt nicht? Dann könnte Charlotte ja vielleicht auch mit uns kommen.«

Ich bitte meine Mutter, sich keine Sorgen zu machen. Emma, die Tochter von Mylène, unserer Buchhalterin bei Penture, könnte sie vielleicht ersetzen: Sie ist fünfzehn und hat letzten Sommer schon öfter auf Charlotte aufgepasst. Ich schicke ihr, gleich nachdem ich aufgelegt habe, eine Textnachricht, frage mich aber: Warum zum Teufel kann meine Mutter André nicht einmal einen Abend lang mit Julianne allein lassen, um bei mir auf Charlotte aufzupassen? Sind sie als Paar so unzertrennlich? Und das jetzt schon? Und noch eine Frage kommt mir in den Sinn, als die Bedienung mir ein Glas Wein bringt: Warum schickt Guillaume, der seine Tochter wahrscheinlich nicht oft sehen dürfte, schließlich hat er nur das halbe Sorgerecht oder vielleicht aufgrund seines Berufes nicht einmal das, diese an einem Freitagabend zu seinem Vater und lässt sie dort übernachten? Musste er überraschend arbeiten oder gibt es eine Frau in seinem Leben? Wenn ich dem Inhalt des Spiegelschränkchens in seinem Badezimmer trauen darf, das ich mir letztens angeschaut habe und in dem es vor allem Ibuprofen, Paracetamol und Schlaftabletten gibt sowie eine Anti-Akne-Creme, die wahrscheinlich seiner Tochter gehört, so hat diese Frau – falls es sie gibt – sich noch nicht häuslich bei ihm eingerichtet. Kurz darauf vibriert mein Telefon. »OK«, schreibt Emma, »ich nehme jetzt zehn Dollar die Stunde statt acht.« Ich antworte ihr, sie solle um sechs bei mir sein.

Dann eile ich wieder zurück ins Büro, den Kopf in meinen Wollschal gemummelt. Windstöße fegen durch die Stadt und wirbeln den ganzen Nachmittag über braunes trockenes Laub auf. Ich muss mich beeilen, um Charlotte von der Schule abzuholen und sie zum Klavierunterricht zu fahren.

Im Hort, wo ich in diesem Flur sitze und warte, in dem es immer nach einer Mischung aus Hühnersuppe und den Ausdünstungen alter Schuhe riecht und in dem alle Eltern entweder mit der Nase auf ihrem Smartphone kleben, um die letzten dringenden Angelegenheiten des Tages zu regeln, oder aber mit dem Kopf tief in der großen Truhe mit den Fundsachen stecken und seinen Inhalt durchwühlen, begegne ich meiner Nachbarin Valérie Delorme. Sie steckt völlig verstrubbelt in etwas, das definitiv wie ein Pyjama aussieht, wobei sie nach der letzten Schwangerschaft in der Taille etwas zugelegt hat, und lässt, abgelenkt durch ihr zwei Monate altes im Maxi-Cosi schlafendes Baby und den kleinen dreijährigen Edouard, der sich mit verkrusteter Nase an ihre Beine klammert und auf einem noch immer in seiner Verpackung steckenden Halloween-Bonbon herumkaut, die Schlüssel fallen.

»Geht's gut?«, frage ich sie, als ich mich bücke, um die Schlüssel aufzuheben.

»Sagen wir es mal so: Es ist nicht gerade das Leben, von dem ich geträumt habe«, sagt sie mit erkältungsrauer Stimme, als die kleine Clara mit Charlotte aus der Turnhalle kommt.

Ihre Aufrichtigkeit rührt mich. Oder ist es nicht vielmehr ihre Naivität? Ich lächle sie solidarisch an: »Es gibt Tage, die sind schlimmer als andere.«

Freitag, 11. November

Mitten in der Nacht, wenn in der Wohnung alles still und Mathieu noch nicht wieder zu Hause ist, oder manchmal sogar auch, wenn er da ist und schlafend neben mir liegt, verstehe ich mich manchmal selbst nicht. Warum sage ich ihm nicht einfach, dass ich alles weiß – das mit seiner Kollegin, dass sie sich treffen, dass er mir untreu ist – und verlasse ihn? Aber am Ende gelingt es mir immer, mich selbst zu überzeugen, dass es für das Wohlergeben unserer Familie besser ist, wenn ich bleibe. Charlotte ist noch so klein, und ich will ihr keine großen Veränderungen zumuten. Ich will nicht, dass sie jede Woche ihren Koffer zwischen zwei Häusern hin- und herschleppen muss. Die Psychologen behaupten, Kinder besäßen eine große Anpassungsfähigkeit, aber ich bin da skeptisch. Gewöhnen sie sich tatsächlich an eine Trennung oder schlucken sie ihren Kummer bloß hinunter, weil sie begriffen haben, dass ihnen gar keine Wahl bleibt? Es würde mir das Herz brechen, wenn ich Charlotte einer solchen Situation aussetzen müsste. Außerdem herrscht unter unserem Dach immer noch ein sehr positives Klima: Mathieu und ich streiten uns nur selten, das heißt, unsere Tochter bekommt zu Hause wenig von unseren Problemen mit, sodass man auch nicht sagen könnte, dass unsere Trennung eine Erleichterung für sie wäre. Und wenn es eine einzige Gewissheit auf dieser an Gewissheiten so armen Welt gibt, dann diese: Ich bin nicht die erste und nicht die letzte Frau, die von ihrem Mann betrogen wird. Wir sind Millionen, genau in diesem Augenblick, und das Einzige, was meinen Fall vielleicht etwas komplexer macht, ohne dass er dadurch einzigartig würde, ist die Tatsache, dass ich davon weiß. Hätte Mathieu nicht diese Kondomschachtel in seiner Sporttasche vergessen, hätte mich vielleicht im Lauf der Zeit der ein oder andere Zweifel angeweht, aber dann hätte ich, wie so viele andere Frauen, meine Intuition unter den Teppich des Alltags gekehrt und wäre weiter darauf herumgetrampelt, mit einer sehr aufrechten Haltung, nahezu überzeugt von der Vollkommenheit aller Dinge. Wenn ich es recht bedenke, ist Älterwerden vielleicht nichts anderes als das: Man wird sich dessen bewusst, dass nichts im Leben perfekt ist, schluckt seine Launen und Erwartungen herunter, vergisst seine eigenen Bedürfnisse zugunsten der anderen. Denn es besteht kein Zweifel, dass meine Familie von nun an eine größere Einheit ist: Sie ist eine Zelle, die die Kontrolle über meine Wünsche an sich gerissen hat und mich als Person vollkommen absorbiert. Wäre ich eine Pessimistin, würde ich sagen, sie ist ein Monster, das mich verschlingt; aber so empfinde ich das überhaupt nicht. Heute an diesem Abend, als ich Mathieu dabei beobachte, wie er vor mir sitzt und seine Vorspeise aus rohem Fisch verspeist, während er sich mit Olivier über den Beginn der Saison des Hockeyclubs Canadiens unterhält, frage ich mich übrigens, ob ich nicht deshalb bleibe, weil ich ihn trotz allem noch liebe. Warum sollte das unmöglich sein? Er hatte nach der Arbeit nicht mehr die Zeit gehabt, zu Hause vorbeizuschauen. Mit der halb aufgebundenen Krawatte um den Hals sieht er ziemlich verführerisch aus, und seine Art zu lachen, dabei den Kopf zurückzuwerfen und von Zeit zu Zeit eine warme und komplizenhafte Hand auf die meine zu legen, lässt mich glauben, dass unser Fall vielleicht doch nicht so hoffnungslos ist. Ist es denn letztlich seine Schuld? Sagt man nicht, Männer seien untreu, weil es genetisch festgelegt ist, dass sie ihre Gene so weit wie möglich streuen wollen, um das Überleben der Menschheit zu sichern? Und seit wann ist das Überleben der Menschheit etwas Schlechtes? Und kann man das dann noch auf Mathieus Willen zurückführen, wenn nicht er die Entscheidungen trifft, sondern biologische Faktoren das Sagen haben? Wenn die Triebe Mathieu zur außerordentlichen Hauptversammlung einberufen, kann er sich noch so sehr dagegen wehren, hier hat er kein Recht, ein Veto einzulegen.

Die Stimmung im Bouillon Bilk ist angeregt, die Gäste drängen sich um die Tische und an der Bar und begrüßen sich so lautstark, dass wir fast schreien müssen, um uns verständlich zu machen.

»Ich zeige dir das Foto, das sie fürs Cover ausgewählt haben!«, schreit Isabelle mir ins Ohr. »Ich möchte gern deine Meinung dazu hören.«

Auf dem Display ihres Smartphones wischt sie sich durch die Aufnahmen ihren Fotoshootings für *Châtelaine*. Die Aufnahmen zeigen sie ab der Taille, mal trägt sie die Haare offen und lockig, mal zu Zöpfen geflochten, mal zum Dutt hochgesteckt; auf einigen Fotos trägt sie ein schwarzes Kleid mit einem mit weißen Steinen besetzten Ausschnitt, auf anderen einen goldenen Jumpsuit und eine Perlenkette; aber egal welche Frisur oder welches Outfit sie anhat, immer verzerrt ein gequältes Lächeln ihr Gesicht und nimmt ihrem Blick die

Kraft. Trotz des vielen Personals, das für diese Fotosessions gebucht wurde – Stylist, Make-up-Artist, Friseur, Fotografie-Assistent –, kommt Isabelle mir nicht hübscher vor als auf den viel natürlicheren Fotos, die sie selbst auf dem Instagram-Account von *Bissfreuden* postet. Ihre Lebendigkeit und kindliche Spontaneität sind wie weggewischt, stattdessen wird eine gewisse weibliche Strenge hervorgehoben. Bei den vielen Pixeln wird mir allmählich etwas schummrig, als ein Kellner unseren Tisch von den Vorspeisentellern befreit und Isabelle endlich damit aufhört, auf ihrem Smartphone herumzuwischen, und mir ein Foto mit einem deutlich größeren Bildausschnitt zeigt. Es ist das Foto, das das Redaktionsteam für das Cover ausgewählt hat. Vor einem schwarzen Hintergrund, auf dem weihnachtliche Lichterketten funkeln, lehnt Isabelle in einem goldfarbenen Jumpsuit an einem Tisch aus Plankenholz, auf dem eine riesige lebende Pute thront. Der Vogel zieht den Blick auf sich: Der Hals ist von einer gelatinösen roten Membran bedeckt, der scheele Blick leuchtend blau umrandet, das schwarze Federkleid mit malvenfarbenem Schimmer aufgeplustert, als wolle das Tier gleich ein Rad schlagen. Den Schnabel hat es weit geöffnet, als würde es ohrenbetäubend laut gackern. Isabelle lässt das Smartphone am Tisch herumgehen, damit jeder seine Meinung äußern kann. Wir machen ihr alle Komplimente: Sie sehe herrlich aus, und die Pute sei spektakulär. Mathieu treibt die Analyse sogar noch ein bisschen weiter und unterstreicht die Kühnheit des Konzepts, das seiner Ansicht nach die Begegnung zwischen der domestizierten Frau und der widerspenstigen Natur suggeriert.

»Ich bin nicht domestiziert«, sagt Isabelle ein wenig aufgebracht und nimmt mir das Telefon aus der Hand.

»Im Sinne von total schick, meine Liebe«, erklärt ihr Olivier. »Du hast dich bestimmten kulturellen Standards unterworfen.«

»Sie wollten mich für das Cover der Weihnachtsausgabe von *Châtelaine* völlig abgerissen anziehen! Aber findet ihr nicht, dass das hier total verrückt rüberkommt? Ich meine, lass ich mir hier nicht von der Pute die Schau stehlen? Das stresst mich. Ich hätte mir gewünscht, dass man mir vorher Bescheid sagt, dass ich neben einer Pute posieren soll. Die Pute war bei den Fotoshootings gar nicht dabei, die haben sie hinterher mit Photoshop reingemacht. Ist das legal, Mathieu?«.

»Das kommt auf den Vertrag an, den du unterzeichnet hast.«

»Ich werde nachschauen.«

»Du siehst superschön aus«, sage ich.

»Jedenfalls habe ich ihnen drei Varianten meines Putenrezepts gegeben, das Rezept mit dem Tahini-Dip und dann noch das Rezept von meinem Dinkel-Cranberry-Kuchen. Sie werden den Link zur Website von *Bissfreuden* und den Link zu Penture in den Artikel einbauen. Das wird ein toller Werbeauftritt für uns, was? Han, was ist das?«

Der Kellner wirft ihr einen Blick von der Seite zu und stellt vier Teller auf den Tisch, bevor er zu einer Beschreibung ihres minimalistischen Inhalts anhebt: »Also, meine Damen und Herren, als kleiner Happen vor dem nächsten Gang sehen Sie hier eine mit einem Klecks Tomatensoße mit Mandelsplittern garnierte Rote-Pfeffer-Mousse auf einem Basilikum-Parmesan-Biscuit. Guten Appetit!«

»Hat er mich komisch angeschaut?«

»Äh, nein«, versichert ihr Olivier.

»Ich hab ihn nur gefragt, was das ist.«

Das Gespräch beim Essen dreht sich die ganze Zeit um unsere Kinder. Isabelle stellt uns viele Fragen zum Kindergarten, in den Charlotte früher gegangen ist, sie will wissen, was es dort zu essen gab, welche Aktivitäten angeboten wurden, wie der Betreuungsschlüssel aussah, und zahllose weitere Details.

»Stimmt es, dass die Kinder beim Mittagsschlaf auf dem Boden liegen? Auf dem Boden!«

»Sie haben kleine Matratzen.«

»Und ihr Kuscheltier.«

Obwohl Mathieu und ich ihr versichern, dass Charlotte ihre drei Jahre in der Kita geliebt hat, verkündet Isabelle, dass sie Mikaël gerne zu Hause lassen würde, bis er in die Vorschule kommt.

»Und wie soll er da lernen, mit anderen Kindern klarzukommen?«, fragt Olivier erstaunt.

»Rebecca wird mit ihm in den Park gehen.«

»Im Park wird er es mit kleinen Unbekannten zu tun haben. Das ist nicht dasselbe wie Teil einer Gruppe zu sein.«

Wahrscheinlich hat Mathieu dank seines Berufes einen sechsten Sinn, wenn es darum geht zu spüren, welche Diskussionen zum Konflikt ausarten könnten.

»Wie alt ist Mikaël noch mal?«

»Anderthalb.«

»Dann habt ihr ja noch massenhaft Zeit, darüber nachzudenken. Als Charlotte noch ein Baby war, da dachten wir, wir behalten sie zu Hause, bis sie zur Universität geht.« Mathieu zwinkert mir über sein Weinglas hinweg zu, und ich sehe uns plötzlich vor vier Jahren in Charlottes Kinderzimmer, ich in dem Schaukelstuhl beim Stillen, und er, wie er mir ein Glas

Wasser bringt und aus der Tasche seines Morgenmantels einen Schraubendreher mit kleiner Spitze holt, um die Batterien der Nachtleuchte auszutauschen. Damals war ich überzeugt, dass die bloße Tatsache, dass wir beide dieses kleine Wesen bei uns hatten, um das wir uns liebevoll kümmerten, wortlos in der Schwüle der Nacht, die Garantie dafür war, dass unsere Paarbeziehung gelingen würde. Mehr konnte man sich doch gar nicht wünschen.

Vorm Dessert stehe ich plötzlich gleichzeitig mit Olivier vor dem großen Inox-Waschbecken beim Toilettenausgang, und wir waschen uns nebeneinander die Hände.

»Das scheint ja gut zu laufen mit deinem Mann«, bemerkt er beim Runterdrücken des Seifenspenders. »Jedenfalls ist er ein feiner Kerl. Ich habe zum ersten Mal wirklich Gelegenheit, mit ihm zu reden. Ein netter Typ.«

Ich nicke und frage ihn, wie er Romane in der letzten Zeit fand.

»Langweilig, wie immer. Warum?«

»Sie ist verliebt in dich.«

Olivier bricht in Gelächter aus. »What the fuck?«

Ich trage ein wenig Lipgloss auf und lasse ihn zum Tisch vorgehen. Wir haben viel Wein getrunken, und ich muss mich einigermaßen anstrengen, um auf meinen High Heels noch elegant zu wirken. Der Speisesaal ist immer noch überfüllt, und während ich mich zwischen den Gästen und Kellnern hindurchschlängle, höre ich, wie jemand mir über das Geschirrgeklapper hinweg zuruft.

»Magalie! Maggy!«

An einem Tisch bei der Bar winken mir ein Mann und eine Frau, beide an die sechzig, mit ausladenden Gesten zu. Das platinblonde Haar der Frau hilft mir, sie schnell einzuordnen: Natürlich, es handelt sich um Fabien und Mireille, ein befreundetes Paar meiner Eltern. Ich glaube, ich habe sie seit der Beerdigung meines Vaters nicht mehr gesehen, an die ich mich übrigens kaum erinnere, weil ich Beruhigungsmittel genommen hatte, um diesen Tag durchzustehen. Mireille nimmt mich spontan auf mütterliche Art in den Arm. Die Umarmung mit Fabien dauert nicht ganz so lange, aber sie ist emotional geladener und so fest, dass ich durch seinen Wollpulli spüre, wie sich die Brustmuskeln anspannen. Fabien ist Spezialist für Garagentüren und war ein enger Freund meines Vaters. Er war nicht nur sein Kollege, sondern auch sein Golf- und Angelpartner. In einem Jahr haben sie sogar versucht, gemeinsam auf ihre erste Elchjagd zu gehen oder sonst ein Großwild zu jagen. Doch obwohl kein Zweifel besteht, dass mein Erscheinen Fabien an seinen verstorbenen Freund erinnert, gelingt es uns, trotz all der Gerüche und des Geschreis um uns herum, so zu tun, als sei es nicht seine bedrückende Abwesenheit, die uns vereint. Sie erzählen mir, dass sie hier sind, um Mireilles Start ins Rentnerinnendasein zu feiern; ich zücke mein Handy und zeige ihnen Fotos von Charlotte, die ihnen Schreie der Begeisterung entlocken. Da sie Mathieu noch nie begegnet sind, zeige ich ihnen auch Fotos von ihm und nenne ihn dabei »meinen Liebsten«. Er sitzt am anderen Ende des Raums, aber unsere Blicke kreuzen sich über die Tische und den Lärm hinweg, und er lächelt uns zu. Dann bringt eine Kellnerin Fabien und Mireille ihre Muschelteller, und wir sagen uns auf Wiedersehen. Erst in diesem Moment fragt mich Mireille, wie es meiner Mutter geht. Ich sage ihr, dass es ihr gut geht, aber weil Fabien dabei ist, erzähle ich ihr lieber nicht, dass es einen neuen Mann in ihrem Leben gibt.

»Ich ruf sie mal an!«, sagt Mireille freudig. »Sag Monique, ich werde sie bald anrufen. Ich habe sie schon so lange nicht mehr gesehen.«

Sie haben wieder auf ihren Stühlen Platz genommen, und ich wende mich schon zum Gehen, aber Fabien hält mich am Arm fest, und ich muss den Rücken beugen, um ihn verstehen zu können.

»Jacques, dein Vater«, sagt er, und sein Atem riecht nach Alkohol, »ist immer sehr stolz auf dich gewesen. Er hat euch sehr geliebt, deine Mutter und dich. Ich wart alles für ihn.«

Ich hatte mir eine Mousse au Chocolat bestellt, bevor ich auf die Toilette ging, aber jetzt bereue ich das, denn ich habe einen Kloß im Hals und bringe kaum einen Bissen hinunter. Mathieu fragt mich, ob es mir gut geht, und ich zeige ihm, wie gut, indem ich ihm einen Happen Williams-Christ-Birne stibitze. Ich habe schon vor langer Zeit begriffen, dass es mich überhaupt nicht tröstet, über den Tod meines Vaters zu sprechen, über den Schmerz, der mich seither nicht mehr loslässt, über diese Wunde, die ich nicht anders beschreiben kann als ein Loch in meinem Bauch und meiner Seele, zumal ich dann immer das unangenehme Gefühl habe, die anderen zu belasten und runterzuziehen. Als Mathieu sich erkundigt, bei wem ich da stehen geblieben bin und mit wem ich mich unterhalten habe, und ich ihm sage, es seien Freunde meiner Eltern gewesen, scheint er zu begreifen, streichelt meinen Unterarm und schlägt vor, wir sollten nach Hause gehen.

»Das war echt fun!«, bemerkt Isabelle, und obwohl von Anfang an klar war, dass sie uns einlädt, gibt es ein kleines Geplänkel, weil wir die Hälfte der Rechnung übernehmen wollen. Als sie das ausschlägt, besteht Mathieu darauf, wenigstens eine der Weinflaschen zu bezahlen, aber Isabelle hält das Mäppchen mit der Rechnung darin fest an ihre Brust gedrückt und beendet die Diskussion:

»Ich werde diese Rechnung sowieso von der Steuer absetzen. Als Rechtsberatung.«

Am Boulevard Saint-Laurent muss das Taxi zwischen Sherbrooke und Mont-Royal das Tempo drosseln, weil ein paar knapp zwanzigjährige Feierwütige nicht auf die Kreuzung achten, überall die Straße queren und vor den Bars Trauben bilden. Mathieu und ich sehen ihnen schweigend zu: Diese Zeit ist für uns endgültig vorbei.

Sobald wir den Van-Horne-Viadukt überquert haben, bitte ich den Fahrer, bei einem Bankautomaten anzuhalten, weil ich noch Geld für die Babysitterin abheben muss. Während ich darauf warte, dass der Apparat mir das Geld ausspuckt, betrachte ich Mathieu, der im Auto sitzt. Er hält den Kopf schräg zum Telefon, dessen blaues Licht sein Gesicht erhellt, und lächelt. Hat er den kurzen Moment des Alleinseins sofort genutzt, um ihr zu schreiben? Jedenfalls ist es kein Katzenvideo, das ihn so amüsiert. Die monatliche Belastung unseres gemeinsamen Ehekontos liegt bei über dreitausend Dollar, und ich ertappe mich dabei, wie ich Berechnungen anstelle. Hätte ich überhaupt die Mittel, Mathieu zu verlassen? Laut dem Jahresumsatz von Penture variiert mein Verdienst zwischen sechzig- und fünfundsechzigtausend Dollar. Das ist gar nicht mal so schlecht, aber wenn man bedenkt, wie sehr die Immobilienpreise in Montréal in den letzten Jahren in die Höhe geschnellt sind, ist es dann ausreichend, um ohne nennenswertes Startkapital in unserem Viertel – das zu den begehrtesten gehört – eine Zweizimmerwohnung zu kaufen?

Vor drei Jahren habe ich all mein Erspartes und die kleine Erbschaft von meinem Vater in Penture investiert, und da die Eigentumswohnung in der Rue Saint-Vallier Mathieu gehört und er bereits dort gewohnt hat, als wir zusammenkamen, weiß ich nicht, welche Summe ich im Fall einer Trennung herausbekommen würde. Mathieu legt sein Telefon beiseite, als ich wieder ins Taxi steige, und das Auto fährt weiter. Wenige Minuten später stehe ich wartend auf dem Gehsteig, während er mit seiner Kreditkarte das Taxi bezahlt. Die Nacht ist ruhig, bis Xavier, der Mann von Valérie Delorme, um die Ecke kommt und wenige Meter vor mir seinen Lieferwagen parkt. Aus dem Innern dröhnt trotz der späten Stunde »Eye of the Tiger« in voller Lautstärke, aber das Lied stoppt mitten im Refrain, als er den Motor abstellt. Dann stürzt er mit seinen fetten Pumaschuhen mit geöffneten Schnürsenkeln aus dem Fahrzeug.

»Wir hatten keinen Paracetamolsaft mehr, und der Kleine hat Fieber!«, schreit er mir zu und wedelt mit der bunten Flasche in der Luft herum. »Euch geht's gut?«

Er verschwindet hinter dem aufblasbaren Gespenst, das vor ihrer Erdgeschosswohnung Wache hält, und singt weiter: »It's the eye of the tiger, it's the thrill of the fight, rising up to the challenge of our rival.« Als er die Tür öffnet und im Haus verschwindet, hört man einen Säugling schreien.

Während ich meine High Heels ausziehe und mir die Füße massiere, versichert mir Emma, dass sie einen wundervollen Abend mit Charlotte verbracht hat: Sie sei sehr brav gewesen und habe ihren Teller Pasta mit Tomatensoße ganz aufgegessen.

»Sie ist wirklich niedlich. Und groß ist sie diesen Sommer geworden.«

Wir schulden ihr fünfzig Dollar, aber ich gebe ihr sechzig, weil ich nur Zwanzigerscheine habe und sie mir nicht rausgeben kann. Mathieu hat noch fünfzehn Dollar auf die Summe draufgelegt, damit das Taxi, das unten auf Emma wartet, sie zu ihr nach Hause ins Villeray-Viertel bringt. Unsere Babysitterin beeilt sich mit dem Anziehen. Obwohl es im November schon recht frisch ist, zieht sie nur eine Jeansweste über ihre kurzärmelige Bluse, in deren Dekolleté die Wölbung ihres knospenden Busens zu sehen ist.

Ich frage verwundert: »Hast du keinen Schal dabei?«

»Äh, nö.«

»Möchtet du einen? Deine Mutter kann ihn mir am Montag ins Büro mitbringen. Es ist kalt.«

»Danke, alles gut. Bye!«

Ich schalte das Licht in der Galerie erst aus, als ich sehe, dass sie ins Taxi gestiegen ist und davonfährt. Emma ist fünfzehn. Bleiben mir nur noch zehn Jahre, bis mein Baby mir davonläuft?

»Komm und sieh dir das an«, flüstert Mathieu, der im Türrahmen von Charlottes Zimmer steht. Ich gehe zu ihm, und wir bewundern unsere Tochter, deren Brust sich langsam bei jedem Atemzug hebt. Ein Ausdruck des Friedens, des reinen Wohlbefindens liegt auf ihrem entspannten Gesicht; die Wangen sind fest und rund wie Pfirsiche. Ein unwiderstehliches Bild. Es fällt schwer, sich vorzustellen, dass genau dieser süße Engel zehnmal am Tag bei der geringsten Kleinigkeit ausrastet, das Gesicht verzieht und mit dem Fuß aufstampft. Charlotte liegt auf der Seite und hat den rechten Arm um ihren Affen Baboune gelegt, der unter mehreren Schichten Papiertaschentüchern begraben liegt, als habe sie ihm auch ein weiches Bett machen wollen. Mathieu zieht unserer Tochter, die ich sanft auf die Stirn küsse, die Decke wieder bis über die Schulter.

»Ich habe das Spiel aufgezeichnet«, verkündet Mathieu, sobald er im Flur ist. »Du hast doch nichts dagegen, wenn ich mir das anschaue?«

»Nein, ich leg mich schlafen.«

»Ich mache es auch nicht zu laut.«

Nachdem ich mir das Gesicht gewaschen, die Zähne geputzt und mir auf die beginnenden Falten um meine Augen eine Creme getupft habe, deren Preis den eines Lebensmitteleinkaufs übersteigt, gehe ich in die Küche und schenke mir ein Glas Wasser ein.

Emma hat ein paar schmutzige Teller im Ausguss stehen lassen, aber das kann bis morgen warten; bei der Kochinsel hat sie außerdem ein paar schmutzige Papierservietten liegen lassen, und als ich sie in den Mülleimer werfe, entdecke ich in dem ganzen Müll eine Cheetos-Tüte. Das ist seltsam: Ich erinnere mich nicht, seit Charlottes Geburtstag letzten Mai Käsesnacks gekauft zu haben. Die Tüte ist oben offen und ganz unten befindet sich ein Kondom mit zähflüssigem Inhalt.

»Oh my God!«

»Was ist denn?«, fragt Mathieu, der es sich auf dem Sofa im Wohnzimmer gemütlich gemacht hat.

»Was ist das für ein Kondom?«

Er sagt erst nichts, dann reißt er den Blick vom Fernseher los und sieht mich beunruhigt mit gerunzelten Brauen an. Seine Stimme ist zögerlich: »Was für ein Kondom?«

Er presst die Lippen aufeinander, und ich spüre, wie sein Schrecken immer größer wird, während er wie gelähmt auf dem Sofa sitzen bleibt. Ich verstehe, was ihn so zur Salzsäule erstarren lässt: Mathieu hat sich wahrscheinlich vorgestellt, dass die Kondomschachtel sich hierherverirrt hat. Zugleich dürfte er sich sagen, dass das unmöglich ist, denn wie hätte diese Packung aus dem Kofferraum seines Passats bis in unsere Küche gelangen sollen?

Ich habe eine perverse Freude daran, die Spannung noch ein wenig hinauszuzögern: »Hier ist ein Kondom in unserem Haus, ich mache keine Scherze, Mathieu.«

Er räuspert sich, steht langsam auf und beißt die Kiefer aufeinander, während er den offenen Bereich des Wohnzimmers durchquert und zu mir herüberkommt. Ich lasse ihn nicht aus den Augen. Er begegnet meinem Blick recht wacker, und in der Küche angekommen sucht er mit Blicken den Keramikboden nach dem belastenden Objekt ab. Ich spüre, wie ihm auf der Suche nach der perfekten improvisierten Ausrede tausend Gedanken durch den Kopf schießen, denn Mathieu ist zu gebildet, um mir das traditionelle »Es ist nicht so, wie du denkst!« aufzutischen. Er steht einen Meter von mir entfernt, und ich kann fast das Klopfen seines Herzens hören, als ich ihm schließlich das Innere der Cheetos-Tüte zeige. Er schluckt.

»Die Babysitterin hat Besuch gehabt«, sagt er. »Das ist einigermaßen offensichtlich.«

Er sieht mich mit seinen großen nussbraunen Augen merkwürdig an, und ich frage mich, ob ich nicht schon wieder eine Gelegenheit verstreichen lasse, ihn mit seinen Lügen zu konfrontieren. Außerdem finde ich mein Leben immer absurder, denn ich habe den Eindruck, dass ich seit einiger Zeit viel zu viel mit den Kondomen der anderen zu tun habe. Ich seufze.

»Pfffft. Ich hoffe, Charlotte ist mit fünfzehn nicht auch so ein schamloses Luder.«

Ich werfe die Cheetos-Tüte samt Inhalt zurück in den Müll. Mathieu trinkt ein großes Glas Wasser über der Spüle, und ich wünsche ihm Gute Nacht. Ist es für ihn genauso schmerzhaft, mich zu belügen, wie es für mich ist, so zu tun, als wüsste ich von nichts? Als er wenige Minuten später den Fernseher ausschaltet und sich unter der Bettdecke in Löffelposition an mich kuschelt, ohne mich wieder loszulassen, bis er eingeschlafen ist, verstehe ich, dass es ganz egal ist, wo seine Geschichte mit der anderen hinführt, er ist nicht bereit, zumindest noch nicht, mich zu verlieren.

Ein Vogel zwitschert. Im Halbschlaf frage ich mich, ob die von der Stadt installierte neue LED-Straßenbeleuchtung ihn geweckt hat und welche außer Kontrolle geratene Welt wir unseren Kindern mal hinterlassen werden. Dann zwitschert der Vogel wieder, und ich merke, um was für eine Art es sich handelt: ein iPhone 5S. Ich habe vergessen, es beim Zubettgehen auf Stumm zu schalten. Auf dem gesperrten Bildschirm erscheint eine Facebook-Statusmeldung: »Guillaume Hamelin hat Ihnen eine Freundschaftsanfrage geschickt.« Direkt darunter sehe ich die Uhrzeit: 5.58 Uhr. Mathieu schnarcht an meiner Seite, den Kopf in sein Kissen vergraben. Ich wundere mich über die Geschwindigkeit, mit der seine Haare innerhalb weniger Stunden so fettig werden konnten, und wie viele Haare schon die dicke Haut seiner Wangen durchstoßen haben. Ich versuche wieder einzuschlafen, aber das Licht meines Telefons hat mich geblendet und sich tief in meine Augen gebrannt: Es ist sinnlos.

Während das Wasser für meinen Tee kocht, weil der Motor der Espressomaschine zu dieser friedlichen Zeit zu viel Lärm machen würde, trete ich ans Fenster und beobachte dieses schlafende Sträßchen. Auf der Terrasse der Delormes quillt die Mülltonne von Windelpaketen über, und ich denke an Valérie, die mir so erschöpft vorkam, als ich ihr das letzte Mal begegnet bin. Vielleicht sollte ich ihr eine Mahlzeit vorbeibringen oder ihr anbieten, Clara für ein paar Stunden zu uns zu nehmen. Das würde ihr eine Atempause verschaffen und Charlotte hätte eine Spielkameradin. Ich frage mich, wie Valérie das nur hinbekommt, sich um ein Neugeborenes zu kümmern und nebenher auf zwei kleine Kinder aufzupassen. Xavier arbeitet als Entwickler bei einer unabhängigen Firma für Videospiele, und ich glaube nicht, dass er unter der Woche oft zu Hause ist; jedenfalls begegne ich ihm so gut wie nie in der Hausaufgabenbetreuung der Schule. Das letzte Mal in den ersten Septembertagen, als Valérie sich von ihrem Kaiserschnitt erholte. Xavier hatte mir mit Begeisterung erzählt, dass er an der Entwicklung eines Videos über die Welt des Boxsports arbeitete, und ich hatte ihm zugehört und so getan, als fände ich das interessant.

Während ich warte, bis mein Tee fertig ist, hole ich mein Smartphone aus der Tasche meines Morgenmantels und nehme Guillaumes Freundschaftsanfrage an. Wieso ist er so früh schon auf? Vielleicht ist er es aus Berufsgründen gewohnt, in aller Herrgottsfrühe aufzustehen. Er hat mir diese Freundschaftsanfrage wahrscheinlich deshalb geschickt, weil er sich für seinen etwas schroffen Abschied von vorgestern entschuldigen will, obwohl ich bloß versucht habe, ihm den Unterschied zwischen einer maßgeschneiderten Küche und einer von IKEA zu erklären. Oder aber er hat, als er Julianne abgeholt hat, erfahren, dass er mich auf diese Weise um die Hilfe meiner Mutter gebracht hat und ich eine Babysitterin für Charlotte auftreiben musste. Ich klicke sein Profil an.

Guillaume liebt den Polizeidienst der Stadt Montréal, die großen Kaufhäuser der Spezialisten für Sportausstattung, die NFL, die Green Bay Packers und das Städtchen Sainte-Julie. Ich schaue mir nacheinander die Einträge auf seiner Pinnwand an. Dort lässt er sich keineswegs lang und breit über sein Privatleben aus, sondern postet vor allem Artikel über den Laufsport. Ein Beitrag sticht jedoch heraus. Er stammt vom letzten Jahr. Guillaume hatte sich den Spaß erlaubt, einen Test zu machen: »Wie werden Sie mit siebzig Jahren aussehen?« Das Ergebnis hat er auf seiner Seite veröffentlicht. Es handelt sich um ein Foto, auf dem er mit seinen schütteren grauen Haaren, der platten Nase und dem fahlen Teint ein bisschen wie sein Vater aussieht.

Die Frage weckt meine Neugier, und ich beschließe, in der Navigation den Button »Machen auch Sie den Test« anzuklicken. Ich wähle mein Profilfoto, und während es auf der Website des Entwicklers hochgeladen wird, setze ich mich mit meinem Tee auf das Sofa im Wohnzimmer. Als das Bild schließlich Form bekommt, verbrenne ich mir die Zunge und stelle dann die Tasse auf dem Couchtisch ab, um es mir genauer zu betrachten. Mein Gott, bin das wirklich ich? Sicher, da besteht eine leichte Ähnlichkeit, das eckige Kinn zum Beispiel, oder die leichte Himmelfahrtsnase. Trotzdem beginne ich mich unwohl zu fühlen. Was mich am meisten erschreckt, sind weder die weißen Haare noch die runzelige Haut dieses Gespenstes aus der Zukunft, sondern die grauen Augen mit den schweren Augenlidern, Augen, die zugleich traurig und erloschen wirken. Und dann dieser trockene Mund mit den hängenden Mundwinkeln, dessen Lippen aber halb geöffnet sind, also wolle er etwas sagen. Plötzlich frage ich mich, was diese Frau, die gerade drei Jahrzehnte im Countdown durchlaufen hat, mir raten würde, wenn sie denn sprechen könnte. Würde sie mir vorwerfen, eine untragbare Situation akzeptiert zu haben? Würde sie mich vor den Gefahren des Leugnens warnen? Vielleicht würde sie mir unser Leben schildern und mir sämtliche Entscheidungen auflisten, die uns unglücklich gemacht haben; vielleicht würde sie mir sagen, dass es nicht zu spät ist, etwas zu ändern.

»Mama, wer ist diese Frau?«

Baboune unterm Arm drückt Charlotte sich an mich, ihr Körper ist noch schwer und warm vom Schlaf. Ich stelle meinen dampfenden Tee etwas weiter weg, damit kein Unfall passiert, und küsse sie aufs Haar.

»Das bin ich, mein Schatz. In sehr langer Zeit.«

Meine Tochter betrachtet mich ungläubig ein paar Sekunden lang, sie ist beeindruckt oder einfach nur unsicher, ob ich schon ganz wach bin. Dann runzelt sie ihre kleine Nase und richtet ihre schläfrigen Augen wieder auf den Bildschirm.

»Du bist hässlich«, sagt sie.

Donnerstag, 17. November

Lieber Guillaume,
hallo, hier Erde: Du hast auf meine letzte Mail nicht geantwortet. Ich möchte dich daran erinnern, dass wir uns wegen der Weihnachtsferien besprechen müssen. Während ich noch auf deinen Zeitplan warte, gehe ich schon mal als positives Beispiel voran. Hier mein Vorschlag: Ich überlasse dir Julianne am 24., also an Heiligabend. Ich übernehme sie dann wieder am 25. spätnachmittags. (Wir besuchen tagsüber die Mutter von François, und ihr Pflegeheim liegt in Sherbrooke, ich kann also nicht vorher zurückkommen.) An Neujahr könnten wir genauso verfahren: Ich lasse Julianne am Silvesterabend, dem 31., bei dir, denn François und ich sind bei seinem Bruder in Morin-Heights eingeladen, und wie du ja weißt, mag Julianne François' Nichte nicht, weil sie sich ständig über ihre Akne lustig macht. Anastasia ist bulimisch, ich habe letztens mit ihrer Mutter darüber gesprochen, aber ich weiß nicht, ob sie ihre Tochter schon zum Psychologen geschickt hat, ich würde daher Julianne lieber nicht dorthin mitnehmen. Mit anderen Worten, ich würde sie am 1. gegen Abend wieder nehmen, wir gehen dann zu meiner Mutter zum Abendessen. Sagt dir dieser Plan zu? Für den Rest der Ferien werden wir uns wie üblich an deine

Arbeitszeiten anpassen, vorausgesetzt, dass du sie mir bei Gelegenheit schickst. Jetzt mal ernsthaft, könntest du bitte in die Puschen kommen, das ist jetzt drei Wochen her, dass ich dich darum gebeten habe.

Karine

PS: Ich brauche einen Scheck über 475 Dollar für den Schwimmverein, danke.

6

Guillaume

Dienstag, 22. November

Die monotone Bewegung hat etwas Beruhigendes: Unebenheiten aufspüren, mit der Kelle den Gips auftragen, von oben nach unten, dann von links nach rechts, den Überschuss wegkratzen, alles glätten und auf eine Höhe bringen. Aufpassen, dass nichts auf meinen neuen Boden kommt, auch wenn ich ihn mit einer Plastikplane abgedeckt habe. Dann wieder von vorn. Morgen wird alles trocken sein, und die Jungs, die ich angeheuert habe, können da, wo es nötig ist, die Wand schleifen und streichen. Ich habe eine Gallone »Kumulus-Weiß« und einen halben Liter Kreidetafeleffektfarbe in der Garage, und es hat mich nicht mal genervt, dass Karine mich genötigt hat, Produkte ohne flüchtige organische Verbindungen zu kaufen, damit Julianne keine hypothetischen giftigen Dämpfe einatmet, wenn sie nach Hause kommt.

»Wird gemacht, aber mal ehrlich, wenn ich allein hier wohnen würde, dann würdest du dich bestimmt nicht sorgen, dass ich mich vergifte?«, habe ich gescherzt.

Meine Abgeklärtheit schien sie zu überraschen; ich war allerdings entschlossen, keine Energie mehr darauf zu verschwenden, gegen das ständige Kontrollbedürfnis meiner Ex anzukämpfen. Durch das Zerschlagen dieses Mobiliars, in dem noch etliche Erinnerungen an unser gemeinsames Leben schlummerten – wobei die Valentinskarte, die hinter der Schublade klemmte und auf der Karine geschrieben hatte, sie hoffe, an meiner Seite alt zu werden, besondere Erwähnung verdient –, habe ich meiner Vergangenheit den Mittelfinger gezeigt. Übermorgen werden Olivier und Magalie wiederkommen, um ein letztes Mal meine Küche auszumessen, und ich habe vor, die beiden, sie vor allem, mit einem tadellos renovierten Raum zu überraschen, mit perfekten Wänden frei von Unebenheiten, makellos rein. Ich habe einen neuen Boden aus anthrazitfarbenem Naturstein verlegen lassen, noch dazu einen mit Fußbodenheizung, um den gänsekackefarbenen PVC-Boden vergessen zu machen. Olivier und Magalie werden hin und weg sein, wenn sie diesen Raum betreten, bereit für neue Küchenmöbel, bis in die hintersten Ecken leicht zu vermessen, da werden sie nichts mehr zu meckern haben.

Denn eines ist klar: Ich dürfte in ihren Augen nicht ganz dicht sein, wenn ich meine Küche zu Kleinholz schlage, ohne mich vorher über die Lieferzeiten zu informieren. Als Magalie mir vor zwei Wochen am Telefon erklärte, ich hätte vorschnell gehandelt, wäre ich am liebsten im Erdboden versunken. Als ich noch wenige Sekunden zuvor mit den Überresten meiner zerhackten Küche im Kofferraum über die Autobahn düste, war ich eher stolz auf die vollbrachte Leistung gewesen. Aber man hätte schon taub sein müssen, um an jenem Tag den Vorwurf in ihrer Stimme zu überhören, und als sie mir vorschlug, mich mit meinem Vorhaben woanders hinzuwenden, zum Beispiel an IKEA, hat sie mich völlig aus dem Konzept gebracht, zumal ich in den Tagen davor bei jedem Hammerschlag, den ich meiner alten Küche versetzte, den Eindruck hatte, genau das zu tun, was getan werden muss, sehr fleißig zu sein, sehr ernsthaft in meinem Vorgehen, und mein Projekt, das zwangsläufig auch das ihre war, zielstrebig voranzutreiben. Als ich Magalie sagen hörte, das Gegenteil sei der Fall, war ich so verwirrt wie eine Katze, die nach Hause kommt, eine blutige Maus im Maul, stolz wie Oskar über ihr Jagdgeschick, und dann zu ihrer großen Überraschung für Aufschreie des Entsetzens sorgt und unter den Fußtritten ihres Frauchens das Weite suchen muss. Letztlich führte meine Verwirrung an jenem Donnerstag, die auch ein klein wenig Wut enthielt, zu einem vielleicht nicht gerade glücklichen, aber in jedem Fall überraschenden Ereignis, und während ich mit meiner Kelle den Gips auf der Wand verstreiche, weiß ich noch nicht, ob ich beim Gedanken daran lächeln oder das Gesicht verziehen soll.

Ich habe es bestimmt schon einmal erwähnt: Für einen Mann in meiner Situation hat das Wohnen in der Vorortpampa den gewaltigen Nachteil, dass die jungen Frauen aus der Stadt sich nur schwer dafür begeistern lassen, die Nacht hier zu verbringen. Die Frauen von heute sind Bollwerke der Vorsicht und der Unabhängigkeit, und wer sollte es ihnen übel nehmen, dass sie nicht heiß darauf sind, in einem Haus, das fünfzehn Kilometer von der nächsten Metrostation entfernt ist, mit einem Typen ins Bett zu steigen? In der Gemeinschaft der jungen Eltern von Sainte-Julie bin ich nicht der Einzige, der getrennt und ledig ist – wir sind zwar in der Minderzahl, aber es gibt uns wie überall sonst auch. Trotzdem ist das nie mein bevorzugtes Terrain gewesen. Zu viele Fettnäpfchen: Ich habe zum Beispiel keine Lust, mit der Ex-Frau eines Kerls zu schlafen, der mir am Tag zuvor das Sonnensegel für mein Schwimmbad verkauft hat. Denn es liegt auf der Hand, dass ein Individuum, das sich entscheidet, nach einer Trennung in Sainte-Julie zu bleiben, dies nur deshalb tut, damit er oder sie sich nicht von seiner oder seinem Ex entfernen muss, und die Organisation der gemeinsamen Kinderbetreuung beim Wechselmodell dadurch leichter wird. Folglich wohnt der Ex-Mann einer Alleinerziehenden aus Sainte-Julie immer in einem Umkreis von zwei oder drei Kilometern, und aus diesem Grund habe ich, um peinliche Situationen beim Lebensmittelhändler, beim Getränkeladen oder beim Poolshop zu vermeiden, niemals ledige Mütter aus meiner Gemeinde angebaggert.

Als ich mich Mittwochabend vor fast zwei Wochen bei der Infoveranstaltung für die Eltern der neuen Mitglieder im Juniorwettkampfteam des Schwimmvereins blicken ließ, hatte ich daher nicht die Absicht, mich gegenüber Nancy Longpré anders als gewohnt zu verhalten. Nancy ist Ende dreißig, eine gertenschlanke falsche Blondine, die einen Schönheitssalon auf der Montée Sainte-Julie betreibt und sich von Marc, dem Verwalter des Poolshops in der Avenue de l'Abbé-Théoret, getrennt hat, und zwar vor zwei Jahren. Das geschah etwa zur gleichen Zeit, in der Benjamin, ihr ältester Sohn, nach einer Gehirnerschütterung seine Ambitionen als Hockeyspieler aufgab und begann, mit Julianne zu schwimmen.

»Ist Karine nicht da?«, fragte Nancy mich, sobald ich das Versammlungslokal betreten hatte.

»Sie konnte nicht kommen. Heute Abend ist ihr Treffen mit den Eltern ihrer Schüler für die erste Newsletter-Ausgabe.«

»Oh. Ist sie immer noch Grundschullehrerin?«

Da Karine eine Kundin von Nancy ist, überraschte mich ihre Frage.

»Ja klar. Sehr ihr euch nicht mehr?«

Nancy nahm ihre Handtasche vom Stuhl rechts von ihr. Diese Geste war als Einladung aufzufassen, mich neben sie zu setzen. In dem Lokal waren einige Eltern versammelt, die ich gut genug kannte, um sie mit einem Kopfnicken zu grüßen, was ich denn auch tat, während ich mich zu Nancy setzte. Ich zog meinen Mantel aus, und sie erzählte weiter.

»Nein, eben nicht. Deine Ex ist sich schon seit einigen Wochen keinen Termin mehr in meinem Salon geben lassen. Ich bin mir sicher, sie hat mit dem Waxing aufgehört und ist auf Laserhaarentfernung umgestiegen. Sie geht bestimmt ins Kosmetikstudio Reviva, das auf der Jules-Choquet eröffnet hat. Die haben so viel Werbung gemacht. Na ja, ich nehme ihr das nicht übel. Ich verliere viele Kundinnen in ihrem Alter. Lasern funktioniert nicht mit weißen Haaren, und wenn die Frauen in die Vierziger kommen, dann ist das oft ihre letzte Chance auf eine dauerhafte Haarentfernung.«

Nicht so viele Details!, hätte ich am liebsten gebrüllt. Nicht so viele Details! Aber es war schon zu spät, und mir kam wieder das Bild von Karine in den Sinn, die sich oft geweigert hatte, sich nackt vor mir zu zeigen, weil ihr Schamhaar nicht ordentlich epiliert war. »Ich sehe ja aus wie ein Bär«, jammerte sie dann, woraufhin ich ihr jedes Mal entgegnete: »Das ist mir egal, so bist du genauso schön.« Ließ Karine sich jetzt per Laser die Haare komplett und dauerhaft entfernen, um François zu gefallen und immer bereit zu sein, für den Fall, dass Monsieur Bock hatte? Und warum hat sie das früher bei mir nicht gemacht? Bin ich ihr das nicht wert gewesen? Ich wechselte das Thema.

»Kommt Marc denn nicht?«

»Er hat diese Woche die Kinder, außerdem hatte Hubert ein Hockey-Match.«

»Habt ihr den Kleinen im Club gelassen?«

»Ja, schon. Wir wollten unsern Jüngsten nicht für das Pech unseres Ältesten bezahlen lassen.«

Die Leiterin des Schwimmvereins und einige Trainer Anfang zwanzig, die stolz die schwarzen Pontos-Pullover zur Schau trugen, stellten sich gleich zu Beginn vor. Etwa fünfzig Minuten lang bekamen wir etliche Ratschläge, wie wir unsere Kinder ernähren und sie in ihrem Alltag begleiten könnten, um zukünftige Athleten aus ihnen zu machen. »Hallo G., du hast doch hoffentlich nicht die Versammlung im Schwimmverein vergessen?«, schrieb mir Karine nach einer Weile. »Vergiss bitte nicht, dich über morgendliche Fahrgemeinschaften mit anderen Eltern zu informieren.« Ich hatte nicht die Absicht, auf diese Nachricht zu reagieren, aber Nancy, die sie offenbar über meine Schulter hinweg gelesen hatte, zögerte nicht, mir mit sanfter Stimme ins Ohr zu flüstern: »Ja klar, sag ihr, wir werden uns arrangieren.« Und um ihrem Satz Nachdruck zu verleihen, legte sie mir bekräftigend die Hand auf den Oberschenkel.

Diese wenn auch nur kurze Berührung dauerte lange genug, dass ich die winzigen silbernen Federmotive wahrnehmen konnte, die auf ihren weißen Nagellack appliziert waren. Nancy zögert nie, mir auf alle möglichen Arten ihr Interesse zu signalisieren. Meiner Meinung nach gibt es zwei Gründe dafür. Erstens scheint ihr die Tatsache, dass wir beide alleinerziehende Eltern sind, der latente, aber offenkundige Garant für eine Komplizenschaft zwischen uns beiden zu sein. »Ich bin deiner Gang beigetreten!«, hatte sie voller Begeisterung verkündet, als sie mir im Winter ihrer Trennung im IGA-Supermarkt an der Hauptstraße beim Hackfleischtresen über den Weg lief. Welche Gang?, hatte ich mich gefragt. Der Gang der Unglücklichen, der Bedauernswerten, der vom Club Wir-sind-überzeugt-dass-es-anderswo-was-Besseres-gibt? Nach sieben Jahren Clubzugehörigkeit kenne ich immer noch nicht die Antwort. Zweitens habe ich gehört, dass Nancy eine kurze Affäre mit einem Feuerwehrmann aus McMasterville hatte, und daraus geschlossen, dass sie auf Männer in Uniform steht – eine Neigung, die bei Frauen verbreiteter ist, als man glauben möchte – und dass sich damit wahrscheinlich die Hartnäckigkeit erklärt, mit der sie sich mir gegenüber verfügbar zeigt, auch wenn sie mich noch nie in Polizeiuniform gesehen hat. Und obwohl Nancy gar nicht so hässlich ist und durchaus eine gewisse Sinnlichkeit hat, habe ich trotzdem – aus den oben genannten Gründen, aber auch weil ich sie ein bisschen oberflächlich und wahrscheinlich auch nicht mysteriös genug finde – nie auf ihre Avancen eingehen wollen. Als wir nach der Versammlung auf dem Parkplatz des Sportzentrums ankamen und sie fragte, ob wir am Freitagabend gemeinsam etwas trinken gehen würden, schlug ich ihr Angebot ohne allzu großes Bedauern einfach aus.

»Unmöglich. Freitagabend muss ich Julianne abholen.«

»Schade, dass wir da nicht synchron sind: Ich habe noch bis Sonntag Ferien von meinen Kindern. Oh mein Gott, hast du dich verletzt?«

Sie deutete auf den Verband an meinem Handgelenk, und ich zuckte mit den Schultern.

»Ich bin dabei, meine Küche abzubauen. Ein widerspenstiger Nagel. Nichts Schlimmes.«

»Wenn du meinst. Bye.«

Nancy drückte mir schnell ein Abschiedsküsschen auf die Wange, und ich dachte nicht weiter über diesen Wortwechsel nach, bis zum Nachmittag des folgenden Tages, um genau zu sein: bis wenige Sekunden, nachdem ich mein Telefongespräch mit Magalie beendet hatte. Ich lud gerade auf dem Wertstoffhof Marguerite-D'Youville, Südsektor, mein Auto aus und schmiss – wahrscheinlich mit mehr Entschlossenheit als nötig – einen Haufen Melaminplatten in einen Container. Ihre Stimme tönte mir noch in den Ohren: »Aber nein, Guillaume, ich bin wahnsinnig froh darüber, dich bei deinem Küchenprojekt zu begleiten. Aber damit habe ich nicht gerechnet; du hättest mich anrufen müssen, bevor du was auch immer rausreißt.«

Natürlich hatte sie recht. Und je mehr Abfall ich in diesen Sammelcontainer warf, aus dem sich die Tüftler unter den Vorstadtbewohnern frei bedienen dürfen, sprang mir die Lächerlichkeit dieser Situation ins Auge. Was erwartete ich von ihr? Ich sagte mir zum hundertsten Mal: Magalie ist nicht nur die Tochter der neuen Lebenspartnerin meines Vaters, sie ist noch dazu verheiratet. Und um meine Chancen bei ihr weiter zu schmälern – Chancen, die bereits gegen null tendierten –, kam jetzt noch die Tatsache hinzu, dass sie überzeugt war, es mit einem armen Geistesgestörten zu tun zu haben, einem unreifen Typen, der keinerlei Organisationstalent besitzt und nicht vorausschauend denken kann. Warum war es für mich so wichtig, vor ihr zu glänzen? Wir hatten zweifellos einen intensiven Augenblick erlebt, als wir uns bei meinem Vater begegnet waren. Ja, diese wenigen Sekunden, in denen wir unsere Eltern beim Küssen ertappten, hatten uns zusammengeschweißt. Und als Magalie mich mit ihrem Blick um Hilfe bat, damit ich dieser Szene ein Ende machte, die für sie wesentlich unerträglicher war als für mich, hatte ich den Eindruck, dass ihr Bedürfnis, gerettet zu werden, weit darüber hinausging. Aber sollte ich mir mehr als zwei Monate später nicht einfach eingestehen, dass das verrückt war? Hatte sie seither auch nur das geringste Interesse an mir signalisiert? Hatte sie mir durch irgendein noch so subtiles Verhalten zu verstehen gegeben, dass mein Instinkt mir hier keinen Streich gespielt hat? Jedenfalls nicht die drei- oder viermal, als ich sie bei Penture besucht habe, auch nicht, als wir in trauter Zweisamkeit bei mir zu Hause ein Glas Nebbiolo getrunken haben, und auch nicht während der Autofahrt zu ihr, die dieser Begegnung gefolgt war. Sie hätte mein Angebot, dass ich mich schlaumache, was man in ihrem Fall gegen anonyme Textnachrichten unternehmen könnte, beinahe ausgeschlagen, und dann kam noch dazu, dass sie später jedes Mal meinen Fragen auswich, sobald ich sie darauf ansprach. Die Wahrheit hinterließ einen bitteren Geschmack bei mir – ich hatte mich in eine Frau verliebt, von der ich mir nichts erhoffen durfte. Schlag sie dir aus dem Kopf!, sagte ich mir, als ich wieder in meinen Subaru stieg. Und als ich meine Pranken betrachtete, die mit zerschundenen Knöcheln das Lenkrad gepackt hielten, sah ich Nancy Longprés Hände mit den filigran verzierten Fingernägeln vor mir. Warum eigentlich nicht?, fragte ich mich. Klar denken konnte ich jedenfalls nicht mehr. Wenn es mir bereits inzestuös erschien, mit einer Frau aus Sainte-Julie zu schlafen, welche Bezeichnung verdiente dann das Verlangen nach einer Frau, die rein technisch gesehen meine Stiefschwester war? Das ergab keinen Sinn. Und was hatte ich eigentlich zu befürchten? Marc hatte meinen Pool schon vor fünf oder sechs Wochen dicht gemacht, und er würde ihn bestimmt erst in ein paar Monaten wieder bereit machen für den Sommer; und Nancy war ja nun, wie sie mir erklärt hatte, nicht mehr für den monatlichen Haarschnitt des heiligen Schamhaars von Karine verantwortlich.

Nach zweimaligem Klingeln nahm mein Vater den Hörer ab.

»Hallo, Pa. Ich bin's. Wie geht's?«

»He, gut geht's, und dir? Du hörst dich an, als wärst du außer Atem.«

»Kann sein. Ich komme gerade vom Recyclinghof.«

»Geht's voran mit deiner Renovierung?«

»Volle Kraft voraus.«

»Ich bin schon sehr gespannt.«

»Sag mal, hast du morgen Abend Zeit, auf Julianne aufzupassen?«

»Ich hab mir gestern beim Laubkehren was im Rücken verklemmt, aber ich bespreche das mal mit Monique. Ich glaube, wir haben noch nichts vor.«

»Solange dein WLAN funktioniert, ist das ja auch nicht anstrengend.«

»Du beschwerst dich doch immer, dass sie zu viel Zeit vor dem Bildschirm verbringt.«

»An den Wochenenden bin ich da entspannter. Ich bring sie dir gegen fünf und hole sie Samstagvormittag wieder ab.«

»Wird mir ein Vergnügen sein.«

Die Telefonnummer von Nancy Longpré herauszufinden war nicht besonders schwierig. Als ich wieder zu Hause war und mir ein Bier aufmachte, musste ich nur »Kosmetikstudio Sainte-Julie« in Google eingeben, und wenige Minuten später bekam ich bestätigt, dass sie am folgenden Abend immer noch verfügbar war.

»Aber hast du nicht deine Tochter bei dir?«, fragte sie erstaunt.

»Sie schläft bei einer Freundin.«

Die Bistro-Bar Madame Bovary in Boucherville war gerammelt voll, als wir gegen neun Uhr dort ankamen. Der Oberkellner, ein Typ mit tätowierten Oberarmen, fand trotzdem in einem Saal, dessen Wände von Schwarz-Weiß-Fotos mit unterschiedlichsten Rahmen bedeckt waren, noch einen Tisch für uns, und wir nahmen in Plüschsesseln Platz. Hinter den Laptops wedelte ein DJ im Rhythmus von House-Musik mit seinen langen Armen über dem Kopf, während im Hintergrund auf einem an die Wand montierten Flachbildschirm ein stummgeschaltetes Hockey-Match übertragen wurde. Als ich Nancy kurz zuvor bei ihr zu Hause abgeholt hatte, war mir aufgefallen, dass sie ein schrilleres Make-up trug als sonst, und ich war mir nicht sicher, ob mir das gefiel: Ein lilafarbenes Rouge marmorierte ihre Wangen und dicke schwarze Lidstriche, die von glitzerndem Puder betont wurden, gaben ihrem Blick etwas Vulgäres. Aber ich war wahrscheinlich etwas streng in meinem Urteil, denn die beiden Male, als sie aufstand und zur Toilette ging, sahen die Männer am Nebentisch von ihrem Hockey-Match auf und warfen ihr lüsterne Blicke zu, als sie vorbeiging. Das korallenfarbene Kleid, das sie trug, stand ihr ziemlich gut, das muss man schon sagen; während die grauen, hochhackigen Wildlederstiefel ihren Hintern in ein einladendes Hohlkreuz zwangen. Kurz und gut, nach mehreren Bloody Bovary und ebenso vielen Lord Sour hielt ich es für eine gute Idee, den Abend, wie sie vorschlug, bei ihr ausklingen zu lassen. Und wenn wir nicht schon auf der Rückbank im Taxi, das über die A 20 düste, begonnen hätten, uns zu küssen, vielleicht wäre ich dann nicht so erregt gewesen, als wir in ihrem Zimmer ankamen: Ich habe die Anzahl der Beckenstöße nicht gezählt, aber keine dreißig Sekunden, nachdem sie mir ein geripptes Kondom über den Penis zog, ejakulierte ich.

Sie kraulte mir die Brust mit ihren langen Nägeln.

»Shit aber auch«, seufzte sie.

»Tut mir leid. Ich weiß auch nicht, wie das passieren konnte.«

»Du stehst einfach zu sehr auf mich.«

Ich fragte sie, ob sie anders kommen wolle, aber sie lehnte ab: »Ich wäre eh nicht gekommen. Beim ersten Mal komme ich nie.«

So konnte ich gehen, ohne mich besonders schuldig zu fühlen, nachdem ich ihr versprochen hatte, dass wir das ein andermal nachholen würden.

Über den Boulevard N.-P.-Lapierre lief ich nach Hause, die Kapuze meines Mantels hatte ich über die Ohren gezogen, genau wie die zwielichtigen Gestalten, die ich gelegentlich während meiner Patrouillen immer um ihre Ausweispapiere bitte. Die Nacht war ruhig, ganz im Gegensatz zu meinen Gedanken. Noch unter der Dusche, gleich nach dem Nachhausekommen, fragte ich mich, was da gerade passiert war. Ich schlief schlecht, mein Körper hatte Mühe, den Alkohol, der durch meine Adern floss, wieder abzubauen. Um halb sechs war die Sonne noch nicht aufgegangen, aber mir war klar, dass ich am schnellsten wieder auf die Beine kommen würde, indem ich meine Jogginghose anzog und nach Boucherville lief, um dort mein Auto zu holen, das auf dem Parkplatz des Madame Bovary stand. Ich steckte mir die Ohrhörer meines iPhones ins Ohr, und nachdem ich ein paar Lieder ausgewählt hatte, betrachtete ich meine ausgeweidete Küche: Wie

Menhire auf einer verlassenen Ebene thronten mein Kühlschrank, mein Geschirrspüler und mein Herd noch mitten im Raum, durch dessen löcherigen Wände die Luft zirkulierte. Ich lachte los und schickte Magalie via Facebook eine Freundschaftsanfrage. Trotz meiner jämmerlichen Darbietung bei Nancy fühlte ich mich befreit von der Faszination für Magalie, als hätte mich die Begierde, die ich den ganzen Abend in den übertrieben stark geschminkten Augen einer anderen Frau hatte lesen können, stärker und zuversichtlicher gemacht. Als ich kurz davor war, mich zu übergeben, nachdem ich in über fünfzig Minuten eine Strecke zurückgelegt hatte, für die ich normalerweise eine halbe Stunde brauche, machte ich bei Hortons auf dem Boulevard de Mortagne halt, um einen Muffin zu essen und einen Kaffee zu trinken, und sah, dass Magalie meine Anfrage bereits angenommen hatte. Eine Frühaufsteherin, schloss ich daraus. Beruhigt und zufrieden setzte ich meinen Lauf bis zum Boulevard de Montarville fort und dachte erst, ich müsste gleich in Ohnmacht fallen, aber kurz darauf hatte ich das Gefühl, mich schon lange nicht mehr so wohlgefühlt zu haben.

Es ist noch nicht einmal fünf Uhr, aber die Dunkelheit hat bereits alles da draußen verschluckt. Ich bin mit dem Auftragen und Verstreichen des Putzes auf den Wänden fertig. Die Plastikfolie, die mein Vater mir geliehen hat, rolle ich zusammen und räume sie in die Garage. Heute Nacht muss ich arbeiten, aber wenn ich mich beeile, bleibt mir noch die Zeit für einen kleinen Abstecher zu dem Beleuchtungsgeschäft im DIX30-Viertel: Wenn man schon eine neue Küche hat, dann muss man auch für eine ordentliche Beleuchtung sorgen.

Donnerstag, 24. November

Als Magalie plötzlich auf der Schwelle meines Hauses erscheint, ist es offensichtlich, dass die Person, mit der sie telefoniert, kein anderer als Mathieu ist, und doch spüre ich, wie mein Herz schneller schlägt.

»Tut mir leid, mein Schatz, ich kann nicht, ich bin schon nach Sainte-Julie gefahren. Du musst sie selber hinbringen. Gib sie einfach bei der Aufsicht ab, die kümmern sich dann schon … Okay? Bye!«

Sie legt auf und entschuldigt sich: Mathieu habe Charlotte heute Morgen zur Schule gebracht und gerade erst gemerkt, dass er die Brotdose zu Hause vergessen hat. Dann betritt sie den Flur und füllt den kleinen Raum mit dem Duft von Fruchtshampoo.

»Draußen ist es nass, soll ich meine Schuhe ausziehen?«

Ich sage zu Magalie, sie müsse gar nichts, blicke über ihre Schulter und bin überrascht, als ich merke, dass niemand sonst aus dieser Suppe von Schmelzschnee auftaucht. Als könnte sie meine Gedanken lesen, verkündet sie, sie sei allein gekommen: Olivier sei wegen eines wichtigen Geschäftsfrühstücks verhindert. Ich schließe die Tür, und sie begrüßt mich mit Küsschen links, Küsschen rechts, aber dann ist es ihr offenbar trotz meiner Worte doch lieber, die Halbstiefel auszuziehen.

»Da, ich hab dir einen mitgebracht«, sagt sie und reicht mir das Papptablett, auf dem zwei Becher mit dampfend heißem Kaffee stehen. »Heute Morgen brauche ich wirklich Koffein. Es gibt ein Bauunternehmen, das mit uns zusammenarbeiten will. Olivier frühstückt gerade mit denen. Penture soll ihr offizieller Küchenexperte werden. Ein Riesending, und genau das stresst mich. Ich habe schlecht geschlafen.«

Während ich ihren Mantel aufhänge und wir im Wohnzimmer Platz nehmen, kommt mir Magalie allerdings sehr wach vor: Sie scheint bei jedem Schritt zu federn.

»Wenn es dich beruhigt, ich habe gerade eine Serie von sieben aufeinanderfolgenden Streifendiensten hinter mir. Ich habe also überhaupt nicht geschlafen.«

»Das hättest du mir nur sagen müssen, dann hätten wir uns einen anderen Termin gesucht.«

»Wann denn? Wir haben keine Zeit zu verlieren.«

»Das stimmt. Wir müssen uns sputen.«

»Ich leg mich hin, wenn du gegangen bist. Ich habe jetzt sechs Tage frei.«

Sie trägt die Haare offen, und ein paar gelockte Strähnen sind noch feucht, als habe sie nach dem Duschen keine Zeit gehabt, sie vollständig zu trocknen. Sie bindet sie mit dem mit einer Hello-Kitty-Kugel verzierten Haargummi zusammen, das ihr das Handgelenk einschnürt hatte, dann setzt sie sich vor den Laptop auf dem Couchtisch und zeigt mir die wenigen Veränderungen, die sie seit unserer letzten Begegnung an meinem Küchenplan vorgenommen hat. Ich erkläre mich mit allem einverstanden – nur Lappalien, aber sie ist sehr ums Detail besorgt –, und dann schnappt sie sich ihren Laserentfernungsmesser und tigert durch meine Küche. Ich biete ihr meine Hilfe an, aber sie lehnt ab, vollkommen auf das Biepbiep ihres Apparats konzentriert. Also trinke ich schweigend meinen Kaffee und bemühe mich, sie nicht allzu eindringlich zu beobachten. Ich würde nicht so weit gehen, sie danach zu fragen, aber meiner Meinung nach hat sie dieses schmeichelhafte schwarze Kleid auch schon beim ersten Mal getragen, als wir uns bei meinem Vater begegnet sind, bis auf den Unterschied, dass ihre Beine jetzt in blickdichten grauen Strümpfen stecken, die ihre Waden noch fester wirken lassen. Der rote Lichtstrahl, den ihr Apparat aussendet, durchschneidet den Raum in der Vertikalen und der Horizontalen, und plötzlich fasziniert mich der Gedanke, dass die Technologie, die in diesem Messinstrument steckt, auch Haare verschwinden lassen kann. Greift Magalie ebenfalls auf diese radikale und dauerhafte Methode zurück? Ist das eine neue Mode bei Frauen ihres Alters?

»Da hast du gute Arbeit geleistet«, sagt Magalie und fährt mit der Hand über die Wand. »Ich mag den Weißton, den du ausgewählt hast.«

Ich empfinde einen gewissen Stolz. »Sico, Kumulus-Weiß. Falls du die Farbe bei dir verwenden möchtest, sie hat keine VOC-Emissionen, ist also für Charlotte völlig ungefährlich.«

Magalie untersucht meine neuen Natursteinfliesen mit dem kohlschwarzen Schimmer unter ihren Füßen. Sie hockt sich mitten im Raum nieder, um sie zu streicheln.

»Ist das Montauk Black?«

»Gefällt es dir?«

Magalie richtet sich auf und kommt auf mich zu, geht um meinen alten Kühlschrank herum, um den alten Herd und den alten Geschirrspüler, die ich in meinem Wohnzimmer auf Decken abgestellt habe, um sie bei Gelegenheit zu verkaufen.

»Und ob! Wie viel hast du dafür gezahlt?«

»Keine Ahnung. Der Kerl, den ich angestellt habe, hat mir einen Pauschalpreis gemacht, dreifünf für alles, die Keramikfliesen, den Fugenmörtel, die Montage, den Elektriker und die Kabel für die Fußbodenheizung.«

Magalie wirkt plötzlich besorgt und dreht den Kopf, um sich noch einmal meine Kacheln anzuschauen.

»Du hast eine Fußbodenheizung verlegen lassen?«

Mir bleibt das Herz stehen: Ist eine Fußbodenheizung für die von mir ausgesuchte Küche nicht vorgesehen? Wird die Hitze den Lack schmelzen lassen, der auf den Holzfaserplatten meiner Unterbaukästen aufgetragen wird?

»Ja, warum? Ist das ein Problem?«

»Falls du den Plan nicht dem Elektriker gezeigt hast, damit dieser die Kabel nicht ausgerechnet da verlegt, wo du Möbel hast, dann riskierst du eine thermische Blockade.«

»Mach dir keine Sorgen. Das habe ich ihm alles gezeigt. Heiliger Bimbam, jetzt hast du mir aber Angst gemacht! Ich hab schon einmal Mist gebaut, das reicht. Ich will mich nicht noch mal anpflaumen lassen.«

Magalie legt den Kopf zur Seite und legt mir die Hand auf den Arm.

»Hör doch auf, ich hab dich überhaupt nicht angepflaumt.«

Eine gewisse Belustigung ist ihrer Stimme allerdings anzuhören, und das Blut schießt ihr in die Wangen, was nur beweist, dass ich mir diese Szene nicht komplett eingebildet habe. Dann lässt sie wieder los, aber die Wärme ihrer Hand strahlt weiter auf meinen Trizeps ab.

»Aber klar doch! Du wolltest mich zu IKEA schicken.«

»Nie im Leben. Außerdem hast du gar keinen so großen Mist gebaut. Du hast bloß die falsche Zeit erwischt. Alle Kunden wollen ihre Küchen bis Weihnachten fertig haben. Im Januar und Februar steht der Laden still.«

»Okay. Ich hab also nur einen klitzekleinen Mist gebaut, aber im falschen Moment?«

Sie nickt, immer noch lächelnd.

»Wie auch immer, die IKEA-Küchen sind übrigens seit einiger Zeit gar nicht mehr so schlecht.«

Dann setzt sie sich wieder an den Couchtisch, schaltet den Computer aus, packt das Lasermessgerät wieder ins Lederetui zurück und wechselt das Thema: »Weißt du schon, welches Material du für die Rückwand haben möchtest?«

»Noch nicht. Vielleicht Metrofliesen?«

»Es eilt ja nicht. Ich könnte dir nach Weihnachten bei Penture ein paar Optionen präsentieren. Es ist immer besser, sich erst für eine Rückwand zu entscheiden, wenn die Küche schon eingebaut ist. Dann sieht man, wo sich das Licht bricht, und ob es sich lohnt, den Akzent auf die Wand zu legen oder nicht. Eine der Professorinnen an der Uni hat immer gesagt: Die Rückwand ist ein Accessoire, ein bisschen wie Schmuck und die Umhängetasche, die man auch erst auswählt, nachdem man das Kleid angezogen hat.«

Ich bin mir nicht sicher, ob ich diesen Vergleich gelungen finde. Sehe ich aus wie jemand, der in einem Kleid herumläuft? Was für eine Horrorvorstellung! Ich versuche mich zu beruhigen, indem ich mir sage, dass es sich dabei bestimmt um eine feste Redewendung handelt. Es gab in den Innenarchitekturkursen, die Magalie besucht hat, bestimmt vor allem Studentinnen; während es in meinem Polizeitechnikprogramm fast nur Männer gab.

Magalie schüttelt ihre Tasche, und das metallische Klimpern der Schlüssel darin scheint sie zu beruhigen.

»Ich muss los. Morgen Mittag schließt die Fabrik, und ich möchte ihnen die abschließenden Pläne so schnell wie möglich schicken, damit sie sie prüfen können und alles noch vor dem Wochenende in die Produktion geht. Wenn es gut läuft, wird deine Küche am 12. Dezember installiert, das heißt, du wirst deine Arbeitsplatten noch rechtzeitig vor Weihnachten bekommen.«

Ich bin enttäuscht, dass sie mich so überstürzt verlässt, hole ihren Mantel aus dem Schrank und während ich ihr beim Anziehen helfe, steigt mir in dem Augenblick, in dem ihre Haare mein Gesicht streifen, der fruchtige Duft ihres Pferdeschwanzes in die Nase. Magalie dreht sich zu mir um, während sie an den Ärmeln ihres Kleides zieht, um sie denen des Mantels anzugleichen.

»Hat dein Vater dir gesagt, wie wir das mit dem Wichteln machen?«

»Welchem Wichteln?«

»An Heiligabend. Die beiden organisieren das. Meine Mutter hat gestern Abend am Telefon Mathieu und mich Namen aussuchen lassen. Dein Vater wird dich bestimmt auch noch deswegen anrufen.«

»Ich rufe ihn selbst an.«

»Wir haben noch einen Monat Zeit. Meine Mutter ist mit diesen Dingen immer viel zu früh dran.«

»So schlimm wie meine Ex kann sie gar nicht sein: Ich weiß jetzt schon auf zehn Minuten genau, was ich wann an den Feiertagen tun werde.«

In wenigen Sekunden wird Magalie verschwunden sein. Werde ich sie vor Heiligabend wiedersehen? Im Flur bückt sie sich, um den Reißverschluss ihrer Stiefeletten zu schließen. Eine aschgraue Staubmaus hat sich an ihrem Absatz verfangen. Sie nimmt sie mit den Fingern, zögert dann aber, sie auf den Boden fallen zu lassen.

»Tut mir leid«, sage ich ein wenig beschämt, und nehme ihr die Staubmaus aus der Hand. »Ich muss hier mal durchfegen. Eigentlich zahle ich meiner Tochter fünfzig Dollar, dass sie alle zwei Wochen hier durchwischt, aber sie macht es nie besonders gründlich.«

»Du müsstest mal mein Zuhause sehen – hundertmal schlimmer! Wir hatten einen Putzmann, aber der hat sich diesen Sommer aus dem Staub gemacht und wir finden keinen Ersatz für ihn. Jedenfalls, wenn du an der Küche noch irgendetwas ändern willst, kannst du mir das in den nächsten ein oder zwei Stunden mitteilen.«

Ich versichere ihr, dass alles, was sie mir vorgeschlagen hat, perfekt ist, und dass ich nicht sehr sprunghaft bin. Bei den Abschiedsküsschen fasse ich sie an den Schultern, und ihr Mantel mag noch so sehr gefüttert sein, unter der Daunenschicht kann ich ganz genau die Festigkeit ihrer Muskeln spüren. Ich öffne die Tür, und weg ist sie. Der Himmel ist jetzt ruhig. Ein weißer Teppich bedeckt meinen Rasen und den Asphalt der Straße und meiner Garageneinfahrt. Ich bleibe im Türrahmen stehen und tue so, als würde ich die Elektroleitung meiner Türklingel überprüfen, aber in Wahrheit möchte ich ihr einfach nur noch einmal kurz zuwinken. Magalie macht es genauso, dann steigt sie in den Jeep mit dem Penture-Logo und fährt los, wobei ihre Reifen gräuliche Fahrspuren in den Schnee drücken.

Im Bett werfe ich mich von einer Seite auf die andere und kann kein Auge zutun. Ich schiebe es auf den Becher Kaffee, den Magalie mir mitgebracht hat; und natürlich auch auf sie und auf die Verwirrung, in die ihre Anwesenheit mich gestürzt hat. Ihre Hand auf meinem Arm, meine Hände auf ihren Schultern: Diese schlichten Gesten hatten eine noch deutlichere Wirkung auf mich als die Erinnerung daran, wie ich in Nancy Longpré eindrang. Es kommt mir plötzlich jämmerlich vor, dass ich im Bett dieser jungen Frau landen konnte, die mir nie wirklich gefallen hat und die mich im Übrigen seit einigen Tagen mit Textnachrichten bombardiert. »Guillaume, hast du das gesehen? Das ist gerade erschienen!«, hat sie mir gestern Abend geschrieben und ihrer Nachricht einen Link zu der Website des Regionalsenders TVA angehängt, auf der über die Festnahme des Mannes mit dem breiten Hals berichtet wurde, der kurz vor Annabelle Juneaus Verschwinden noch eine hitzige Auseinandersetzung mit ihr gehabt hatte. Seine Festnahme würde die polizeiliche Ermittlung zwar ohne Zweifel vorantreiben, und es ging hier nicht um irgendeine belanglose Sache, sondern den Fall, der dieses Jahr die größte Medienaufmerksamkeit in ganz Québec bekommen hatte. Trotzdem musste ich an mich halten: Würde Nancy mir jetzt bei jeder kleinen Zeitungsmeldung, die gerade Schlagzeile machte, eine Nachricht schicken? Montagabend hatte ich ihr gesagt, ich würde die ganze Woche arbeiten. Daher fühlte ich mich nicht verpflichtet, ihr zu antworten.

Ich richte mich im Bett auf, öffne die Schublade meiner Kommode und nehme mir zwei Schlaftabletten. Ich schlucke sie trocken, weil ich zu faul bin, mir ein Glas Wasser zu holen. Auf dem Fuß meiner Nachttischlampe befindet sich eine Staubschicht, und ich male mit dem Finger eine Linie hinein. Beim Anblick der Linie muss ich an die Fahrspuren im Schnee denken, die Magalies Jeep vor ein paar Minuten hinterlassen hat. Ich puste auf meinen Zeigefinger und sage mir, zehn oder fünfzehn Dollar mehr würden Julianne vielleicht motivieren, gründlicher zu putzen. Dann schlüpfe ich wieder unter die Decke, und in dem Moment fällt mir etwas ein: der Fall von der Putzfrau, die in der Achtzigern in New York Angst und Schrecken verbreitet hat. Ist es das, was mich am Schlafen hindert? Ich kann mich nicht erinnern, wer sie mir erzählt hat: ein Lehrer, ein Kollege? Die Morde, etwa ein halbes Dutzend, waren an den unterschiedlichsten Orten von Manhattan verübt worden, innerhalb eines kurzen Zeitraums von drei oder vier Wochen. Die Opfer waren allesamt Frauen, ledig, berufstätig und recht wohlhabend – der Fall hatte übrigens den Namen »the working girls' mystery« bekommen –, und die Leichen waren alle in der gleichen entsetzlichen Stellung gefunden worden, wodurch der Polizei relativ bald klar war, dass es sich um ein und denselben Täter handeln musste. Der Tatort war immer der gleiche: die Wohnung des Opfers. Und trotzdem gab es in keinem der Fälle Einbruchsspuren. Die Frauen hatten einander nicht gekannt, und es war den Ermittlern nicht gelungen herauszufinden, welches einzelne Element sie alle miteinander verband, bis eines Morgens in Harlem die bereits im Zustand der Verwesung befindliche Leiche einer Kamerunerin entdeckt wurde. Dabei hatte man herausgefunden, dass diese Immigrantin bei den ermordeten arbeitstätigen Frauen als Putzfrau gearbeitet hatte, und es dauerte nicht lange, bis man ahnte, wer der Mörder sein könnte: ihr Sohn. Alle Opfer hatten ihrer Putzfrau den Zweitschlüssel für ihre Wohnung gegeben, und so hatte dieser Mann erst seine Mutter erwürgt und dann die Schlüssel an sich gebracht. Weil seine Mutter viele Kundinnen hatte, steckte sie jeden Schlüssel in eine andere Ziplock-Tüte, zusammen mit sämtlichen Informationen: den Namen der Kundin, ihrer Telefonnummer und Privatadresse. Der Sohn wusste also, welcher dieser Schlüssel ihm Zugang zu welcher der Wohnungen der alleinstehenden Frauen verschaffen würde, und so konnte er seinen Mordtrieb frei ausleben.

Meine Beine sind schwer, aber ich würde jetzt gerne aufstehen. Ich muss Magalie anrufen, um sie zu fragen, ob sie ihrem Putzmann, bevor er sich letzten Sommer aus dem Staub machte, einen Zweitschlüssel für ihre Wohnung gegeben hat. Denn mit dem Ersatzschlüssel in der Hand ist dieser Typ gefährlich, da bin ich mir sicher. Manche werden mir vorwerfen, ich sei altmodisch, aber ein Mann, der sich entscheidet, einen Beruf auszuüben, der traditionellerweise Frauen vorbehalten ist, kommt mir schon verdächtig vor. Ist er von Magalie besessen? Hat er die Schubladen ihrer Kommode aufgemacht, um an ihrer Unterwäsche zu schnuppern, während er den Staubsaugermotor laufen ließ? Wie ein echtes Raubtier plant er seinen Coup genau: Er ist aus ihrem Leben verschwunden, gerät in Vergessenheit, aber nur, um völlig unerwartet wieder aufzutauchen. Unterdessen schickt er ihr anonyme Textnachrichten, um seinen perversen Trieb zu nähren und Magalie vor dem düsteren Schicksal, das sie erwartet, zu warnen. Hat sie über diese Spur schon einmal nachgedacht? Zwei mysteriöse Ereignisse – das plötzliche und nicht gerechtfertigte Beenden des Dienstverhältnisses, dann die schriftlichen Drohungen –, beides innerhalb eines kurzen Zeitraums, das konnte kein Zufall sein.

»Ehrlich, Guillaume, du suchst nur nach einem Vorwand, um sie anzurufen, um eine engere Bindung zu ihr herzustellen.«

»Bestimmt nicht! Wir Polizisten müssen es ja wissen: Da draußen laufen viele Durchgeknallte herum.«

»Du spinnst ja, du wirst ihr nur Angst machen.«

»Ich bin nicht blöd. Ich werde mir meine Worte vorher gut überlegen.«

Ja, ich muss sie kontaktieren, sage ich mir, um sie zu warnen, sie außer Gefahr zu bringen, aber mein Körper wehrt sich nicht mehr gegen den Schlaf, und ich dämmere ein.

Montag, 28. November

Saint Lambert mit den alten Steinhäusern, den hippen Restaurants in der Rue Victoria. Und der Privatschule, vor der jeden Morgen die SUVs Schlange stehen, einander zuhupen, die Sprösslinge in Schuluniform ausspucken und weiterfahren. Der Regen peitscht die Windschutzscheibe meines Autos, und Julianne beschwert sich über das komische Quietschen der Scheibenwischer. Sie hat recht, trotzdem ärgert es mich. Seit meine Tochter Freitagabend bei mir ankam, ist sie nur am Meckern. Jeder Vorwand ist ihr recht: Dass es in der Küche kein laufendes Wasser gibt, behindert sie bei der Zubereitung ihres Tees. Die potentiellen Käufer meiner Elektrogeräte, die sich über Kijiji bei mir gemeldet haben, erscheinen nicht zur vereinbarten Zeit, das Hühnchen bei Saint-Hubert schmeckt nicht mehr so wie früher. Ich hatte gedacht, es macht ihr vielleicht Spaß, dass wir ins Restaurant gehen müssen und damit unsere Routine durchbrechen, aber Fehlanzeige. »Ich verstehe nicht, wozu du eine neue Küche brauchst!«, sagte Julianne jedes Mal, wenn sie, um eine Frucht abzuwaschen oder irgendein Werkzeug zu reinigen, ins Badezimmer gehen muss. »Die andere war doch noch voll in Ordnung. Das ist nicht sehr umweltfreundlich. Denkst du gar nicht an die künftigen Generationen?« Doch Schuldgefühle ließ ich mir auf keinen Fall einreden und gestand ihr, dass ich das drängende Bedürfnis nach Veränderung und Neuem habe; ich erklärte ihr, welche Rolle ihre sportlichen Ambitionen dabei gespielt haben, dass ich auf mein Vorhaben, wieder in die Stadt zu ziehen, verzichte und mich für eine Küchenrenovierung entschieden habe. Aber statt meine Worte als einen Beweise meiner Liebe für sie zu interpretieren, meinte Julianne, nachdem sie mir mit einer vor Ekel gerümpften Nase zugehört hatte, als hätte sie sich nie vorstellen können, dass auch ich Träume, Wünsche und Begierden haben könnte, sie habe das unangenehme Gefühl, mir bei meiner Suche nach dem Glück im Weg zu stehen. »Du hättest einfach nur sagen müssen, dass du wieder in die Stadt ziehen willst. Ich hätte unter der Woche bei Mom bleiben und am Wochenende zu dir kommen können.« Als ob die Vorstellung, mich nur acht oder neun Tage im Monat zu sehen, ihr überhaupt nichts ausmachen würde. Ich war erschüttert. »Das hättest du, ganz bestimmt, aber das stand nicht einmal eine Sekunde zur Debatte«, gab ich zurück.

»Da ist Max!«, japst Julianne. »Ich steige hier aus.«

Ich kann gerade noch einwenden, dass es wahnsinnig schüttet, da ist Julianne auch schon auf dem Trottoir. Die Kapuze auf dem Kopf und gebeugt vom Gewicht ihres Rucksacks hüpft sie, um den Pfützen auszuweichen und rennt ihrer Freundin Max hinterher, die in ihren roten Gummistiefeln aussieht wie aus einem Comic. Sie fallen sich in die Arme und stoßen schrille Schreie aus, gleichgültig gegenüber der Sintflut, die auf sie niedergeht. Ihre jugendliche Spontaneität zaubert mir ein Lächeln aufs Gesicht. Die Autoschlange vor mir bewegt sich so langsam voran, dass Julianne schon im Schulgebäude verschwunden ist, verschluckt von dem marineblauen Kapuzenmeer, als ich schließlich wieder Gas gebe und auf die Jacques-Cartier-Brücke zudüse. Denn ich habe zwar Urlaub, muss aber in die Stadt fahren.

Ich bin jetzt seit fast schon zwanzig Jahren Polizist und habe noch nie versucht, aus meiner Position einen Vorteil zu ziehen. Auf dem Revier ist es jedoch bekannt, dass einige meiner Kollegen in dieser Hinsicht nicht zögerlich sind, wenn sie die Aufhebung einer Geldbuße für Geschwindigkeitsüberschreitung erreichen oder nach elf Uhr beim Pannendienst ein Bier kaufen wollen. Heute bin ich an der Reihe. Wäre ich Donnerstagsabend nicht beim Scrollen von Magalies Facebook-Eintrag auf den Namen Sylvain Racicot gestoßen, hätte ich meine Ermittlungen vielleicht gar nicht so weit getrieben. Aber am 15. September letzten Jahres hatte auf ihren allgemeinen Aufruf hin (»Hallo Facebook-Freunde, ich suche eine Putzhilfe, Quartier Petite-Patrie, weiß jemand was?«) eine gewisse Marie-Ève Norbert geantwortet: »Ich wohne in Verdun und mein Putzmann auch, aber er fährt auch in andere Gegenden und nimmt neue Kunden an: Sylvain Racicot.« Über eine simple Recherche auf der Website des Auskunftsdienstes kam ich an die Adresse von S. Racicot, wohnhaft in der Rue Woodland. Warum sollte ich der Sache nicht auf den Grund gehen? Warum sollte ich nicht nachprüfen, ob dieser Mann, der Magalie ihren Staubmäusen überlassen und dabei wahrscheinlich ihren Zweitschlüssel stibitzt hat, kein gefährliches Individuum ist und nicht der Autor der anonymen Nachrichten, von denen sie verfolgt wird. Magalie meinte zwar, sie würde keine Nachrichten mehr erhalten, aber könnte das nicht auch die Stille vor dem Sturm sein? Vielleicht wird sie gerade von einer viel größeren Bedrohung heimgesucht?

Und ich muss zugeben, dass mir die Vorstellung, ich könnte ihr Retter sein, der dieses Mysterium aufklärt, durchaus gefällt.

Mein Telefon klingelt im Becherhalter neben mir und zeigt die Nummer von Nancy Longpré an. Ich werde ganz bestimmt nicht rangehen – es ist ihr dritter Anruf seit gestern, und ich habe keine Ahnung, was ich ihr sagen soll. Laut meinem GPS bin ich keine zwei Kilometer von meinem Ziel entfernt. Ich muss nachdenken, um mir gut zu überlegen, was ich Sylvain Racicot sagen werde, aber das Quietschen meiner Scheibenwischer stört mich in meiner Konzentration, und ich bin erleichtert, sie endlich zum Schweigen gebracht zu haben, als ich vor der Adresse, die ich mir in die Handfläche notiert habe, den Motor ausschalte.

Mit dem eiskalten, piksenden Regen im Gesicht steige ich die Außentreppe hinauf, die zum zweiten Stock eines Triplex mit Aluminiumfassade führt, und drücke den Klingelknopf. Ich habe den ganzen Tag Zeit; sollte keiner antworten, werde ich im Auto warten, bis Sylvain Racicot nach Hause kommt. Doch schon bald taucht hinter dem nassen Glas der Tür eine Gestalt auf. Das Schloss scheint zu klemmen, aber nach einigen Versuchen, die den Rahmen erzittern lassen, öffnet sich plötzlich die Tür, und ich stehe vor einem etwa fünfzig Jahre alten Mann, übergewichtig, kahlköpfig und barfüßig.

»Ja?«, sagt er und mustert mich.

Er trägt nur Shorts und eine kurze Jacke, aber der kalte und feuchte Luftzug scheint ihm nichts auszumachen.

»Sylvain Racicot?«

»Ja.«

Ich hole die Dienstmarke des Polizeidienstes von Montréal aus meiner Manteltasche und lasse sie ihn ein paar Sekunden anschauen.

»Polizeibeamter Hamelin«, sage ich zu ihm.

Ich stecke die Marke wieder weg, und Sylvain Racicot hüstelt, verärgert, aber nicht allzu überrascht.

»Hat Sie der Kerl von der Stadt gerufen?«

Plötzlich erscheint hinter ihm eine getigerte Katze und reibt sich miauend an seinem Bein. Sylvain beugt sich hinunter und nimmt sie auf den Arm, dann macht er mir ein Zeichen, auf den Flur zu kommen, wo Tabakgestank in der Luft hängt.

»Ich habe ihn nicht angefasst; ich habe ihn nur einen Dummkopf genannt. Ich hatte die Warnblinkanlage eingeschaltet, um klarzumachen, dass ich nur zwei Sekunden parken würde, und trotzdem hat er mir ein Knöllchen verpasst«, fährt er fort und krault seiner Katze den Kopf, die die Augen schließt und schnurrt. »Ein paar Nachbarn haben die Szene beobachtet, sie können bestätigen, dass ich ihn nicht angefasst habe. Ich habe vielleicht sehr dicht vor ihm gestanden, aber angefasst habe ich ihn nicht.«

Ich erkläre ihm, dass es hier überhaupt nicht um seine Parksünde, sondern um eine ehemalige Arbeitgeberin geht, um Magalie Breton. Sylvain runzelt die Brauen, und an diesem Punkt beginne ich mit der Ausführung meines Plans: »Madame hat vor ein paar Monaten das Fehlen verschiedener Schmuckstücke bemerkt, und zwar zur gleichen Zeit, in der sie plötzlich Drohungen erhielt. Diese Ereignisse fallen genau in die Zeit, als Sie, ohne ihr eine Erklärung zu liefern, aufgehört haben, als Putzmann für sie zu arbeiten.«

Sylvain setzt seine Katze auf dem Boden ab und gibt ihr

einen Klaps aufs Hinterteil, damit sie wieder ins Wohnzimmer zurückgeht, in dem ein mächtiges metallicblaues Sofa vor einem Fernseher steht, der einen Comic ausstrahlt.

»Okay …?«, stammelt er und richtet sich auf.

Er scheint nichts zu kapieren.

»Wir ermitteln in dem Fall«, kläre ich ihn auf.

»Aber ich habe Magalie nie bestohlen, und ich habe ihr auch nie irgendwelche Drohungen geschickt. Halten Sie mich für den Täter?«

Ich betrachte ihn ein paar Sekunden lang schweigend. Ein verwirrter und peinlich berührter Ausdruck tritt in seine runden Augen. Ich habe in meinem Leben mehr als einen Kerl gesehen, der einem ohne jedes Schamgefühl eine Lüge auftischen kann. Sylvain Racicot scheint mir aber eher zur Spezies ehrliche Haut zu gehören. Trotzdem kommt es nicht in Frage, dass ich hier wieder abrücke, bevor mir der dicke Bär nicht verraten hat, was er weiß. Ich lasse ihn ein bisschen zappeln.

»Es ist trotzdem seltsam, dass sie ohne Vorwarnung und ohne jeden Grund aufgehört haben, für sie zu arbeiten. Sie hatten Zugang zu ihrer Wohnung, Sie hatten Zugang zu dem Schmuck, der verschwunden ist, und wie durch Zufall machen Sie sich zur gleichen Zeit aus dem Staub.«

Sylvain Racicot kratzt sich am Schädel und flüstert: »Verfluchte Kacke aber auch.«

»Wie bitte?«

»Hat Magalie etwa Madame Norbert, bei der ich mich auch um den Haushalt kümmere, gesagt, dass ich ein Dieb bin? Ich kann es mir nicht erlauben, Auftraggeber zu verlieren. Ich habe letzten Monat meinen Angestelltenjob im Krankenhaus hingeschmissen. Drei Viertel meiner Haushaltsjobs bekomme ich aufgrund meines guten Rufes. Würden üble Gerüchte über mich die Runde machen, dann wäre ich erledigt.«

»Vorläufig beschuldigt niemand Sie irgendeiner Sache. Wir versuchen nur, das alles zu verstehen.«

Ein Zittern erfasst sein Doppelkinn, während die Worte aus seinem Mund kommen.

»Diesen Sommer hat Magalie mich einmal gebeten, besser dienstags statt mittwochs zum Putzen zu kommen. Mir passte das damals gut in den Kram, ich hatte an dem Tag gerade keinen anderen Job. Nur als ich dann zu ihr kam, da habe ich ihren Mann oder ihren Freund ertappt – ich weiß nicht, ob sie verheiratet sind, jedenfalls habe ich ihn wiedererkannt, es war der gleiche Kerl wie auf den Fotos, die neben Magalie und ihrer kleinen Tochter am Kühlschrank hängen. Ich hab ihn also mit einer anderen Frau erwischt, im Bett, in dem großen Zimmer, während sie gerade … Na ja.«

Ich versuche, mir meine Verblüffung nicht anmerken zu lassen. Magalie, eine so schöne Frau, und trotzdem wird sie betrogen? Noch dazu von ihrem Mathieu, der mit seinen Weinflaschen unter zwanzig Dollar den Großkotz spielt? Ich kann es kaum glauben.

»Sind Sie deshalb nie wiedergekommen, um bei ihr zu putzen?«

Ich bin schockiert: Selbst in der übelsten Zeit unserer Beziehung bin ich Karine immer treu geblieben. Ich habe mir Pornofilme angesehen, aber mehr auch nicht.

Sylvain Racicot fährt fort: »Der Typ und die arme junge Frau waren beide so entsetzt, als ich plötzlich in der Wohnung stand. Ich musste ihnen erklären, wer ich war. Bei meinem Einstellungsgespräch bin ich nur Magalie begegnet. Aber ihrem Mann noch nie. Ich habe schnell kapiert, dass sie ihrem

Mann nichts davon erzählt hat, dass wir fürs Putzen einen anderen Termin vereinbart hatten. Er fragte mich nach meiner Handynummer und dann überwies er mir sechshundert Dollar auf mein Bankkonto, dafür musste ich ihm versprechen, nie wiederzukommen. Es war ihm offenbar peinlich.«

»Schon möglich.«

»Also habe ich mich einfach aus dem Staub gemacht. Ich habe nie irgendetwas gestohlen.«

Alles schien sich aufzuklären. Magalies Anziehung auf mich hatte ich die ganze Zeit für abwegig gehalten, jetzt begriff ich, dass sie das überhaupt nicht war: Mein Instinkt hatte mir gesagt, dass sie mich brauchte, dass es einen Platz für uns beide gab und dass Mathieu ihrer Liebe auf alle Fälle nicht würdig war.

»Ich gestehe, dass ich mir von den sechshundert Dollar einen leistungsstarken Staubsauger gekauft habe, das war schließlich geschenktes Geld.«

Ich begreife gar nicht mehr, wovon dieser Mann eigentlich redet. Ich versuche, mich wieder zu fangen, wieder aufs Thema zurückzukommen: »Haben Sie noch ihren Zweitschlüssel?«

Sylvain Racicot mustert mich mit einem seltsamen Blick.

»Was für einen Zweitschlüssel? Ich bin immer hinten über die Terrasse ins Haus gekommen. Sie hatten ein Nummernschloss mit einem Code, der einmal im Monat geändert wurde. Deswegen hatten der Typ und die junge Frau ja solche Angst: Einbrecher kommen meistens über die Hintertür.«

An diese Möglichkeit habe ich gar nicht gedacht. Stammelnd antworte ich ihm, ich würde zurzeit an mehreren Fällen arbeiten und diese manchmal durcheinanderbringen, dann bedanke ich mich noch für seine Mitarbeit.

Ich bin schon auf der Mitte der Treppenstufen, das Gesicht wieder vom Regen gepeitscht, als ich ihn rufen höre: »Monsieur Hamelin!«

Ich hebe den Kopf. Sylvain Racicot ist an das schmiedeeiserne Schutzgeländer getreten. Die Katze ist wieder in seinem Arm aufgetaucht, aber die große fleischige Hand ihres Herrchens schützt sie vor dem Wasser, das vom Dachgesims strömt. Mir wird schlagartig klar, in welche Gefahr ich mich gebracht habe, welche disziplinarischen Sanktionen diese Begegnung nach sich ziehen könnte. Ahnt Sylvain Racicot, dass ich ihn angeschwindelt habe? Wird er selbst beim Polizeidienst von Montréal Erkundigungen einziehen, wer ihn da an diesem Morgen aufgesucht hat? Ich denke an meine Küche, die mich über zwanzigtausend Dollar kosten wird – die Fußbodenheizung und meine neuen Edelstahl-Elektrogeräte noch gar nicht mit eingerechnet. Mein Herz klopft zum Zerspringen. Ich habe absolut nicht die Mittel für eine unbezahlte Freistellung.

»Wie mir scheint, habe ich Ihnen die Antwort schon geliefert.«

»Welche Antwort?«

»Na ja. Magalies Schmuck verschwindet, man schickt ihr Drohungen. Es muss also die Geliebte ihres Mannes sein, die Frau, die er zu sich nach Hause geschleppt hat. Frauen ertragen es einfach nicht, wenn sie nur die zweite Geige spielen.«

Ich sage ihm, diese Hypothese sei alles andere als dumm. Dann gehe ich weiter zu meinem Auto. Aus Angst, er könne sich mein Nummernschild notieren und versuchen, mehr über den Polizeibeamten Guillaume Hamelin herauszufinden, warte ich, bis er die Tür gut hinter sich verschlossen hat, und fahre dann erst los.

Montag, 19. Dezember

Noch ein Hallo, liebe Eltern!
Ich weiß schon, dass wir in den verrückten Vorweihnachtstagen alle genug zu tun haben, aber auf meine Nachricht von letzter Woche hat noch niemand geantwortet, und die Sache eilt! Slime, Slume, Slome und Slame, die vier Schnecken-Stars der Klasse, suchen für die Feiertage immer noch nach einem Pflegeplatz in einer Familie. Bitte melden Sie sich ganz bald! Ich kann das Terrarium nicht zwei Wochen lang in der Schule lassen. Falls jemand Lust hat, die Aufgabe zu übernehmen, es sich aber nicht recht zutraut: Die Pflege unserer Schnecken ist überhaupt nicht aufwendig. Man füttert sie mit etwas Salat und säubert das Gehäuse mit einer alten Zahnbürste, falls es nötig sein sollte, das ist alles. Ihr Kind kann Ihnen selbst zeigen, wie es geht!

Danke für die wertvolle Zusammenarbeit, ich wünsche allen schöne Ferien. Nutzen Sie die Tage für wundervolle Momente im Kreis der Familie!

Stéphanie

7

Magalie

Freitag, 23. Dezember

Es ist unglaublich, mit welcher Begeisterung die Ankündigung einer Schwangerschaft aufgenommen werden kann. Über eine Stunde lang weigerte sich Isabelle, Alkohol zu trinken, unter dem Vorwand, sie müsse Antibiotika nehmen, um einen Harnwegsinfekt zu behandeln. Dann rückt Olivier mit der Wahrheit heraus. Vor den versammelten Gästen hält er Isabelles Hand, seine Augen sind voller Zärtlichkeit auf sie gerichtet, und im Ausstellungsraum von Penture, wo wir unsere jährliche Weihnachtsfeier von fünf bis sieben feiern, gibt es begeisterte Schreie und tosenden Applaus.

Tabletts mit Häppchen, die ein Party-Service nach Isabelles Rezepten zubereitet hat, zieren die verschiedenen Kücheninselmodelle, zwischen denen wir umherwandern, miteinander anstoßen und diskutieren. Zwei oder drei Sekunden lang bleibt mir das Tiefseegarnelen- oder Spinatpesto-Canapé nahezu im Hals stecken. Isabelle schwanger von Olivier? Ich kaue weiter und werfe einen verstohlenen Blick auf Romane, um zu sehen, wie sie die Neuigkeit aufnimmt. In der Nähe der Natursteinmusterwand steht Romane mit einer Sektflöte in der Hand und einem erstarrten Lächeln neben Johanne, die mit Tränen in den Augen frenetisch Beifall klatscht. Seit ihrem Geständnis letzten Monat habe ich es weitgehend vermieden, ihr bei Penture über den Weg zu laufen. Sogar Isabelle war erstaunt, dass ich mein Mittagessen seit Neuestem hinter geschlossener Tür in meinem Büro einnehme. Romane ist so leichenblass, dass ich mich frage, ob sie gerade ihr Psychotherapiebudget fürs kommende Jahr überschlägt. Ich kann nicht anders, aber diese Besessenheit von einem Mann, der sie kaum ansieht und nie das geringste Interesse an ihr gezeigt hat, erscheint mir einfach lächerlich. Selbst wenn die Anziehung gegenseitig ist, führt sie nur selten dahin, wo man es sich wünscht, was soll man da erst über eine Zuneigung sagen, die als bloße Einbahnstraße daherkommt?

Schließlich enden das Geschrei und der Applaus.

»Hast du auch Kinder?«, fragt mich Julia.

»Ein Mädchen, ja. Fünf Jahre alt. Und du?«

Julia mit ihrem runden, pausbäckigen Gesicht, das übersät ist mit Sommersprossen von der Größe kanadischer Cents, ist wahrscheinlich nicht älter als dreißig. Sie ist groß, hat braune Haare und grüne Augen, die vor Ehrgeiz Funken sprühen, und arbeitet für Urbanisia, jenen Bauunternehmer aus Montréal, mit dem Penture bald eine Allianz gründen dürfte. In den letzten Jahren hat dieses Unternehmen gewaltige Wohntürme im Stadtzentrum von Montréal errichtet; ohne diese Großprojekte aufzugeben, wollen sie auch ein paar persönlichere Kleinprojekte aufziehen – Wohnhäuser mit sechs bis neun Einheiten – in Wohnvierteln, die gerade im Kommen sind, wie etwa Petite-Italie oder Mile-Ex. Um sich von ihren

Konkurrenten abzuheben und den Nischencharakter ihres neuen Geschäftsfeldes zu stärken, wünschen die Geschäftsführer von Urbanisia, dass Penture – als Küchenhersteller im Hochqualitätsbereich, der vor allem dank der Popularität von *Bissfreuden* einen guten Ruf hat – sich in allen künftigen Bauvorhaben um die Küchenkonstruktion kümmert. Es versteht sich von selbst, dass diese Kooperation, sollte sie zustande kommen, für beide Seiten sehr lukrativ werden könnte.

Julia nickt und reißt die Augen auf: »*Oh my God,* nein! Ich habe keine Kinder, und wünsche mir auch noch nicht so bald welche.«

Ich sage ihr, dass ihr in ihrem Alter ja auch noch genügend Zeit bliebe.

»Das liegt am Botox. Ich gehe auf die vierunddreißig zu.«

Sie streckt den Arm aus und nimmt sich ein neues Glas Rotwein von der Kücheninsel.

»Letzten Monat«, fährt sie fort, »habe ich im Fernsehen eine Doku gesehen. Ich schaue nie fern, weil ich die ganze Zeit arbeite. Weiß du, in der Immobilienbranche kannst du viel Geld verdienen, aber sie ist wie Satan, im Tausch frisst sie deine Seele auf. Aber damals hatte ich die Grippe und konnte nichts anderes tun. In der Doku ging es um Grönlandhaie.«

»Über diese Art, die über zweihundertfünfundsiebzig Jahre alt werden kann?«

»*Oh my God!* Und ich fand mich schon so schlau. Hast du die Doku auch gesehen?«

»Nein. Aber das steht in einem Buch meiner Tochter. Kinder sind fasziniert von allem, was im Ozean herumschwimmt. Wenn du eines Tages Geld brauchst, schreib ein Buch über Wale und lass es illustrieren. Das verkauft sich, ganz sicher.«

Julia lacht laut auf und versichert mir, dass sie das tun wird, falls der Immobiliensektor zusammenbricht (»Mit anderen Worten: niemals!«, fügt sie mit der Selbstsicherheit einer Verkäuferin hinzu), und sagt: »Aber weißt du auch, in welchem Alter so ein Grönlandhai geschlechtsreif wird?«

Ich gestehe, dass ich keine Ahnung habe.

»Mit hundertfünfzig. *Oh my God*, nicht wahr? Dieser Hai kann erst mit hundertfünfzig Jahren Babys bekommen.« Julia lacht und zeigt ihre vollkommen weißen, vollkommen symmetrischen Zähne. Dann nimmt sie noch einen Schluck Wein und fügt hinzu: »Ich habe nachgerechnet. Wenn wir das Phänomen auf unsere Spezies übertragen und dabei von einer Lebenserwartung von etwa achtzig Jahren ausgehen, dann würden wir Weibchen der menschlichen Spezies unsere Kinder mit vierundvierzig bekommen.«

Jetzt muss ich auch lachen: »Na dann, viel Glück! Ich habe meine Tochter mit fünfunddreißig bekommen und bin auf dem Zahnfleisch gekrochen.«

»Jedenfalls gibt es zurzeit zu viele Dinge in meinem Leben, die ich noch erreichen will, bevor ich mich um jemand anderen als mich selbst kümmere.«

»Das hab ich mir auch immer gesagt.«

»Und weswegen hast du deine Meinung geändert?«

Julia starrt auf den Namen, der plötzlich auf dem Display ihres Smartphones aufleuchtet. *»Oh my God«*, murmelt sie. Dann entschuldigt sie sich und wendet sich ab, um den Anruf entgegenzunehmen, in ihrem eleganten tannengrünen Kleid und den cremefarbenen High Heels. Ihre Frage spukt mir allerdings weiter im Kopf herum, und ich überlege, was ich ihr geantwortet hätte. Dass ich das Gefühl hatte, der richtigen Person begegnet zu sein? Oder dass ich, weniger als ein Jahr nachdem ich die richtige Person kennengelernt hatte, plötzlich unvorhergesehen schwanger wurde und nicht Nein zum Leben sagen konnte, vielleicht beeinflusst vom Tod meines Vaters, der noch nicht lange zurücklag? Aber wie auch immer, wieso ist das wichtig? Wahrscheinlich ist es normal, dass man, wenn man keine Kinder hat, sich dafür interessiert, aus welchen Gründen die anderen welche haben. Denn wenn das Kind erst einmal da ist, kann man, so scheint es mir, nur noch den Tatsachen ins Auge sehen: Dieses kleine Wesen ist von einer so alles verschlingenden Realität, und die Liebe, die uns an dieses Kind bindet, ist so dermaßen groß, dass es einem wirklich seltsam vorkommen würde, seine Gegenwart auf seinen Entstehungsgrund reduzieren zu wollen, sei es nun eine rationale Entscheidung oder ein Fehler beim Lesen des Kalenders gewesen.

Ich schlängle mich durch die Gäste, wechsle ein paar Worte mit einigen unserer Zulieferer, darunter ein Fliesenleger, ein Möbelschreiner und ein Elektriker. Auf meiner Uhr ist es sieben Uhr fünfundvierzig. Ich habe einen vollen Magen von all den Häppchen, die ich seit Beginn des Empfangs verschlungen habe, aber Mathieu dürfte sich noch nicht zu Tisch begeben haben. Heute Abend findet nämlich auch die Weihnachtsfeier der Kanzlei Blitt Cantin Ségur statt, ein prunkvolles Mahl im Sofitel-Restaurant an der Rue Sherbrooke. Ich kippe den restlichen Wein in meinem Glas mit einem Schluck hinunter und versuche mir nicht vorzustellen, wie Mathieus Abend enden wird. Sophie Hyndman und er haben sich bestimmt ein Zimmer mit Blick auf das Stadtzentrum von Montréal reserviert, ein Stadtzentrum, dessen Anonymität für Liebespärchen immer ein Immunitätsgarant ist, das ihnen aber noch dazu heute Abend, mit den Tausenden von Weihnachtslichtern, welche die Wolkenkratzer erleuchten, einen feenhaften Anblick bieten dürfte. »Kann sein, dass ich spät nach Hause komme«, hatte er mich heute Morgen beim Verlassen der Wohnung vorsichtshalber gewarnt, und noch hinzugefügt – um seine Lüge besser zu verpacken? –, mehrere Mitarbeiter der neuen Büros in London und Chicago wären extra für die Teilnahme an der Feier in Montréal angereist.

Plötzlich von Müdigkeit übermannt steuere ich auf Isabelle und Olivier zu, um die herum sich ein kleines Grüppchen gebildet hat. Es würde sich komisch anfühlen, die Feier zu verlassen, ohne ihnen vorher meinen Glückwunsch ausgesprochen zu haben. Exemplare der Zeitschrift *Châtelaine,* auf dem Cover Isabelle neben dieser riesigen Pute mit der monarchischen Miene, liegen im Atelierbereich von *Bissfreuden* auf der Kücheninsel aus.

Dann ist Olivier an der Reihe. Wir umarmen uns.

»Das freut mich so sehr für euch.«

»Du bist dünn geworden«, sagt er und klopft mir auf den Rücken.

Sein Geruch ist immer noch der gleiche, aber ich habe keine Zeit, mich von Erinnerungen überwältigen zu lassen, die, jetzt mehr denn je, einer vergangenen Ära angehören. Da ist nicht nur Romane, die hinten im Saal beim Weihnachtsstern steht und mir tödliche Blicke zuwirft, noch dazu verhakt sich bei unserer Umarmung der Verschluss meines Armbands in einer der Maschen von Oliviers T-Shirt, sodass ich sofort all meine Geschicklichkeit aufwenden muss, um Isabelle zu beruhigen, die sich über mein Ohr beugt und jammert: »Mach ihm um Himmels willen dieses T-Shirt nicht kaputt, es hat mich ein Heidengeld gekostet, das ist von Zadig & Voltaire!«

Im Taxi nach Hause daddele ich auf meinem Smartphone herum. Ich muss zugeben, dass ich mich ein bisschen schräg fühle. Nicht dass ich gehofft hätte, eines Tages die Affäre mit Olivier wieder aufleben zu lassen, aber festzustellen, dass er das Problem, das an seiner Beziehung genagt hat, nämlich die fehlende sexuelle Aktivität, nun gelöst hat, während sich zwischen Mathieu und mir gar nichts geändert hat, führt dazu, dass ich mich umso einsamer fühle. Ich schreibe Mathieu eine Nachricht. »Wie geht's? Wie ist dein Weihnachtsessen, macht es Spaß?« Ich lese mir unseren letzten Chat durch, den von gestern Mittag, bei dem es um ein paar Jogginghandschuhe für Guillaume ging, weil Mathieu seinen Namen bei dem Geschenkewichteln gezogen hat, das morgen Abend bei André stattfinden soll. »Ich bin bei Sports Experts auf der Ste-Cath., wie hoch war noch einmal die Summe, die wir fürs Wichteln ausgeben sollen?«, hatte Mathieu mir geschrieben. »Um die 50«, hatte ich ihm geantwortet. »Welche Größe?«, hatte er weiter gefragt, als ob ich das wissen müsste. »Etwa deine Größe, nehme ich mal an, heb dir auf alle Fälle die Quittung auf.«

Unter der Nachricht, die ich ihm geschickt habe, erscheint »gelesen um 20.14 Uhr«. Ich warte also, dass die Anzeige »schreibt ...« erscheint, an der ich erkennen kann, dass Mathieu seine Antwort verfasst, aber nichts dergleichen. Ich warte weiter, drücke mit dem Daumen auf den Bildschirm, um ihn zu reaktivieren, sobald es nötig wird: vergebens. Also lasse ich das Smartphone in meine Handtasche gleiten.

Die Geschäfte in der Rue Jean-Talon haben immer noch geöffnet, und viele Kunden strömen mit Einkäufen bepackt heraus. »And so this is Christmas«, singt John Lennon im Radio, »and what have you done?« Ich versuche, mich von der Melodie einlullen zu lassen, um mir die beiden, Mathieu und Sophie, nicht vorstellen zu müssen, wie sie Seite an Seite um eine prächtig gedeckte Tafel sitzen und unterm Tisch füßeln, ohne dass die Kollegen etwas davon mitbekommen – aber es funktioniert nicht. Als das Auto über die Avenue de Chateaubriand rast, möchte ich dem Taxifahrer am liebsten aus einer spontanen Laune heraus sagen, mein Ziel habe sich geändert. Er möge doch bitte schnell zum Sofitel in der Rue Sherbrooke West fahren, statt mich an der Ecke Saint-Zotique und Saint-Vallier abzusetzen. Aber das wäre natürlich der reine Wahnsinn, daher lasse ich es sein. Vor allem, weil eine Geste, die zu normalen Zeiten schon verrückt erscheinen dürfte, so kurz vor Weihnachten erst recht ziemlich durchgeknallt wäre.

»Maggy! Mag!«

Über mir ist Mathieus von Panik verzerrtes Gesicht. Er riecht nach Alkohol.

»Charlotte ist nicht in ihrem Bett!«

Ich richte mich auf dem Sofa auf, wo ich komplett angezogen beim Nachrichtensender RDI eingeschlafen bin.

»Sie übernachtet bei meiner Mutter. Sie wollten den *Nussknacker* anschauen. Und ich war auf der Feier bei Penture.«

Mathieu schließt die Augen, runzelt die Stirn und fährt sich mit der Hand verwirrt über den Kopf.

»Entschuldige. Du hast die ganze Woche davon gesprochen. Ich hatte es vergessen.«

Er beugt sich zu mir herunter und gibt mir einen Kuss auf den Mund, dann holt er sich aus der Küche ein Glas Wasser und fragt mich, wie mein Abend gelaufen ist. Ich verkünde ihm, dass Isabelle schwanger ist, dann fällt mein Blick auf den Vidéotron-Receiver und ich sehe, es ist elf Uhr zwanzig.

»Und du?«

»Nein, ich bin nicht schwanger.«

»Sehr witzig. Ich wollte wissen, wie dein Abend war. Du bist so früh zu Hause.«

Mathieu erklärt mir, er habe den ganzen Tag mit der Abfassung schwieriger Prozessakten verbringen müssen, sodass er schon vor dem Abendessen Kopfschmerzen bekommen hätte. Er geht wieder durchs Wohnzimmer ins Bad, wo man ihn mit einem Tablettenbehälter hantieren und Wasser laufen hört, dann kommt er ins Wohnzimmer zurück, küsst mich noch einmal schnell auf den Mund und verkündet, dass er sich schlafen legt.

Ich halte seine warme Hand ein paar Sekunden fest.

»Alles in Ordnung? Du wirkst irgendwie komisch.«

Er sagt noch einmal, dass er Kopfschmerzen hat, dann verschwindet er hinter der Zimmertür, wo ich seine Gürtelschnalle auf den Boden fallen höre.

Da Mathieu nun schon vor Mitternacht wieder zu Hause ist, beginnen die Weihnachtsferien besser, als ich es mir ausgemalt habe. An dieses Szenario habe ich überhaupt nicht gedacht. Ich bin seit Tagen nicht mehr auf seiner Facebook-Seite gewesen, aber vielleicht ist Sophie Hyndman ja bereits im Urlaub. Ihre Eltern haben wahrscheinlich ein Haus auf den Antillen oder etwas in der Art. Ich öffne den Kühlschrank, um mich vom Zustand meines gebeizten Lachses zu überzeugen, der seit gestern in seiner Marinade aus Ahornsirup liegt und den wir morgen Abend zu André mitbringen sollen. Ich drücke mit dem Finger auf die Plastikfolie; das Fleisch unter der Haut ist schon weicher geworden, alles dürfte perfekt werden.

Zurück im Wohnzimmer mache ich die Lichter vom Weihnachtsbaum aus, aber als ich gerade auch den Fernseher ausschalten will, erscheint Annabelle Juneau auf dem Bildschirm, und ich halte inne, die Fernbedienung in der Hand. Es handelt sich um eines der vier oder fünf Fotos, welche die Medien seit ihrem Verschwinden ausstrahlen und auf dem man sie in einem Adirondack-Stuhl sitzen sieht, die blonden Haare vom Wind zerzaust und die Wangen gerötet von der Sonne, links und rechts von ihr zwei Jungen, die einen ziemlich wilden Eindruck machen, kleine lächelnde Rotschöpfe mit Zahnraffeln. Die Reportage wurde schon einmal gesendet, kurz bevor ich einschlief, aber ich sehe sie mir ein zweites Mal an. Francis Letendre, der Mann mit dem Stiernacken und Hauptzeuge im Fall Annabelle Juneau, hat heute Morgen einen Herzinfarkt erlitten. Obwohl er nicht angeklagt wurde – in seinem Wagen oder seinem Haus wurde nicht ein einziges Haar und nicht die geringste DNA-Spur von ihr gefunden –, schienen alle überzeugt, dass dieser Mann Dinge wusste, über die er nicht sprach. Möglicherweise war er ein Komplize des Mörders. Und nun ist er tot und hat sein Geheimnis mit ins Grab genommen.

Ich schalte den Fernseher aus, bleibe aber dort im Dunkeln sitzen, angewidert von der sexuellen Gewalt, der die Frauen schon seit Urzeiten ausgesetzt sind und vor der wir uns in Acht nehmen müssen, ganz gleich, wo wir uns befinden, selbst in einem überfüllten Carrefour Laval, mitten am Nachmittag, am Tag vor Schulbeginn. Wie hat sich der Täter der Leiche von Annabelle Juneau entledigt, nachdem er sie geschändet hat? Hat er sie in einem Wald vergraben, in einen See geworfen, in Stücke gehackt? Ich drücke die Tür zum Schlafzimmer auf, ziehe mich aus und schlüpfe unter die Decke. Besser betrogene Ehefrau als tot, sage ich mir, während ich den Kopf unterm Kissen vergrabe, um Mathieu nicht schnarchen zu hören.

Samstag, 24. Dezember

Als meine Mutter uns heute Morgen Charlotte zurückbrachte und uns mitteilte, es habe in Andrés Keller einen Wasserschaden gegeben, hätten wir natürlich sofort den Vorschlag machen können, dass wir Heiligabend bei uns feiern; da bin ich mit Mathieu einer Meinung. Warum nur haben wir so langsam reagiert und sind mit unserem Vorschlag erst nach Mittag herausgerückt? So war es kaum verwunderlich, dass Guillaume uns zuvorkam und sich als Gastgeber des Abends anbot, was André und meine Mutter, die mit Eimern und Wischtüchern vollauf beschäftigt waren, nicht ausschlagen konnten. Haben wir also an einem 24. Dezember um fünf Uhr dreißig wirklich das Recht, uns zu beschweren, dass wir auf der Jacques-Cartier-Brücke Richtung Sainte-Julie im Stau feststecken?

»Außerdem ist die Wohnung unglaublich schmutzig. Da hätten wir erst einmal den lieben langen Tag putzen müssen.«

»Hast du immer noch niemanden gefunden?«, fragt mich Mathieu.

»Eine Putzfrau zu finden ist genauso schwierig wie einen guten Hausarzt zu finden. Vielleicht wird die von Isabelle und Olivier zu uns kommen. Wir sind die Ersten auf ihrer Warteliste.«

»Eine Warteliste? Pffft.«

Mit meinem gebeizten, in einer Pyrex-Schüssel liegenden Lachs auf den Oberschenkeln versuche ich, Charlotte zu unterhalten, indem ich ihr die Fahrgeschäfte von La Ronde beschreibe, die im Nebel auf der Île Sainte-Hélène aufragen, so nutzlos wie Gartenmöbel, die bei dreißig Grad unter null verlassen auf einer Terrasse stehen.

Doch während meine Stimme durch das Auto schallt, quält mich eine Frage: Warum war, als wir vor einer halben Stunde in dem Wagen Platz nahmen, beim Beifahrersitz die Sitzheizung eingeschaltet? Da bei den Geschäftsessen von Blitt Cantin Ségur für gewöhnlich einiges getrunken wird, ist Mathieu gestern mit dem Taxi zur Arbeit gefahren. Das heißt, er hat das Auto am Donnerstag zum letzten Mal benutzt. Da er mich heute Morgen zu Penture gefahren hat und ich mich sehr gut erinnern kann, dass ich die Sitzheizung nicht eingeschaltet habe, weil mich das immer so am Hintern kribbelt, stellt sich die Frage, wer es dann getan hat? Wer hat sich am Donnerstag nach mir auf den Beifahrersitz gesetzt? Sophie Hyndman? Schlafen sie hier miteinander, wenn sie keine Zeit haben, die Sache feierlicher zu gestalten? In eben jenem geschützten Raum, in dem wir so viel Zeit als Familie verbringen? Mathieu war Donnerstagabend gegen acht Uhr zu Hause. Charlotte und ich hatten gerade mit bemehlten Schürzen unsere selbst gebackenen Lebkuchenplätzchen, die für ihre Lehrerin Stephanie und die Erzieherinnen der Hausaufgabenbetreuung gedacht waren, in Zellophantütchen verpackt. Mathieu hat in ein Plätzchen in Form eines Tannenbaums gebissen und erklärt, er habe länger im Büro bleiben müssen. War er mit ihr zusammen gewesen? Vielleicht hatten sie beschlossen, sich am Donnerstag am Spätnachmittag oder am frühen Abend zu treffen, statt Freitagabend, wie ich ursprünglich angenommen hatte. Denn ich weiß jetzt, dass Sophie Hyndman nicht zu dem hypothetischen Haus ihrer Eltern auf die Antillen gereist ist: Mathieu hat mir gerade ein Foto gezeigt, das Fabrice ihm von der gestrigen Feier geschickt hat, und ich habe sie sofort wiedererkannt, sie saß am Ende des Tischs hinter einer Flasche Champagner, trotz Schmollmiene funkelnd und strahlend in einem hochgeschlossenen Paillettenkleid.

»Ich will diesen Sommer nach La Ronde!«, kreischt Charlotte.

Ich verspreche ihr, dass wir mit ihr hingehen, aber plötzlich beschleichen mich Zweifel: Werden Mathieu und ich im Sommer überhaupt noch ein Paar sein? Denn sofern man mich keiner Lobotomie unterzieht, bin ich mir nicht sicher, dass ich diese Situation noch länger ertragen kann.

Alle gratulieren Guillaume zu seiner neuen Küche, und ich muss sagen, da ich sie mir bislang noch gar nicht ansehen konnte, sie ist umwerfend geworden. Das mag ich so an meinem Beruf: Obwohl ich seit etlichen Jahren mehr oder weniger das Gleiche mache, kann ich mich für das Endergebnis immer noch begeistern und die Berechnungen und die Verkaufsstrategie, die ihm vorangeht, völlig ausblenden. Die Magie, daran glaube ich immer mehr, übertrifft jede Methodik. In diesem Fall wird durch die Kochinsel und die Arbeitsflächen aus grauem Quarz, durch die weißen Schranktüren, die bis zur Decke gehenden Küchenschränke mit Zierleisten und die neuen Edelstahl-Elektrogeräte ein Lichtpunkt geschaffen, der den Blick auf sich zieht und das gesamte Erdgeschoss dieses Hauses, in dem sonst keine weiteren Veränderungen vorgenommen wurden, zu einem Open Space aufwertet. Alles wirkt moderner, sauberer, wärmer. Sicher, hinter dem Herd fehlt noch die Rückwand aus Keramik, und über der Kochinsel müssen noch die Leuchten angebracht werden, aber der Gesamteindruck ist gelungen und hat das überschwängliche Lob vollauf verdient.

»Frohe Weihnachten!«, hat Guillaume mit roter Kreide auf die mit Tafelfarbe bemalte und in die Halbinsel integrierte Säule geschrieben.

»Bei der schönen Magalie müsst ihr euch bedanken«, bemerkt Guillaume mit einem Augenzwinkern. »Ohne sie wäre das alles nicht möglich gewesen.«

Ich lächle ihm zu, wobei ich es ein bisschen übertrieben finde, dass er mir solche Komplimente macht. Außerdem glaube ich zu bemerken, wie Mathieu über der Flasche Crémant de Bourgogne, die wir mitgebracht haben und die er gerade entkorkt, ein wenig die Brauen runzelt.

»O mein Gott! So eine Fußbodenheizung fühlt sich ja herrlich an!«, ruft meine Mutter aus, die ihre Pumps ausgezogen hat und in Nylonstrümpfen auf den kohlschwarzen Fliesen steht. »Komm her, Charlotte! Komm mal mit deinen kleinen Füßchen auf diesen kuschlig warmen Fußboden.«

Meine Tochter rennt zu meiner Mutter und lässt sich auf dem Boden auf alle viere nieder, völlig entzückt über die Wärme, die von ihm ausgeht. Ihr Gebrabbel lässt uns laut lachen, nur Julianne nicht, die ihr Smartphone in die Gesäßtasche ihrer Jeans gesteckt hat und Schinkenscheiben um Grissini wickelt. Allerdings sind sie so zerbrechlich, dass jedes zweite kaputtgeht, sodass auf dem Teller, der wenige Minuten später zwischen uns die Runde macht, als wir im Wohnzimmer Platz nehmen, nur Schinkenscheiben und grüne Oliven liegen.

André hebt als Erster sein Glas: »Frohe Weihnachten!«

Julianne fragt ihren Vater, ob sie auch ein bisschen Alkohol trinken darf, aber Guillaume verneint. Daraufhin lümmelt sie sich in den Sessel und sagt mit aufmüpfiger Miene: »Hast du deine Freundin nicht eingeladen?«

»Oh! Erwarten wir noch einen Gast?«, fragt meine Mutter verwundert und zögert, ehe sie den ersten Schluck Crémant zu sich nimmt.

»Aber nicht doch, ich habe keine Freundin«, erwidert Guillaume und wirft seiner Tochter einen bösen Blick zu.

»Das hat Benjamin aber gestern auf der Party vom Schwimmverein ganz anders erzählt. Wie es aussieht, hast du seine Mutter angebaggert.«

»Jemanden anbaggern und eine Freundin haben ist nicht das Gleiche«, wirft André ein.

Guillaume schickt einen vorwurfsvollen Blick in seine Richtung.

»Sie hatten ein Date!«, beharrt Julianne.

»Julianne …«

»Ja was denn? Stimmt doch!«

»Jedenfalls haben wir dich schon lange nicht mehr mit jemandem gesehen«, bemerkt André.

»Okay … könnten wir das Thema wechseln?«

Mathieu und ich tauschen verstohlene Blicke aus, halb amüsiert, halb »Was machen wir nur hier?«. Wir sind es gewohnt, den Heiligabend zu Hause im engsten Kreis zu feiern, mit meiner Mutter und Charlotte, und diese lebhafte Familiendynamik, in die wir wider Willen geraten sind, scheint ihm genauso wenig zu gefallen wie mir. Zum Glück bin ich schon einmal bei Guillaume gewesen; sonst hätte mich ein noch größeres Gefühl von Fremdheit gepackt. Und obwohl ich mir ständig sage, dass es kindisch ist, kann ich immer noch nicht verstehen, wie meine Mutter diesen André, mit seiner dicken Unterlippe, den Eulenaugen und den nicht wirklich originellen Sachen, die er so von sich gibt – wir hatten zum Beispiel alle das Vergnügen, dem *ausführlichen* Bericht seines Wasserschadens lauschen zu dürfen –, verführerisch finden kann. Ich sehe sie von der Seite an und verkneife mir einen Seufzer. Denkt sie etwa auch daran, dass es gerade einmal sieben Jahre her ist, dass wir beide im Krankenhaus waren, am Bett meines Vaters, dessen Zustand sich so rapide verschlechterte, dass er das neue Jahr nicht mehr erleben sollte? Ich erinnere mich an das letzte Weihnachten mit ihm. Die Krankenschwester, die sich um ihn kümmerte, trug eine rote Mütze, die mit stummen Schellen verziert war – sie hatte die kleinen Steinchen herausgemacht, wahrscheinlich weil sie sich dessen bewusst war, dass man auf einer Palliativstation nur begrenzt Freude verbreiten konnte. In regelmäßigen Abständen kam diese Schwester vorbei und kontrollierte die Lebenszeichen meines Vaters. »Seinen Schmerz haben wir gut unter Kontrolle«, versicherte sie uns jedes Mal, wenn sie auftauchte. »Meinen aber nicht!«, hatte meine Mutter irgendwann gerufen und war heulend aus dem Zimmer gelaufen.

»Mireille hat mich vor Kurzem angerufen, um mir frohe Weihnachten zu wünschen«, sagt mir meine Mutter. »Du hast mir gar nicht gesagt, dass ihr euch in einem Geschäft über den Weg gelaufen seid.«

»Hab ich wohl vergessen. Das war in einem Restaurant.«

»Wir haben uns versprochen, dass wir einander bald besuchen werden.«

»Von wem sprichst du?«, fragt André.

»Mireille. Du kennst sie noch nicht. Eine Freundin, die gerade in Rente gegangen ist.«

Es wird langsam Zeit für das Abendessen, und ich biete Guillaume meine Hilfe an. Unsere Eltern haben das Essen, das sie bei André hatten servieren wollten, mitgebracht: ein Ragout aus Hackbällchen, eine Tourtière und grüne Bohnen in Butter, das Ganze bei Première Moisson bestellt. Die Gerichte befinden sich im Backofen und auf dem Herd. Während Guillaume in seinem Kühlschrank herumkramt, beginne ich den gebeizten Lachs aufzuschneiden, den wir als Vorspeise servieren. Ich lege großzügige Portionen auf die Teller.

»Ich habe Sprudelwasser gekauft, aber soll ich nicht auch noch eine Karaffe mit stillem Wasser auf den Tisch stellen, also ich meine für deine Tochter?«, will Guillaume wissen. »In meinem neuen Kühlschrank gibt es einen Wasserspender. Das Wasser wird kühl sein.«

Ich frage mich, warum er mir so nah auf die Pelle gerückt ist, nur um mir diese Frage zu stellen, gerade so, als handle es sich um eine intime Angelegenheit.

»Falls du meinst, du hast genug Platz auf dem Tisch, vielleicht«, sage ich und drehe mich zu ihm um.

Er lächelt mir zu und nickt, dann weicht er ein wenig zurück.

»Ich habe auch den superguten Nebbiolo gekauft, du weißt schon, den, der dir letztens so gut geschmeckt hat«, teilt er mir mit und holt eine Karaffe aus dem Schrank.

»Was für ein Nebbiolo?«, fragt Mathieu, der gekommen ist, um die ersten Teller mit gebeiztem Lachs zu holen und aufzutragen.

»Ein ausgezeichneter italienischer Wein«, sagt Guillaume zu ihm. »Wir haben ihn im Herbst zusammen getrunken, als Magalie hier war, um meinen Küchenplan zu erstellen.«

Guillaume zeigt ihm die Flasche. Mathieu wirft schnell einen Blick aufs Etikett, bevor er mich ganz komisch mustert, dann verschwindet er mit dem Tellern. Unser Gastgeber stellt die Flasche zurück auf die Arbeitsplatte. Als er die Schranktür wieder schließt, sagt er mir, wie sehr ihm das Scharniersystem mit den integrierten Türdämpfern gefällt.

»Es ist wirklich toll, wenn man keine Tür mehr knallen hört.«

»Ich mag keinen Fisch, du brauchst mir keinen Teller zu machen!«, ruft mir Julianne aus dem Esszimmer zu.

»Pubertäre Phase«, sagt Guillaume zu mir und rollt die Augen, bevor er den Wasserspender im Kühlschrank betätigt, um die Karaffe zu füllen.

»Ich auch nicht«, kräht Charlotte. »Ich mag keinen Fisch!«

Sofort höre ich, wie Mathieu sie belehrt, dem sei keineswegs so, denn sonst würde sie ja wohl nicht immer so viel Sushi essen, wenn wir in ein japanisches Restaurant gingen.

Guillaume stellt die Wasserkaraffe auf den Tisch im Esszimmer, dann kehrt er in die Küche zurück.

»Und meine Unterbauspüle genauso, die ist wirklich richtig schick«, sagt er.

Er streichelt zärtlich mit einer Hand, deren Gelenke recht kräftig sind, über den Rand der Arbeitsplatte über dem Doppelbecken.

»Es ist so viel leichter zu reinigen«, setzt er hinzu.

Ich kenne Guillaume nicht gut, aber mir scheint, ich habe ihn noch nie so begeistert erlebt. Ich lächle ihn an und sage zu ihm, ein zufriedener Kunde mache mich immer glücklich.

»Läuft denn sonst alles gut in deinem Leben?«, fragt er mich.

Ich versichere ihm, dass dem so sei, finde seine Frage allerdings durchaus merkwürdig, zumal ich ihn dabei erwische, wie er einen Blick in Richtung Mathieu wirft, der gerade für Charlotte ein Stück Brot mit Butter schmiert. Ist es für die anderen so offensichtlich, wenn man als Paar gescheitert ist?

Niemand isst seinen Teller leer. Alle sind einhellig einer Meinung: Das Essen war köstlich, aber zu üppig.

»Wir hätten nur vom Ragout nehmen sollen und dazu einen grünen Salat«, sagt meine Mutter und sieht André dabei an.

Aber der erwidert, Weihnachten sei ja nur einmal im Jahr. Jetzt ist die Frage zu klären, ob man die Bescherung gleich macht oder erst nach der weihnachtlichen Biscuitrolle, die Guillaume in einer Patisserie in Saint-Bruno gekauft hat.

»Ist das die mit dem Weihnachtshüftgold?«, fragt Mathieu.

Obwohl Guillaume ein bisschen lacht, drehe ich mich zu Mathieu um und werfe ihm einen bitterbösen Blick zu. Er zuckt mit den Schultern.

»Was denn? War ein Witz.«

Er schüttet den Rest der Perrier-Flasche in sein Glas.

»Vor dem Dessert möchten Monique und ich euch noch eine große Ankündigung machen«, sagt André.

Mein Herz krampft sich zusammen, und ich werfe meiner Mutter einen fragenden Blick zu: Worum geht es da, und warum dieser offiziöse Tonfall? Sie beruhigt mich mit einem Zwinkern. Trotzdem stelle ich mir schon das Schlimmste vor, und ich bin nicht die Einzige, denn Julianne, den Blick auf ihr Smartphone gerichtet, mit dem sie für ihre Snapchat-Story die Reste auf dem Tisch fotografiert, spricht meine Befürchtungen laut aus.

»Oha«, sagt sie, ohne den Kopf zu heben. »Ihr wollt doch wohl nicht heiraten?«

André und meine Mutter lachen verschämt auf: Nein, darum geht es nicht. Sie haben nur eine Wohnung in Florida gemietet, wo sie einen Großteil des Winters verbringen wollen, und sie würden sich freuen, wenn wir sie in den Osterferien besuchen.

»Cool!«, ruft Julianne aus, aber Guillaume möchte lieber noch keine Versprechungen machen, bevor er nicht sicher ist, dass er seinen Arbeitszeitplan auch wirklich ändern kann. Hat meine Mutter bemerkt, dass Mathieu und ich einen völlig perplexen Blick getauscht haben?

»Gebt uns einfach Bescheid, sobald ihr euren Kalender gecheckt habt«, sagt sie und beginnt, den Tisch abzuräumen. »Das wäre wirklich eine schöne Sache.«

»Setz dich, Monique!«, sagt Guillaume im Befehlston. »Wehe, du machst den Abwasch! Das erledige ich später selbst.«

Obwohl Charlotte am Nachmittag geschlafen hat, reibt sie sich die Augen und wird immer unleidlicher. Ich gehe mit ihr ins Bad im ersten Stock, krame in der Tasche, die ich immer mit mir herumschleppe, wenn wir mehrere Stunden außer Haus sind, und helfe ihr beim Anziehen ihres Pyjamas. Die Aufgabe ist nicht einfach, da meine Tochter beschlossen hat, dass sie ab jetzt Clara ist, die Heldin aus dem *Nussknacker*, dessen Aufführung sie gestern Abend fasziniert hat. Ich höre ihr zu, stelle ein paar Fragen über die Figur und halte sie an der Taille fest, während sie mir mit dem allergrößten Ernst in dem engen Raum zwischen Badewanne und Kloschüssel zu zeigen versucht, was eine Arabesque ist. Dafür stellt sie sich auf ihre winzigen dicken Zehen. Ein Unfall lässt sich gerade noch vermeiden, dann gehen wir wieder hinunter ins Erdgeschoss. Alle sitzen zusammen auf dem Sofa oder vor dem Weihnachtsbaum, und es geht ein begeistertes Gemurmel durch den Raum. Jeder, selbst Julianne, macht Charlotte Komplimente für ihren Pyjama mit den aufgedruckten rotnasigen Rentieren.

»Wir sollten nicht mehr zu lange machen«, sage ich Mathieu und gebe ihm Charlotte. »Sie ist müde.«

»Na hör mal! Schließlich ist nur einmal im Jahr Weihnachten«, erwidert André ein zweites Mal.

Charlotte liegt wohlbehütet in ihrem Autositz und gibt kleine Schnarchgeräusche von sich, noch bevor wir die Jacques-Cartier-Brücke erreicht haben. Der Graupelregen mindert die Sicht, aber Mathieu fährt vorsichtig, eine Hand am Steuer, die andere auf meinem Oberschenkel. Es ist noch nicht einmal zehn Uhr, und in den Autos, die an uns vorbeifahren, sehe ich andere Gesichter von Püppchen und schlafenden Kindern. Manchmal wirkt es durch das Seidenpapier, das aus den Taschen quillt, die zu ihnen ins Auto gepackt wurden, so, als würden sie in Kohlblättern schlafen.

»Der ist scharf auf dich«, sagt Mathieu plötzlich.

»Wer?«

»Guillaume. So was merkt man, als Mann.«

Trotz dieser seltsamen Stimmung, die ich gespürt habe, als ich zu Beginn des Abends neben Guillaume meinen gebeizten Lachs geschnitten habe, und obwohl mir dann später aufgefallen ist, dass er mich sehr genau beobachtet, zucke ich mit den Schultern. »Ach was! Der ist bloß glücklich, weil ich ihm einen guten Preis für seine Küche gemacht habe.«

»Wie viel denn?«

»Zweiundzwanzig Komma fünf statt fünfundzwanzigtausend. Und dreißig Prozent Rabatt auf sämtliche Metallbeschläge. War das auch der Grund für deinen Witz mit dem Hüftgold?«

Mathieu macht den Mund auf und will schon etwas sagen, aber dann klingelt sein Smartphone in der Manteltasche, und schlagartig verdüstert sich seine Miene. Er hält den Blick fest auf die Straße gerichtet, die Kiefer aufeinandergepresst, dann klingelt es wieder. Mathieu zieht seine Hand von meinem Oberschenkel.

»Entschuldige«, flüstert er.

Er beugt sich zur Seite, greift zum Telefon, schaltet den Klingelton aus und steckt den Apparat zurück in die Tasche. Während die Umrisse der Fahrgeschäfte von La Ronde in der Ferne im Nebel aufscheinen, lächle ich dümmlich, als wüsste ich nicht, wer da die Intimität unseres Heiligabends zerstören wollte.

»Möchtest du immer noch, dass wir uns die Weihnachtsgeschenke geben, wenn wir zu Hause sind?«, fragt mich Mathieu und legt noch einmal die Hand auf meinen Oberschenkel.

Das hatten wir zuvor bereits so ausgemacht, also nicke ich. Doch sobald wir das Auto vorm Haus geparkt haben, müssen wir uns zunächst der heiklen Aufgabe widmen, Charlotte aus ihrem Autositz herauszuschälen, die rutschigen Stufen bis zu unserer Wohnung hochzusteigen, ohne sie fallen zu lassen, sie im Flur auf den Boden zu legen und ihr die Stiefel auszuziehen, den Mantel, die Mütze, die Handschuhe und den Schlauchschal, und sie dann in ihr Bett zu legen – das alles natürlich, ohne sie aufzuwecken. In Anbetracht unserer üblichen Ausfallquote gibt mir unser Erfolg umso mehr das

Gefühl, den Champagner verdient zu haben, den Mathieu mir anbietet, nachdem er den Korken der halben Flasche Veuve Clicquot, die die Kanzlei Blitt Cantin Ségur bei ihrer Feier gestern Abend in Geschenktaschen an alle Angestellten verteilt hat, irgendwohin geschossen hat.

»Auf uns beide«, sagt Mathieu. »Ich liebe dich.«

Er stößt mit seiner Champagnerflöte mit mir an, und der kristallklare Klang hängt schwebend zwischen uns. Das Glas an der Lippe sieht er mir tief in die Augen. Er wartet.

»Ich dich auch«, sage ich.

Wir packen unsere Geschenke aus, die wir schon vor Tagen unter den Weihnachtsbaum gelegt hatten. Mathieu sagt, der Wollschal und die Lederhandschuhe, die ich ihm geschenkt habe, seien wundervoll, aber als er die Handschuhe anzieht, ist ihm eine gewisse Missbilligung anzusehen, die mich beunruhigt.

»Was denn? Passen sie nicht?«

»Sie sind perfekt«, versichert er mir, schließt die Finger zur Faust und öffnet sie wieder, als wollte er das Leder weiten. »Aber weißt du, als ich vorhin bei der Bescherung erfahren habe, dass Guillaume dich diesen Herbst schon von Sainte-Julie zurück nach Montréal gefahren hat und dass du daher wusstest, dass es praktisch ist, wenn ich ihm ein zweites Paar Laufhandschuhe kaufen würde, für den Fall, dass er das andere Paar auf der Arbeit liegen lässt, da hat mir das gar nicht gefallen. Und zu wissen, dass du – wie lange eigentlich, eine Stunde, zwei? – neben ihm im Auto gesessen hast. Und dann die Sache mit dem Wein. Seit wann trinkst du während der Arbeit?«

»Mathieu, hör doch auf. Das hat überhaupt nichts damit zu tun. Ich habe seine Küche renoviert, das ist alles.«

Eine blaue Kugel fällt vom Christbaum und rollt über den Boden. Ich beuge mich vor, um sie aufzuheben, und hänge sie wieder an ihren Platz, wobei ich mir an den ausgedorrten Nadeln das Handgelenk zerkratze. Wir haben diesen Tannenbaum vor fast drei Wochen gekauft und ihn anschließend nicht konsequent genug gegossen. Stücke dürrer und geschrumpfter Ästchen haben sich rund um die weiße und versilberte Christbaumständerabdeckung angesammelt. In den Ferien werde ich Isabelle schreiben müssen, damit sie das mit der neuen Putzfrau klärt. Ich beobachte Mathieu, der seine neuen Handschuhe wieder auszieht, und höre mich sagen:

»Und was ist mit mir? Gibt es denn in deinem Bekanntenkreis eine Frau, auf die ich eifersüchtig sein sollte?«

Mathieu sieht mich überrascht an: »Nur eine? Du unterschätzt meinen Charme.«

Ich bin entsetzt, wie gelassen er dabei wirkt.

Dann schiebt er etwas ernster hinterher: »Mal ehrlich, Mag, nein.«

Er reicht mir einen Umschlag, der in ein rotes Samtband eingebunden ist.

»Sieht klein aus, ist aber was Großes.«

In dem Umschlag versteckt sich ein Flugticket Montréal-Paris, Hin- und Rückflug.

»Wie bitte?«

»Wir fliegen am 13. Januar und kommen am 18. zurück. Ich muss mit Fabrice die neuen Geschäftspartner treffen. Er nimmt seine Frau mit, also hab ich ihm gesagt, dass ich dich auch mitnehme.«

»Aber was ist mit Charlotte?«

Mathieu verkündet mir stolz, dass er schon alles mit seinen Eltern abgesprochen hat: Sie werden während unserer Abwesenheit bei uns wohnen und sich um unsere Tochter kümmern. Dann haben sie es auch nicht weit zur Schule. Mathieu hat Olivier und Isabelle sogar schon die Termine mitgeteilt, an denen ich Urlaub nehmen muss.

Mathieu sagt mir, man könnte es so einrichten, dass ich meine Unterschrift auch über Fernsignatur leisten kann. Er zeigt unverhohlene Begeisterung, während ich noch ungläubig die Flugtickets anstarre.

»Fünf Tage Paris, Maggy. Seit Charlottes Geburt sind wir nicht mehr alleine im Urlaub gewesen.«

Ich umarme ihn und danke ihm für sein Geschenk, und als wir uns zu küssen beginnen, lässt mich ein Schrei aus Charlottes Zimmer zusammenschrecken.

»Ich geh schon.«

»Ich warte im Zimmer auf dich«, murmelt Mathieu und drückt meine Brüste unter der Bluse.

Charlotte schläft friedlich in ihrem Bett. Es war nur ein Alptraum gewesen. Ich streichle ihr übers Haar, das sich unter meinen Fingern immer noch daunenweich anfühlt. Als ich wieder die Plüschtiere um sie herum aufreihe, stelle ich fest, dass Baboune fehlt. Ich taste vorsichtig unter der Bettdecke nach ihm, werfe einen Blick unters Bett: keine Spur von dem struppigen Affentier. Ja klar doch, sage ich mir plötzlich, ich habe ihn ja auch heute Nachmittag, in Vorbereitung auf den Abend bei Guillaume, in Charlottes Tasche gepackt. Die Tasche steht immer noch im Eingang auf dem kalkverschmutzten und mit kleinen Steinchen übersäten Boden, neben unseren Stiefeln, gleich an der Stelle, wo wir Charlotte ausgezogen haben. Ich öffne den Reißverschluss, lasse eine Hand darin verschwinden, taste die Kleider und das Schnuffeltuch ab. Die Tüten mit den Goldfisch-Kräckern knistern unter meinen

Fingern, ich schiebe die Tuben mit Obstkompott zur Seite, die Pappschachtel mit der Wachsmalkreide, ein Piraten-Sticker-Album und ein Hello-Kitty-Malbuch, aber das Lieblingskuscheltier meiner Tochter ist nicht dabei. Mir bleibt nichts anderes übrig, als zu beten, dass Charlotte heute Nacht nicht wach wird. Vor dem Einschlafen werde ich Guillaume eine Nachricht schreiben. Wahrscheinlich hat er Baboune mittlerweile längst gefunden. Ich werde ihn fragen, ob er ihn zu seiner nächsten Arbeitsschicht aufs Polizeirevier mitnehmen kann, in der Hoffnung, dass er in den nächsten vierundzwanzig Stunden überhaupt eine hat. Wenn nicht, würde ich das Kuscheltier morgen selbst abholen.

Ein dumpfer Ton stört meine Gedanken. Ich richte mich auf, und meine Nase streift Mathieus Mantel, der an einem Haken hängt. Das Geräusch kommt von dort, ganz eindeutig. Ein vibrierendes Handy. Ich taste die Tasche ab, spüre den harten Gegenstand durch die Wolle, lasse meine Hand hineingleiten, hole den Apparat heraus, und da es sich um ein neueres Modell als meines handelt, muss ich nicht einmal auf den Knopf drücken, um auf dem gesperrten Display die neuesten Nachrichten zu sehen, denn der Apparat schaltet sich von alleine ein, sobald man ihn ein wenig schüttelt. Mathieu hat also in den letzten Stunden nicht weniger als sechzehn Textnachrichten erhalten – die letzte kam gerade eben –, und zwar von einem Kontakt namens Telus Infos; drei verpasste Anrufe gehen ebenfalls auf diesen Namen. Ich brauche mir nichts vorzumachen, schließlich ist es nicht das erste Mal, dass ich meiner Neugierde nachgebe: Es ist der Codename von Sophie Hyndman. Er hat schon vor langer Zeit sein Smartphone so konfiguriert, dass man ein Passwort braucht, um die Nachrichten lesen zu können. Aber da man nie vorsichtig genug sein kann, hat er nichts dem Zufall überlassen und auch den Namen von Sophie Hyndman in seinem Adressbuch geändert, um keinen Verdacht auf sich zu lenken, falls ich jemals, so wie heute Abend, aus Versehen einen Blick auf den Startbildschirm seines Telefons werfen sollte. Warum sollte es mir seltsam vorkommen, dass Telus Infos Mathieu sechzehn Nachrichten schreibt und ihn am Abend vor Weihnachten dreimal anruft? Schließlich gibt es bei Telus Infos keine Geschäftszeiten; dort wird Tag und Nacht gearbeitet, wie ich dieses Jahr mehrfach feststellen konnte, wenn ich morgens schon vor Mathieu auf war und sein Telefon in der Küche herumlag. Und warum sollte ich mich darüber wundern oder mir Sorgen machen? Bei so einem Namen ist doch klar, dass Telus Infos nur ein Robot sein kann – ein bisschen übereifrig, um nicht zu sagen durchgeknallt –, der die Kunden mit einer beispiellosen Hartnäckigkeit über die neuesten Tarife der Handytelefonie auf dem Laufenden hält.

»Maggy, kommst du?«, ruft Mathieu vom Schlafzimmer aus.

Ich lege das Telefon an seinen Platz zurück. Mein Mantel hängt neben dem von Mathieu, und ohne weiter nachzudenken ziehe ich ihn an. Ich wickle mir den Schal um den Hals, schlüpfe in die Stiefeletten mit dem Lammfellfutter, setze mir die Mütze auf den Kopf, gehe durch den Flur zurück und pflanze mich im Türrahmen auf.

Mathieu liegt auf seiner Seite des Betts auf der Bettdecke, beide Arme hinterm Kopf verschränkt, die behaarten Achseln der Welt dargeboten, sein Penis liegt schlaff auf dem Oberschenkel, er hat den Kopf leicht geneigt und sieht mich.

»Wo gehst du hin?«, fragt er und setzt sich mit einem Ruck auf.

»Wir haben Baboune vergessen, ich fahr zurück und hole ihn.«

»In Sainte-Julie? Du bist ja verrückt!«

»Ich will nicht, dass Charlotte um vier Uhr morgens aufwacht und dann die Krise kriegt, weil ihr geliebter Affe nicht da ist.«

Ich schnappe mir die Autoschlüssel des Passats, die auf der Konsole im Eingang liegen, dann nehme ich meine Tasche von der Bank.

Bevor die Tür sich hinter mir schließt, höre ich Mathieu sagen: »Jetzt mach mal einen Punkt, Mag. Außerdem sind die Straßen wahnsinnig glatt!«

Tatsächlich muss ich mich, um auf den vereisten Treppen nicht langsamer gehen zu müssen, mit beiden Händen am Geländer festkrallen. Als ich den Motor anwerfe, sehe ich, wie sich die Vorhänge im Schlafzimmer wellenförmig bewegen. Mathieu erscheint am Fenster. Er hat seinen Frotteebademantel wieder angezogen und winkt mir mit ausladenden Gesten. Ich drehe Heizung und Gebläse voll auf. Trotzdem warte ich, bevor ich mich in Bewegung setze, weil ein paar Meter vor mir ein Taxi hält. Valérie Delorme kommt, begleitet von zwei graumelierten Individuen, deren Sohlen über den Boden schlurfen, damit sie nicht ausrutschen, aus ihrer Wohnung. Ich will nicht, dass meine Nachbarin mich sieht: Sie würde sich sicherlich fragen, warum ich ganz alleine und zu so später Stunde an Heiligabend bei Eisregen von zu Hause wegfahre. Valérie öffnet ihren Gästen die Taxitür, und sobald sie hineingeklettert sind, reicht sie ihnen die Geschenkschachteln, die sie ihnen hinterhergetragen hat. Schließlich fährt das Taxi davon, und sobald meine Nachbarin hinter dem großen aufblasbaren Weihnachtsmann verschwunden ist, der seit drei Wochen vor ihrer Wohnung im Wind flattert, schlage ich das Lenkrad ein und steige aufs Gas.

So kann es nicht weitergehen. Die permanenten Abwesenheiten, der geheizte Beifahrersitz, die ständigen Anrufe und Nachrichten. Nicht mal an Weihnachten hat man seine Ruhe. Meine Selbstverleugnung hat ihre Grenzen, und ich spüre, dass ich sie überschritten habe, sonst wäre ich nicht hier und würde an Heiligabend durch die Straßen von Montréal schlittern. Ich muss Mathieu zwingen, sich der Realität zu stellen, muss ihm »Sie oder ich!« sagen, vielleicht ein wenig subtiler. Aber vorher muss ich mich beruhigen.

Mit Ausnahme zweier Tankstellen sind in der Rue Saint-Denis, trotz der Lichterketten, die davorhängen, alle Geschäfte geschlossen. Also sage ich mir: Warum nicht nach Sainte-Julie zurückfahren und Baboune holen, wie ich es Mathieu angekündigt hatte? Ich werde nicht in irgendeiner Bar bei einem Glas Wein sitzen, sondern mich mit Autofahren beruhigen. Und wenn Charlotte heute Nacht aufwacht, wird es kein Drama geben. Die Route ist bereits im GPS meines Passats eingespeichert. Ich biege auf den leeren Boulevard Saint-Joseph ab und fahre weiter Richtung Avenue Papineau.

Als Guillaume mir die Tür öffnet, wirkt er überrascht, fast schon verschreckt, ein bisschen wie ein Eichhörnchen, das wie gelähmt in die Scheinwerfer eines auf es zurasenden Autos starrt.

»Äh, ich bin's. Hast du meine Nachricht nicht bekommen?«

»Was für eine Nachricht? Mein Akku ist leer.« Er wirkt völlig verwirrt, und ich sage mir, sollte Guillaume, wie Mathieu behauptet, eine Schwäche für mich haben, dann ist die Information noch nicht bis zu seinem Hirn vorgedrungen.

»Ich habe das Plüschtier meiner Tochter vergessen.«

»Ein Plüschtier?«

Guillaume schaut verdutzt aus der Wäsche, und ich bekomme plötzlich Zweifel: Vielleicht störe ich ja. Diese Frau, auf die Julianne am Abend angespielt hat, hat sie ihn besucht, nachdem die Gäste gegangen sind? Guillaume erwacht aus seiner Erstarrung und winkt mich ins Haus. Mir fällt auf, dass er die Jeans und das Hemd von vorhin gegen eine fadenscheinige marineblaue Jogginghose und ein altes Roots-T-Shirt eingetauscht hat, und da das nicht gerade der passende Aufzug für ein romantisches Date ist, schließe ich daraus, dass es ihn bloß ärgert, wegen einer so nichtigen Sache belästigt zu werden.

»Tut mir sehr leid. Ich störe doch, was?«

»Aber überhaupt nicht! Es sind schon alle gegangen. Ich habe mir gerade ein Fußballspiel angeschaut, das ich mir aufgezeichnet hatte. Es ist einfach nur … eine Überraschung.«

Er hält inne und mustert mich, jetzt etwas entspannter.

»Ich fasse es nicht. Du bist die ganze Strecke zurückgefahren, alles wegen eines Kuscheltiers?«

Um nicht wie eine ausgemachte Idiotin dazustehen, erzähle ich Guillaume, dass Charlotte untröstlich war, ihr Kuscheltier nicht bei sich zu haben, als ich sie ins Bett gebracht habe, und dass ich ihr versprochen hatte, es werde morgen beim Aufwachen neben ihr liegen. Guillaume lächelt, aber ein Hauch von Traurigkeit verschleiert seinen Blick.

»Julianne hatte in dem Alter auch ein Lieblingskuscheltier und wäre nie ohne es eingeschlafen.«

»Ich habe den Pyjama im Badezimmer aus ihrer Tasche geholt. Charlotte ist viel herumgesaust. Wahrscheinlich hat sie ihn irgendwo fallen lassen.«

»Ich gehe nachschauen. Schenk dir unterdessen ein Glas ein, wenn du möchtest. Du wirst doch nicht gleich wieder zurückfahren?«

Er deutet auf eine Weinflasche, die zwischen den schmutzigen Tellern und dem Rest der weihnachtlichen Karamell-Biscuitrolle, die in ihrer Schachtel langsam durchweicht, auf der Kochinsel steht.

Das ist ein Bordeaux, den unsere Eltern mitgebracht haben, erklärt er, bevor er über die Treppe nach oben verschwindet. Ich stelle meine Stiefeletten zum Abtropfen auf den Teppich im Flur. Als ich Richtung Küche gehe, fallen mir auf dem Couchtisch im Wohnzimmer vor dem an die Wand montierten Flachbildschirm, auf dem das Standbild einer ausgelassenen Zuschauermenge in einem Stadium zu sehen ist, drei Bierflaschen und der Vorspeisenteller ins Auge, den Julianne zuvor präpariert hatte und auf dem nur noch eine letzte schrumpelige Schinkenscheibe liegt. Ich hole mir ein Glas aus einem Schrank, der noch nach frischem Lack riecht, und nutze die Gelegenheit, um den Scharniermechanismus zu testen – kein Quietschen, kein Überstand, alles von Alexandru und Stefan perfekt installiert. Ich schenke mein Glas nur halb voll, denn ich werde mich hier nicht lange aufhalten.

»Ist das der Ausgebüxte?«

Guillaume taucht hinter mir auf und schüttelt Baboune in der Luft.

»Ja, danke.«

»Er lag in der Badewanne.«

Ich nehme ihm das Kuscheltier aus der Hand, und während er sich aus dem Kühlschrank noch ein Bier holt, streichle ich die synthetischen Fasern auf Babounes Kopf. Guillaume schiebt das Geschirr und die schmutzigen Teller an den Rand der Kücheninsel, und wir setzen uns auf die Schemel. Er hebt seine Bierflasche in Richtung meines Weinglases.

»Auf deinen Überraschungsbesuch«, sagt er.

Bevor er den Flaschenhals an die Lippen setzt, fragt er mich, ob ich vorhabe, der Einladung unserer Eltern zu folgen und an Ostern nach Florida zu fliegen. Wir reden über dies und das – über Julianne, die Anfang Januar mit dem Schwimmtraining beginnen wird, über die neue Joggingstrecke, die er im Mont Saint-Bruno entdeckt hat, über eine seiner Kolleginnen von der Streife, die mich bestimmt anrufen wird, weil sie ihre Küche renovieren lassen will. Nach zehn Minuten merke ich, dass dieses Gespräch mich beruhigt, indem es mich ein bisschen auf andere Gedanken bringt. Vielleicht tut mir Guillaumes Zuvorkommenheit auch einfach nur gut. Er scheint sich für alles zu interessieren, was ich sage, und ja, es stimmt, dass er mich ein wenig eindringlich ansieht. Manchmal macht er eine Pause von zwei oder drei Sekunden, bevor er mir antwortet, als würde ich ihn hypnotisieren. Dann wieder geht er so weit, mich als Reaktion auf meine Worte zu berühren, indem er seine warme Hand auf mein Handgelenk legt. Hat Mathieu das richtig erkannt? Haben Männer bessere Antennen für diese Dinge? Ich frage mich, ob Guillaumes Verhalten dafür verantwortlich ist, dass mich plötzlich eine immer größere heitere Gelassenheit überkommt. Die Aufmerksamkeit, die er mir entgegenbringt, lässt mich den wirklichen jämmerlichen Grund für meine Flucht hierher vergessen und gibt mir mein Selbstvertrauen zurück. Ticken alle Frauen so? Mich von einem Mann begehrt zu fühlen, den ich einigermaßen reizvoll finde, lässt mich das Elend meiner Ehe vergessen. Das ist dumm, aber so ist es. Dieser Verteidigungsmechanismus stößt jedoch an seine Grenzen, wie ich dieses

Jahr mit Olivier feststellen konnte, und ich werde mich nicht mehr darauf einlassen. Momentan kommt es vor allem darauf an, dass ich in einem anderen Geisteszustand als dem, in dem ich die Rue Vallier verlassen hatte, wieder nach Hause zurückkehre. Ich werde langsam fahren, werde Baboune in Charlottes Bett zurückbringen, und da wir morgen Mittag bei Mathieus Eltern zum Brunch geladen sind, werde ich bis zum Abend warten, ehe ich eine Diskussion mit ihm anfange. Warum bekam ich Panik, als ich sah, dass Sophie Hyndman ihn über sein Smartphone mit Nachrichten bombardiert? Ich weiß seit Monaten, dass er mir untreu ist. Hat mir die Ankündigung von Isabelles Schwangerschaft die Augen geöffnet, dass es meiner Ehe an Perspektiven mangelt? Oder hat Weihnachten, dieses Fest, bei dem alle auf Befehl zusammen und glücklich sein müssen, mir die Lage, in der ich mich befinde, so inakzeptabel wie noch nie erscheinen lassen? Ich werde morgen Abend mit Mathieu darüber diskutieren, das ist sicher. Es ist nur eine Krise, durch die wir hindurchmüssen. Schließlich wartet in weniger als einem Monat Paris auf uns. Wir fangen noch einmal von vorne an.

Ich springe auf, freue mich über die Wärme, die von den Fliesen unter meinen Füßen ausgeht, und verkünde, dass ich los muss.

»Jetzt schon?«, entfährt es Guillaume.

Er seufzt und wirkt zugleich überrascht und enttäuscht. Sein Mund verzieht sich zu einer Art betrübtem Lächeln. Er bleibt auf seinem Hocker sitzen und dreht die Bierflasche zwischen den Händen, dann lässt er den Kopf sinken, blickt zu Boden und schüttelt den Kopf von rechts nach links. Als ich ihn frage, ob alles in Ordnung ist, sieht er mich an, lässt seine Zunge gegen den Gaumen schnalzen und erklärt nach einem kurzen Schweigen, dass er die Identität der Person kennt, die mir in diesem Herbst die merkwürdigen und teilweise aggressiven Nachrichten geschrieben hat. Ich verstehe nicht ganz, wieso er jetzt auf dieses Thema kommt.

»Was?«

Guillaume und Romane sind sich erst zwei- oder dreimal bei Penture begegnet, außerdem habe ich sie einander nie vorgestellt. Ist Romane psychisch etwa noch labiler, als ich dachte? Hat sie sich aus mir unerfindlichem Grund Guillaume anvertraut? Ich stütze mich auf den Barhocker hinter mir.

»Es ist wirklich eine merkwürdige Geschichte«, sagt Guillaume. »Ich wollte eigentlich gar nicht mit dir darüber reden, aber jetzt tauchst du völlig überraschend mitten in der Nacht bei mir auf, da könnte man meinen, das sei ein Zeichen.«

Er seufzt wieder, dann schenkt er mir Wein in mein Glas, ohne dass ich ihn darum gebeten hätte, was mich noch nervöser macht. Ich nehme einen großen Schluck.

»Das ist in der Tat sehr merkwürdig. Klär mich auf.«

»Als du mir von deinem Putzmann erzählt hast, der sich in Luft aufgelöst hat, konnte ich es mir nicht verkneifen, der Sache nachzugehen, weil ich mich gefragt habe, ob er es vielleicht war. Du weißt ja, Hauspersonal zu haben ist sehr praktisch, aber es birgt auch einige Gefahren. Man gibt ihnen den Schlüssel zum eigenen Zuhause, sie haben Zugang zu unserem Privatleben, aber im Grunde weiß man nicht, ob sich nicht eine Hannibal-Lecter-Gang dahinter versteckt. Ich übertreibe vielleicht ein bisschen, aber dieses Risiko wollte ich ausschließen, nachdem du mir von deinem Fall erzählt hast. Irgendwas stimmte da nicht, und wenn etwas für mich nicht sauber ist, dann werde ich misstrauisch. Also habe ich deinen Putzmann ausfindig gemacht.«

»Sylvain?«

»Genau. Sylvain Racicot. Mit den Informationen von deiner Facebook-Seite war es leicht, an seine Adresse zu kommen. Jetzt machst du wirklich ein komisches Gesicht, aber keine Angst, ich stalke dich nicht. Mittlerweile ist Facebook für die Polizei eine Recherchemöglichkeit wie viele andere auch. Jedenfalls musste ich mich nur kurz mit ihm unterhalten, mit Sylvain, um zu wissen, dass er nichts damit zu tun hat. Ein sehr sympathischer Mensch. Er war sehr gesprächsbereit, alles bestens. Nur habe ich Dinge von ihm erfahren, die den Schluss nahelegen, dass du die Person kennst, die dir diese Nachrichten geschickt hat. Zumindest mittelbar. Du findest es bestimmt seltsam, dass ich so weit gegangen bin, aber, wie schon gesagt, das ist eine Berufskrankheit. Wichtig ist, dass du nach meinem Dafürhalten nicht um deine Sicherheit bangen musst, selbst wenn das mit den Drohungen weitergehen sollte. Und jetzt rede ich hier nicht weiter, es sei denn, du bist bereit für die ganze Wahrheit.«

Rund um meine Augen brennt mir die Haut, denn ich platze fast vor Neugier und bitte Guillaume weiterzureden, weil ich beim besten Willen nicht erkennen kann, was mein ehemaliger Putzmann und meine Arbeitskollegin miteinander zu tun haben.

»Das ist wahrscheinlich keine so gute Idee«, sagt er.

»Zu spät. Ich will wissen, was Romane damit zu tun hat.«

»Heißt sie Romane?«

»Kannst du bitte weitererzählen?«

»Ja, aber da das vielleicht schwer zu verdauen ist, mach ich es ganz schnell. Wie wenn man einem Kind das Pflaster abzieht, okay?«

»Bitte, Guillaume, nun sag schon.«

Er holt tief Luft.

»Sylvain hat nie mehr bei euch geputzt, weil er deinen Mann mit einer anderen Frau im Bett erwischt hat, und dieser eine solche Panik bekommen hat, dass er Sylvain sechshundert Dollar dafür gezahlt hat, dass er sich nie wieder blicken lässt.«

Die Küche beginnt zu wanken: Die Schränke, die Arbeitsplatten, die Armatur mit der herausziehbaren Brause, das doppelte Spülbecken, die Kochinsel, der Geschirrspüler, der Kühlschrank, alles löst sich und schwebt im Raum, wie wenn ich mit meinem Softwareprogramm einen dreidimensionalen Plan erstelle.

Guillaume atmet auf und legt eine Hand auf mein Handgelenk. »Also wenn du mich fragst, wirst du von der Geliebten deines Mannes belästigt. Wenn es eine Person gibt, die es dir übel nimmt, dass es dich gibt, dann sie. Tut mir leid. Ich weiß, das ist nicht angenehm, was ich dir gerade gesagt habe. Aber eine schwere Wahrheit ist besser, als bequem in der Kacke zu sitzen. Finde ich jedenfalls.«

Kann er nicht einfach den Mund halten? Ich will mir noch ein zweites Glas Wein einschenken, aber mein Arm zittert so, dass Guillaume das für mich übernehmen muss.

»Kommst du klar?«, fragt er mich mit einem mitleidigen Blick.

Ich schließe die Augen, dann öffne ich sie wieder und leere mit einem Schluck das Glas. Guillaume schenkt mir noch einmal nach, er steht auf, holt sich noch ein Bier, macht es auf – das Geräusch ist wie eine Explosion in meinen Ohren –, wirft den Kronkorken in den Ausguss und setzt sich dann still hin. Mathieu hat also Sophie Hyndman mit nach Hause gebracht, zu uns, in unser Bett, in genau das Bett, in das er mich heute Abend locken wollte. Ist es das einzige Mal gewesen, dass er so etwas gemacht hat? Es widert mich an, und ich schäme mich, dass ich diese Situation toleriert habe, die mir nach diesem neuen Detail noch erniedrigender vorkommt.

Guillaume legt erneut seine Hand auf mein Handgelenk und sagt noch einmal: »He, kommst du klar?«

Ich bringe kein Wort heraus. Eine Weile starre ich auf die Reste der Weihnachtsbiscuitrolle, dann sehe ich Guillaume an. Die Haut auf Wangen und Stirn ist ein wenig rot, als würde die Situation ihm auch den Puls hochtreiben. Seine Hand hält immer noch mein Handgelenk umklammert.

»Kann ich irgendetwas tun, um dir zu helfen?«

Ohne nachzudenken, beuge ich mich zu ihm vor und presse meine Lippen auf die seinen.

»Magalie, ich denke nicht, dass …«, stammelt er.

»Tut mir leid. Du hast recht.«

Aber ich küsse ihn weiter, und unsere Zungen umkreisen sich. Guillaume schmeckt nach Bier, und ich warte nur darauf, dass er mich zurückstößt, aber er steht ganz im Gegenteil auf, packt mich bei der Taille, dann drücken seine Hände meine Brüste unter der Kleidung, wandern hinauf zum Nacken und streicheln mein Haar. Seine warmen Lippen küssen mich überall auf Hals und Dekolleté, und er stößt ein paar glückselige »Oooohs« aus. Ich spüre sein hartes Geschlecht an meinem Oberschenkel und lasse eine Hand in seine Jogginghose wandern, aber er bremst mich in meinen Zärtlichkeiten und murmelt, er würde es gerne langsamer angehen. Er knöpft meine Bluse auf, erforscht den Inhalt meines Büstenhalters und küsst meinen Bauch, dann schiebt er den Rock hoch, packt meine Pobacken, zieht mir die Strumpfhose und die Unterhose bis zu den Knien hinunter, fährt mir mit einer Hand zwischen die Schenkel, und ich bin erstaunt, dass ich bei allem, was ich gerade über Mathieu erfahren habe, noch die Kraft habe zu einem Erschaudern.

»Das ist verrückt«, seufzt Guillaume.

Er will mich mit kräftigen Armen hochheben, um mich auf die Kochinsel zu setzen, aber auf der Fläche steht zu viel schmutziges Geschirr. Ohne vom Küssen abzulassen, bietet er mir den Boden mit der Fußbodenheizung an, aber ich ziehe einen bequemeren Ort vor. Auf dem Weg ins Wohnzimmer ziehe ich meine Bluse aus, lasse Guillaume den Büstenhalter aufhaken, dann ziehe ich Strumpfhose und Unterhose aus, behalte aber den Rock an, und wir beenden unseren Lauf auf dem lackledernen Sofa, wo Guillaume sich auf mich legt, nachdem er den elastischen Taillenbund seiner Jogginghose heruntergezogen hat.

»Ich glaube, irgendwo im Keller hab ich Kondome«, sagt er im letzten Moment zu mir.

»Hast du Herpes?«

»Äh, nein. Du etwa?«

»Nein, ich trage eine Spirale. Das passt schon.«

Ich spüre die Wärme seines Geschlechts in mir.

»Geht das?«, fragt mich Guillaume.

Ich versichere ihm, dass alles gut ist, und mir schießt die Frage in den Kopf, die Mathieu mir diese Woche gestellt hat, als er bei Sports Experts für Guillaume Jogginghandschuhe kaufen ging: »Welche Größe?« Um mich zu rächen, antworte ich, als könnte ich im Geiste ein Gespräch mit Mathieu führen: Gut und gern eine oder zwei Nummern größer als du!

Guillaumes Augen öffnen und schließen sich bei jeder Bewegung, und sein Gesicht verzerrt sich dermaßen, dass ich mal den Eindruck habe, es tue ihm irgendwo etwas weh, dann wieder, er habe das letzte Stadium der Lust erreicht. Hinter seinen muskulösen Schultern, die kommen und gehen und an die ich mich klammere, sehe ich den Flachbildschirm, der immer noch dasselbe erstarrte Bild einer ausgelassenen Menschenmenge auf den Rängen eines Fußballstadions ausstrahlt. Ich bin überzeugt, dass all diese Leute, falls sie meine Lage kennen, für mich Partei ergreifen würden und nicht für Mathieu. »Team Magalie!«, das ist es, was sie brüllen.

Plötzlich hält Guillaume über mir inne.

»Nicht mehr bewegen!«, stöhnt er. »Ich bin kurz davor. Halt still.«

Er schaut mir tief in die Augen, mit einem Ausdruck vollkommener Verletzlichkeit, dann senken sich seine Lider, während die Lippen sich kräuseln und ich seine Zähne sehen kann. Fünf oder sechs Sekunden verstreichen auf diese Weise, dann hat Guillaume wieder alles unter Kontrolle.

»Setz dich auf mich«, schlägt er vor. »Das ist sicherer.«

Wir lächeln uns grimmig an, als wollten wir einander klarmachen, dass die Herausforderung jetzt darin besteht, die Plätze zu tauschen, ohne dass er sich aus mir zurückziehen muss. Es gelingt ihm, sich aufzusetzen, den Rücken gegen den Arm des Sofas gelehnt. Ich befinde mich jetzt rittlings auf ihm und beginne, mich sanft zu bewegen, um meine Lust zu steigern, aber plötzlich stößt er ein erschrecktes »Heilige Scheiße« aus, während er mir über die Schulter schaut. Ich drehe mich um und sehe mitten auf der Treppe Julianne stehen.

»Papaaaaaaa!«, brüllt sie.

Sie wirft das Glas mit aller Wucht nach uns, aber zum Glück ist es leer und landet in den Kleidern, die ich als Knäuel auf dem Boden habe liegen lassen. Dann macht sie kehrt, und Guillaume zieht sich von mir zurück, bevor er ihr nachhechtet und sich dabei den Gummi seiner Hose über den Hintern zieht.

»So eine Kacke!«, stammelt er.

Im oberen Stockwerk wird eine Tür zugeknallt, und nachdem Guillaume zwei Stufen auf einmal nehmend die Treppe hochgestürmt ist, höre ich ihn »Julianne! Julianne!« stammeln und immer wieder gegen die Tür hämmern. Perplex und wie betäubt kommt mir nur noch ein »Fuck« über die Lippen.

Ich ziehe rasch meine Kleider an, stelle Juliannes Glas auf den Tresen, schnappe mir meine Tasche von der Kochinsel und stopfe Baboune hinein. Ich bin im Flur und steige gerade in meine Stiefel, als Guillaume die Treppe hinunterkommt. Er hält sich mit beiden Händen den Kopf.

»Ich bin so ein Idiot.«

»Du hast mir gesagt, dass alle weg sind. Ich dachte, sie wäre zum Schlafen wieder zu ihrer Mutter gegangen.«

»Aber nein. Morgen brunchen wir bei meiner Mutter. Ich habe nachgesehen, als ich dein Kuscheltier gesucht habe. Sie hat tief und fest geschlafen.«

»Fuck.«

»Bist du sauer? Du kannst so jetzt nicht gehen. Du hast zu viel getrunken.«

»Mir geht's gut.«

»Es tut mir so leid.«

»Arme … arme … deine Tochter … Was machst du jetzt?«

»Sie wird sich wieder einkriegen. Der Freund ihrer Mutter schläft ständig bei ihnen. Ich kann mir nicht vorstellen, dass sie nie etwas gehört hat.«

»Aber heute hat sie es gesehen. Das ist schrecklich. Wir wissen ja nicht einmal, seit wann sie da stand. Ich muss los.«

Guillaume hält mich an der Hand zurück und kommt näher. Er streichelt mir den Nacken und nimmt mich in den Arm.

»Shit … Sag mir, dass wir uns wiedersehen, Magalie!«

Seine Stimme wärmt mein Ohr, und während wir ein paar Sekunden länger so umschlungen dastehen, erinnere ich ihn daran, dass ich, wie er sehr wohl weiß, einige Dinge in meinem Leben zu regeln habe.

Mittwoch, 28. Dezember

Wie viele Stunden am Stück kann ein Kind fernsehen, ohne dass es irgendwelche Auswirkungen auf seine geistige Entwicklung hat? Und wie viele Portionen Makkaroni mit Käse kann es – selbst in der Bioversion – verdrücken, ohne unter Mangelerscheinungen zu leiden? Charlotte liegt auf ihrem Kuscheltier auf dem Boden, völlig versunken in die x-te Episode von *PAW Patrol*, und kratzt ihre Schale aus, in der noch ein paar Nudeln in einer blassgelben klumpigen Soße am Boden kleben.

Es ist jetzt drei Tage her, dass Mathieu die Wohnung verlassen hat, und auch meine dreißigste Nachricht bleibt ohne Antwort. Dabei geht es darin nicht nur um unsere katastrophale Lage. Gestern habe ich die Kraft gefunden, mit Charlotte zum Biodôme zu gehen, und Mathieu ein Foto geschickt, auf dem sie vor dem Becken mit den Pinguinen kauert. Warum vor dem Pinguinbecken und nicht vor dem Biberbecken? Vielleicht weil ich auf der Infotafel zu diesem Vogel gelesen habe, dass es sich um eines der seltenen monogamen Tiere handelt, und ich mir dachte, ich könnte auf diese Weise die Situation ein wenig auflockern. Humor: die Höflichkeitsform der Verzweiflung.

Bei unserem Streit habe ich Mathieu natürlich vorgeworfen, wie ungerecht er argumentiert: Ist sein Verhalten etwa weniger schlimm als meins? Und wieso sollte ich wiederum bereit sein, ihm zu verzeihen, dass er monatelang eine Affäre mit einer Kollegin hatte? Immerhin war sie sogar bei uns zu Hause, wo er mit ihr geschlafen hat, in unserem Bett. Und jetzt weigert er sich, bei meinem Ausrutscher zu sagen: Schwamm drüber. Kommt meine Untreue ihm schlimmer vor, weil es bei mir zwei verschiedene Männer waren, erst Olivier, dann Guillaume? Denn wenn ich schon einmal dabei war, wollte ich lieber gleich die ganze Wahrheit erzählen. Aber wieso versteht er nicht, dass ich, weil ich wusste, dass er mir untreu war, nur Gleiches mit Gleichem vergelten wollte?

Ich finde das fast schon bösartig von ihm.

»Entschuldige, Maggy, aber ich falle gerade aus allen Wolken. Ich wusste nicht, dass ich mit einer Frau zusammen bin, die mit sämtlichen Kerlen schläft, denen sie über den Weg läuft«, hatte Mathieu gegen vier Uhr morgens am ersten Weihnachtsfeiertag getobt und dabei angefangen, Kleider in einen Koffer zu stopfen. »Vergiss Paris! Du hast alles kaputt gemacht. Es war vorbei mit Sophie. Ich habe es ihr vorgestern auf unserer Büroparty gesagt. Für dich hatte ich mich entschieden.«

»Ruft sie dich deshalb fünfzig Mal am Tag an?«

»Es geht ihr schlecht. Sie ist am Boden zerstört.«

Mathieus Ehrlichkeit überzeugte mich nicht. Andererseits stimmte es natürlich, die Flut von Anrufen und Nachrichten könnte auch ein Zeichen für ihre Verzweiflung sein. Hatte Mathieu Sophie Hyndman verlassen? Hatte ich zu lange mit dem Reden gewartet, und nun war es nicht mehr nötig?

Ich flehte ihn an zu bleiben. Vor allem, um den Schein zu wahren.

»Es ist Weihnachten. Du kannst jetzt nicht einfach so abhauen. Deine Eltern erwarten uns zum Brunch. Was sollen wir Charlotte sagen?«

Mathieu hatte den Rest der Nacht auf dem Sofa verbracht, und um Punkt eins klingelten wir an der Tür des Bungalows seiner Eltern in Pierrefonds, beladen mit Taschen voller Geschenke, Weinflaschen, Käse aus Québec und Feigenchutney, und während Charlotte im Flur mit ihren Cousinen zu *Just Dance* mit den Hüften wackelte, unterhielten Mathieu und ich uns mit seinen Eltern, seiner Schwester Anaïs und deren Ehemann Stéphane, als hätte die letzte Nacht nie stattgefunden. Wir notierten uns sogar die Namen ein paar neuer Pariser Restaurants, die meine Schwägerin uns empfahl, da sie zwei- oder dreimal im Jahr für ihre Arbeit als Juwelierin in die französische Hauptstadt reist. Während wir seinen Eltern in der Küche beim Kaffeekochen halfen, erwähnte Mathieu sogar unser neues Projekt, in eine größere Wohnung zu ziehen, falls wir im nächsten Jahr etwas Passendes finden, das uns gefällt. Kurz und gut, für mich waren das alles Zeichen, dass er mir vergeben hatte, daher war ich umso verwirrter, als Mathieu, sobald wir wieder in der Wohnung waren, mit dem Kofferpacken weitermachte. Hatte er denn nicht gesagt, er hätte sich für mich entschieden und nicht für sie, und zwar gerade mal vorgestern? Warum wollte er mir einen Fehltritt, der genauso schlimm war wie seiner, nicht verzeihen?

»Mathieu, können wir nicht einfach zugeben, dass wir uns beide dumm verhalten haben?«

»Geh mir aus dem Weg.«

»Sag mir wenigstens, wohin du willst und für wie lange.«

Zum ersten Mal in den fast sieben gemeinsamen Jahren drohte Mathieu mir: Er würde mich eigenhändig aus dem

Weg werfen, wenn ich nicht sofort von seiner Schlafzimmertür verschwand.

»Bist du verrückt geworden?«

»Zumindest hättest du dann einen hübschen Vorwand, um die Polizei zu rufen. Und die magst du doch so, die Polizei, oder?«

»Hau doch ab. Geh zu deiner kleinen Idiotin, da kannst du rumbrüllen, so viel du willst.«

»Keine Bange, da mach ich was anderes als Rumbrüllen.«

Charlotte war im Wohnzimmer mit Zeichnen beschäftigt, und ich hörte, wie Mathieu zu ihr sagte, er müsse für ein paar Tage nach Toronto fahren, weil er dort im Rahmen eines Falles, an dem er arbeitete, neue Zeugen treffen müsste.

»Wegen dem Pommes-frites-Restaurant?«, fragte Charlotte ihn. Mathieu hatte ihr wahrscheinlich von einem seiner Klienten mit einem Franchisevertrag erzählt, mit dem es ein böses Ende genommen hatte.

»Genau, und Hotdogs gibt's da auch. Es ist dringend.«

»Du hast aber doch gesagt, dass wir Schlitten fahren gehen«, hielt Charlotte ihm vor.

Mathieu versprach ihr, dass sie das gleich nach seiner Rückkehr tun würden, und fügte noch hinzu, der Park sei sowieso wegen des Glatteises gar nicht begehbar. Dann verschwand er durch die Tür.

Mein Telefon klingelt, und ich lüpfe die Decke, um es auszugraben. Auf dem Display leuchtet das Foto meiner Mutter.

»Hallo, Mama.«

Ich spüre, dass ich gleich zusammenbreche. Aber vielleicht wird mir das am Ende guttun, mich jemandem anzuvertrauen, und wenn ich ihr die Details meiner Geschichte erspare – Guillaumes Namen zum Beispiel –, wird meine Mutter mir bestimmt zuhören, ohne Panik zu bekommen oder zu befürchten, dass diese Geschichte negative Auswirkungen auf ihre eigene Beziehung haben könnte. Denn es ist klar, dass ich Andrés Sohn in den nächsten hundert Jahren auf gar keinen Fall wiederbegegnen möchte, und schon gar nicht seiner Enkelin.

»Du klingst so bedrückt, Maggy, ich wusste, dass mein Anruf dir guttun würde. Dir geht's nicht gut, oder?«

Erstaunt richte ich mich auf. Guillaume hat doch wohl seinem Vater nichts von uns erzählt? Gestern noch hat er mich gefragt, ob ich nach seiner Arbeitsschicht einen Kaffee mit ihm trinken gehen wolle, woraufhin ich ausgewichen bin und gesagt habe, die Dinge hätten sich für mich ziemlich schwierig entwickelt und ich könne gerade überhaupt nichts planen. Ich dachte, er hätte mich verstanden, denn er schrieb, in dem Fall werde er warten, bis ich mich wieder melde. Wieso also hätte er es seinem Vater beichten sollen? Ich betrachte mein Bett mit den zerwühlten Laken: Ich würde mich gerne darin vergraben und es erst am 6. Januar wieder verlassen, dem Tag, an dem ich zur Arbeit muss.

»Mir auch nicht, ich bin gar nicht gut drauf«, seufzt meine Mutter. »Sieben Jahre sind es heute.«

Erst bin ich beruhigt, dass ich mir wegen nichts einen Kopf gemacht habe, dann bin ich vor Trauer wie gelähmt. Es ist das erste Mal in meinem Leben, dass ich den Todesstag meines Vaters vergesse. Meine Mutter und ich teilen ein paar gute Erinnerungen, zum Beispiel die an das letzte lange Wochenende am Erntedanktagfest, an dem mein Vater gesagt hatte, er fühle sich fit genug für einen Ausflug nach Charlevoix. Im Auto war ihm dann schlecht geworden, und wir kamen gerade mal bis Trois-Rivières, wo wir immerhin den Sonnenuntergang bewundern konnten, alle drei nebeneinander auf dem Dach des Delta-Hotels auf Liegestühlen ausgestreckt. Bevor ich auflege, frage ich meine Mutter, ob sie morgen ein paar Stunden auf Charlotte aufpassen kann, aber sie und André wollen für zwei Tage nach Mauricie. Ich wünsche ihnen gutes Wetter, und wir versprechen einander, vor Neujahr noch einmal miteinander zu telefonieren.

Einige Zeit nach dem Verschwinden von Annabelle Juneau wurde der Fall im Radio besprochen, von einem auf Kriminalfälle spezialisierten Journalisten. Die Statistiken sprechen eine klare Sprache: Je mehr Zeit in Fällen wie diesen vergeht, desto geringer sind die Chancen, das Opfer noch lebend zu finden. Unwillkürlich beziehe ich diese Aussage auf Mathieus Flucht. Je länger er braucht, um zu mir zurückzukehren, desto wahrscheinlicher erscheint mir die Möglichkeit, dass er nie zurückkommt. Und doch warte ich noch. Es ist genauso, wie Annabelle Juneaus Mann letztens im Fernsehen sagte: Solange keine Leiche gefunden wurde, besteht die Chance, dass sie noch am Leben ist. Ich sage mir in etwa dasselbe: Solange Mathieu mir nicht auf meine Nachrichten antwortet, um mir klipp und klar zu sagen, wie er sich die Zukunft vorstellt, kann ich mir nicht sicher sein, dass er wirklich die Trennung will. Vielleicht ist es ihm momentan lieber, alles sacken zu lassen und zu warten, bis wir uns alle etwas beruhigt haben.

Es ist kurz vor sechs, die Wohnung liegt im Halbdunkel und wird nur durch den Schein des Fernsehers etwas erhellt, als jemand an der Tür klingelt.

»Ist das unser Essen, Mama?«, fragt Charlotte.

Ich muss sie enttäuschen, als ich ihr sage, dass ich noch gar nicht angerufen habe, um die Bestellung aufzugeben.

»Oooohooohoooo!«, jammert sie, während ich vom Sofa aufspringe. Aufgeregt küsse ich meine Tochter auf die Stirn, schalte am Christbaum die Lichter ein und stürze auf den Flur. Mathieu ist endlich zurück. Zweiundsiebzig Stunden mit Sophie Hyndman haben wenigstens dazu geführt, ihm klarzumachen, dass er diese Affäre nur deshalb als so leidenschaftlich empfand, weil sie wegen mir den Reiz des Verbotenen hatte.

Dass er klingelt, statt den Schlüssel zu benutzen, ist ein Zeichen der Demut: Er gibt seine Fehler zu.

Als ich an der Klinke ziehe, reiße ich die Tür fast aus den Angeln.

»Alles in Ordnung?«

Valérie Delorme, eine Mütze auf den Ohren, eine Wolldecke im Arm, sieht mich seltsam an. Tochter Clara, die neben ihr steht, zieht Grimassen.

»Schnell«, sagt sie, »sonst wird ihnen kalt.«

Ich bitte sie herein. Hat Charlotte Clara ohne mein Wissen angerufen, damit sie zum Spielen zu uns kommt?

»Du hast doch nicht etwa die Schnecken vergessen?«, fragt mich Valérie.

Sie lüpft die Wolldecke, die das Terrarium warm hält.

»Nein, nein.«

Vor fünf oder sechs Tagen – es waren zwar nur wenige Tage, aber sie gehören von nun an zu einer anderen Epoche, jener Epoche, in der mit Mathieu zwar nichts vollkommen war, aber wir mit dieser Unvollkommenheit wenigstens so etwas wie eine Zukunft hatten – fragte Valérie, ob ich bereit wäre, mit ihr zusammen in den Ferien auf die Schnecken der Klasse unserer Töchter aufzupassen. Sie könnte sich vom 23. bis 28. Dezember um sie kümmern, würde sie dann während ihres Familienurlaubs in Mexiko bei mir vorbeibringen, und sie am 5. Januar wieder zu sich nehmen. Wie hätte ich mich weigern können, mir mit ihr die Pflege für ein paar Weichtiere zu teilen? Also habe ich zugesagt.

Am Ende des Flurs taucht Charlotte auf.

»Hallo, Charlotte«, sagt Clara. »Wir bringen euch die Schnecken. Warum bist du denn noch im Pyjama?«

Ich stelle das Terrarium auf die Bank im Eingang, und Valérie reicht mir eine Ökotasche mit dem Logo des Rachelle-Béry-Einkaufsmarkts.

»Ich hatte noch einen Kopfsalat, den hätte ich sowieso wegwerfen müssen, du kannst sie damit füttern«, erklärt sie mir. »Ansonsten gibt es noch das Blatt mit den Instruktionen von Stéphanie. Ich habe dir auch das Sprühfläschchen dazugepackt. Und die alte Zahnbürste, um ihr Gehäuse zu reinigen.«

Ich schaue in die Tasche. Das Plastik, die bräunlich verfärbten Nylonborsten, das Papier, der Salat, alles gerät durcheinander.

Ohne den Kopf zu heben, stammle ich: »Euer Flugzeug geht heute Nacht, nicht wahr? Bist du gerade beim Kofferpacken? Noch dazu mit dem Baby …« Plötzlich bricht meine Stimme und wird zittrig.

»Clara, zieh deine Stiefel aus und geh ein bisschen mit Charlotte spielen, ja?«, bittet Valérie ihre Tochter.

Ich höre, wie kleine Schritte sich entfernen. Meine Schultern werden von Schluchzern geschüttelt, aber Valérie Delorme gelingt es, mich in den Arm zu nehmen.

»Na, na, na«, sagt sie.

Montag, 9. Januar

Guillaume,
heute Morgen habe ich in Juliannes Koffer eine Jeans der Marke 7 for All Mankind gefunden. Bist du mit ihr zu den Promenades Saint-Bruno gegangen? Ich würde es sehr begrüßen, wenn du so etwas vorher mit mir besprichst. Das habe ich dir schon oft gesagt. Diese Jeans kostet ein Vermögen, und ich habe schon so viele Kämpfe mit Julianne deswegen ausfechten müssen. Sie hat sie schon gewaschen, daher lässt sie sich leider nicht mehr zurückbringen. Sie hat mir gesagt, sie hätte sie von dem Geld gekauft, das dein Vater ihr an Weihnachten gegeben hat, aber ich frage dich noch einmal, warum hast du das zugelassen? Wir hatten uns darauf geeinigt, dass wir alles Geld, das sie an Weihnachten bekommt, sparen, um im September ihre Reise mit der Schule nach New York zu bezahlen. Ich verstehe gar nichts mehr. Kannst du bitte dafür sorgen, dass du die Dinge ein bisschen besser geregelt bekommst?

Karine

8

Guillaume

Mittwoch, 18. Januar

»Guillaume? Guillôôôôôôôôôôme?«

Karines Stimme geht mir tierisch auf die Nerven, und ich bin sie mittlerweile so wenig gewohnt, dass ich mir vor Schreck mit der Rasierklinge in die Wange schneide. Meine Ex dürfte sich allerdings durchaus daran erinnern, dass zu den Dingen, die mich am meisten ärgerten, als wir noch ein Paar waren, ihre Angewohnheit zählte, das Wort an mich zu richten, obwohl ich mich gerade in einem anderen Zimmer des Hauses befand.

Mit Hilfe eines Stücks Toilettenpapier wische ich den Blutstropfen ab, der auf meiner Haut perlt, und rasiere den letzten dunklen Stoppelschatten von meinem Kinn, dann benetze ich mein Gesicht mit Aftershave-Lotion. »Du riechst gut, das macht mich wahnsinnig, du riechst so gut«, hatte Magalie mir ins Ohr gemurmelt. War das, als ich auf ihr war? Oder als sie auf mir war? Ich bin mir nicht mehr sicher. Egal. Ich klatsche mir noch eine Handvoll Aftershave ins Gesicht. Ich weiß, dass ich Magalie nie wieder so nahekommen werde wie bei unserer letzten Begegnung. Mein Duft muss also bis zu ihr eine Distanz von schätzungsweise einem Meter überbrücken, vielleicht etwas weniger, aber egal: Da können wir auch gleich vollen Einsatz bringen, damit dieser körperliche Vorzug, den sie mir zuerkannt hat und der das Zünglein an der Waage war, gleich mit von der Partie ist.

»Guillôôôôôôôme!«

Karine steht mitten in meinem Wohnzimmer auf einem der Küchenhocker. Beide Hände in die Hüften gestemmt legt sie den Kopf schief, um ihrer Unzufriedenheit Ausdruck zu verleihen, was sie aussehen lässt wie eine Gliederpuppe.

»Was machst du da oben? Komm da runter.«

Sie wirft mir tödliche Blicke zu, wobei ihre Augen unter den zusammengekniffenen Lidern fast verschwinden.

»Schuster tragen echt die schlechtesten Schuhe«, sagt sie.

Sie zeigt mir das abgebrannte Streichholz, das sie in den Fingern hält, und ich ahne, dass sie es gerade dicht beim Feuermelder über ihrem Kopf abgebrannt hat.

»Bei der letzten Zeitumstellung habe ich dir gesagt, du sollst mal einen Batteriecheck machen. Du kannst mir gerne vorwerfen, voll einen an der Klatsche zu haben.«

»Du *hast* voll einen an der Klatsche.«

Ich schnappe mir die Fernbedienung vom DVD-Player, die auf dem Couchtisch liegt, und hole die Batterien heraus. Karine ist von ihrem Hochsitz heruntergeklettert, hat aber immer noch beide Hände in die Hüften gestemmt. Ich klettere auf den Küchenhocker, und nachdem ich die alten Batterien herausgenommen habe, lege ich die neuen ein und der Apparat gibt zwei Piepstöne von sich, bei denen uns fast das Trommelfell platzt.

»Zufrieden?«

»Die im ersten Stock prüfst du bitte auch. Erlebst du in deinem Job nicht genügend Unfälle dieser Art? Du hättest bei lebendigem Leib mit Julianne verbrennen können.«

»Und du hättest zu deiner Mutter gehen können, statt hierherzukommen. Wieso bist du nicht auf der Arbeit?«

»Heute ist Pädagogischer Tag. Sag mal, hast du in Aftershave gebadet, oder was?«

»Sonst noch was, bevor ich gehe?«

»Du musst mir den Scheck für Januar ausstellen. Wär schön, wenn du noch die hundertfünfzig Dollar für Juliannes Wintermantel draufschlagen könntest.«

»Kannst du den nicht mal selbst bezahlen, bei allem, was ich dir gebe?«

»Pfffft. Du leistest dir eine Küche für zwanzigtausend Piepen, da kannst du sehr gut deiner Tochter einen Mantel spendieren.«

»Und du erst, lässt dir die Muschi mit Laser epilieren. Bei deinem Busch dürfte dich das ein Heidengeld kosten.«

Karine wird puterrot. Sie fragt mich nicht, wie ich an diese Information gelangt bin. Sie nickt bloß und murmelt »Gottverdammmich!«, dann verschwindet sie im ersten Stock und lässt die Badezimmertür knallen, genau wie damals, als wir noch zusammengelebt haben.

Bevor ich das Haus verlasse, schnappe ich mir mein iPad, das auf der Kochinsel liegt, logge mich in mein Bankkonto ein und überweise sechshundertfünfzig Dollar auf das Konto von Karine, hundertfünfzig mehr als sonst. Denn wie auch immer meine Ex darüber denken mag: Ich bin ein guter Kerl. Wie sonst hätte ich mich bereit erklärt, sie diese Woche bei mir aufzunehmen? Natürlich wäre es verlogen zu behaupten, diese Situation mache mir nicht auch ein bisschen Spaß. Ihr schöner François – oder einer seiner Hunde, das Mysterium bleibt ungelöst – hat nach einem Job in einem befallenen Motel in Rive-Nord Bettwanzen bei sich zu Hause eingeschleppt. Nichts weist darauf hin, dass sie sich auch bei Karine eingenistet haben. Aber da sie etwas paranoid ist, wollte sie ihre Eigentumswohnung nicht von François' Hunden durchsuchen lassen, sondern sie lieber mit Insektenvernichtungsmitteln behandeln. Und da Julianne keinen giftigen Chemiedämpfen ausgesetzt werden soll, fragte sie mich, ob sie ein paar Tage zu mir ziehen könne. In weniger als achtundvierzig Stunden würde Karine samt ihrer Neurosen aber nun endlich wieder verschwinden. Halleluja!

Im Ausstellungssaal von Penture ist alles ruhig. Nur wenige Leute dürften an einem polareiskalten Mittwoch im Januar Lust haben, sich nach einer neuen Küche umzusehen. Eine hauchzarte Musik wiegt den weiten Open Space mit der hohen Decke und dem Betonboden. In dem großen Raum hängt der Geruch von Erneuerung und Renovierung. Ich frage mich, ob Magalie all die ausgestellten Küchenmodelle selbst entworfen hat. Die Auswahl an Stilen und Materialien scheint unendlich, es ist für jeden Geschmack etwas dabei. Schränke mit Acryllacktüren in Blaumetallic glänzen wie Öl, daneben karamellfarbene Holzarbeitsplatten in edler Maserung. Ein Universum der Möglichkeiten. An der Rezeption empfängt mich eine etwa fünfzig Jahre alte Dame, nachdem sie mit einer Entschuldigung erst noch ihren Salat herunterschluckt. Ich stelle mich vor und frage, ob Magalie da ist.

Die Dame greift zum Hörer: »Magalie? Hier ist Monsieur Hamelin vom Projekt Sainte-Julie.«

Ich spüre, wie meine Hände in den Taschen feucht werden. Magalie ist also hier, im Stockwerk über mir, und atmet die gleiche Luft wie ich. Die Dame legt auf, lächelt mich an und verkündet mir, Magalie werde gleich herunterkommen.

Ich bin enttäuscht. Eine Vorzugsbehandlung wäre mir lieber gewesen: Bei der Nennung meines Namens hätte sie ihrer Kollegin sagen können, ich solle doch hinauf in ihr Büro kommen, das irgendwo in dem Zwischengeschoss liegt. Von dort kommt sie zumindest immer herunter, wenn ich hier bin.

»Ist es ein bisschen wärmer geworden?«, fragt mich die Dame und blickt hinaus.

Der Schneeregen, der an ihre Fensterscheibe peitscht, ist ihr offensichtlich Antwort genug. Sie stochert wieder in den Salatblättern herum, die sie mit der Gabel in irgendeine weiße Soße taucht. Ich lächle ihr zu und überlasse sie ihrer Mahlzeit.

Ich schlendere zwischen den Küchen umher. Magalie und ich haben in den letzten Tagen immer mal wieder miteinander geschrieben, und auch wenn sie es nicht so deutlich gesagt hat, ist offensichtlich, dass zwischen Mathieu und ihr alles vorbei ist. Für Charlotte haben sie mit dem Nestmodell begonnen: Drei oder vier Abende pro Woche bleibt Magalie in ihrer Wohnung in der Rue Saint-Vallier und kümmert sich um ihre Tochter, an den anderen Abenden wohnt Mathieu dort, während Magalie bei ihrer Mutter in Ahuntsic übernachtet. Aber wo wohnt Mathieu, wenn Magalie in der Rue Saint-Vallier ist? Sie hat es mir nicht gesagt, aber im Grunde ist es allen klar: Mathieu geht zu seiner Geliebten, die mittlerweile nicht mehr diesen mehr oder minder schändlichen Titel trägt. Diese Frau hat sich wahrscheinlich mittlerweile, was nur das logische Endstadium dieser ganzen Geschichte wäre, den Titel *neue Partnerin* angeeignet. Unter geometrischen Gesichtspunkten ist nach dieser Umorganisierung der Rollen der Platz des Partners an Magalies Seite frei geworden. Schließlich hat sie sich dank mir befreien können.

»Hallo, Guillaume.«

Ich schließe die Augen. Angesichts dieser Stimme, die mir den Rücken und alle durch diesen hindurchlaufenden Nerven lähmt, brauche ich ein oder zwei Sekunden, um mich zu fassen. Aber Magalie, die sicher in Eile ist, geht um mich herum, und als ich die Augen öffne, steht sie vor mir, an den Tresen dieser falschen Küche gelehnt. Hat sie abgenommen? Obwohl sie müde wirkt und ihre Haut trocken, ist sie immer noch genauso schön.

»Tag«, sage ich.

Ich versuche, entspannt zu wirken, aber in Wahrheit sind die Hände in meinen Taschen noch feuchter als vor fünf Minuten, als würde ich in jeder Hand einen nassen Waschlappen auswringen. Ich beuge mich vor und gebe ihr Küsschen auf beide Wangen.

»Geht's gut?«, fragt sie mich.

Ich hoffe, dass mein Schweißgeruch nicht den Duft meines Aftershave übertönt. Wegen Karine, die meinen Namen brüllte, während ich mir im Bad den letzten Schliff verpasste, habe ich vergessen, ein Deo zu benutzen.

»Ja, und dir?«

»Noch lebe ich.«

Etwas außer Konzept gebracht sehe ich ihr tief in die Augen. Noch lebt sie. In dieser Antwort steckt eine Traurigkeit, die ich mir nicht erklären kann. Man überlebt einen Schicksalsschlag, ein Unglück, eine Katastrophe. Sollte Magalie sich nicht eher erleichtert fühlen? Befreit? In der wundervollen

Lage, dank der Information, die ich an sie weitergegeben habe, nicht ihr Leben versaut zu haben. Oder wäre sie lieber an der Seite eines Mannes geblieben, der sie nicht liebt? Früher oder später wäre sie an ihre Grenzen gelangt. Denn egal, was manchmal behauptet wird, wenn ein Mann, ein echter, eine Frau liebt, dann wird er nicht mit einer anderen bumsen. Das glaube ich wirklich: Wir sind keine Tiere. Ich schlucke und versuche, mich durch ihre Antwort nicht entmutigen zu lassen. Sie lebt noch, und sie wartet auf jemanden, auf mich, wie ich hoffe. Ich betrachte den Ausstellungsraum, in dem wir uns befinden, und kämpfe mit einem Schwindelgefühl. Ja, wenn wir Tiere wären, würden wir unsere Küchen nicht renovieren.

»Tut mir leid«, bemerke ich. Ich versuche, mich zu beruhigen, nicht alles auf mich, auf uns zu beziehen. Im Grunde ahne ich, wovor Magalie sich am meisten fürchtet. Wie jede weichherzige Mama sorgt sie sich, dass die Trennung negative Auswirkungen auf Charlotte haben wird. Sie glaubt, dass ihre Tochter eine Bindungsstörung entwickeln wird, ein Aufmerksamkeitsdefizitsyndrom, ein Trotzverhalten, eine Lernstörung, eine Essstörung und wer weiß was sonst noch. Eine Traumafolgestörung? Ich würde Magalie gerne antworten, dass das Wechselmodell, das ihr in diesem Stadium bestimmt wie so eine Art schwarze und behaarte Spinne vorkommt, die ihr jede zweite Woche die Tochter rauben wird, in Wirklichkeit eher wie ein Welpe voller Energie ist, der sich auf den Rücken rollt, vier Pfoten in die Luft gestreckt, auf der Suche nach Streicheleinheiten. Sicher, Magalie wird Charlotte weniger sehen, aber die Zeit mit ihrer Tochter wird viel lustiger werden. Letztlich hat sogar Karine, die Hüterin von Juliannes Rundum-Wohlbefinden, das Wechselmodell einer heilen Familie vorgezogen. Und auch Magalie wird sehr bald feststellen, dass es längst nicht so schlimm wird, wie sie denkt. Aber es ist nicht meine Aufgabe, sie davon zu überzeugen: Interessenskonflikte. Eine gesunde Trennung muss auch immer erst einmal wehtun, und sobald Magalie ein kleines Stück dieses beschwerlichen Weges hinter sich gebracht hat, wird sie die Zeit mit mir umso mehr genießen.

»Es ist nicht deine Schuld«, sagt sie leise.

Aber während sie diese Worte spricht, gehen kleine Zuckungen über ihr Gesicht, und ich kann daraus nur schließen, dass ihr Körper mit dem, was sie da gerade gesagt hat, nicht einverstanden ist. Ich frage sie, ob sie Mathieu von uns erzählt hat, aber statt auf die Frage zu antworten, fragt sie mich, wie es meiner Tochter geht.

»Sehr gut. Sie hat nie wieder darüber gesprochen, über das alles … du weißt schon.«

Über Magalies perlgrauen Blick legt sich ein Schleier der Skepsis, aber ich tue so, als bemerke ich nichts. In gewisser Weise stimmt es, dass meine Tochter mit mir nicht mehr über Weihnachten gesprochen hat. Ich habe das getan. Wie ich zugeben muss, habe ich mich dabei von Mathieus Erlebnis mit seinem Putzmann inspirieren lassen, habe Julianne tausend Dollar zugesteckt und ihr zu verstehen gegeben, dass es besser ist, wenn sie diese Szene, deren Zeugin sie gerade wurde, nicht ihrer Mutter schildert.

»Julianne hat letzte Woche im Schwimmverein angefangen. Sie ist in Topform. Sie isst gut, steht vor Tagesanbruch auf. Sie ist hoch motiviert.«

Ich spüre, dass mein Versuch, das Thema zu wechseln, nicht fruchtet. Magalies gequälter Gesichtsausdruck hat jetzt die Lippen erfasst, auf denen sie herumkaut, ehe sie antwortet: »Es tut mir so leid, dass sie wegen mir so etwas durchmachen muss.«

»Hör auf«, sage ich zu ihr. »Du kannst nichts dafür.«

Das Klackern von High Heels erinnert mich daran, dass wir nicht alleine sind. Die Rezeptionistin ist aufgestanden und hat ihren Schreibtisch verlassen. Diese pummelige Frau durchquert den Ausstellungssaal und verschwindet mit ihrer Tasche hinter einer Tür mit der Aufschrift »Nur für Angestellte«. Magalie wirkt immer noch sehr niedergeschlagen, also versuche ich, die Stimmung aufzulockern.

»Eigentlich ist es total deine Schuld! Aber was geschehen ist, ist geschehen.«

Magalie reißt entsetzt die Augen auf. Sie öffnet die Lippen ein wenig, aber es kommt kein Laut heraus.

Ich schiebe mit trockenem Humor hinterher: »Hättest du mir nicht diesen Kühlschrank Marke Whirlpool mit dem integrierten Wasserspender verkauft, wäre Julianne niemals nach unten gekommen, um sich in der Küche ein Glas Wasser zu holen; sie hätte sich ihr Glas oben aus dem Bad geholt, so wie sie es früher auch immer gemacht hat.«

»Soll das ein Witz sein?«, fragt Magalie.

Ich versichere ihr: »Ja klar.«

Trotzdem mache ich mir die Mühe, Magalie zu erklären, warum ich sie aufgezogen habe, denn dieser Witz hat durchaus einen wahren Kern. Als meine Ex den Preis für den neuen Kühlschrank gesehen hat, hat sie mir vorgeworfen – auch wenn es sie gar nichts angeht –, dass ich viel zu viel Geld für ein Teil ausgegeben habe, das jede zweite Woche sowieso nur ein paar Flaschen Bier, alte Senfgläser und Ketchupflaschen enthält, und so musste ich mich verteidigen: Ich ernähre mich nicht nur viel besser, als sie denkt, es handelt sich bei dem

Kühlschrank noch dazu um ein sehr hochwertiges Gerät, dessen Preis durchaus gerechtfertigt ist. Der Wasserspender zum Beispiel filtert neunzig Prozent der Unreinheiten aus dem Leitungswasser heraus. Dieses Detail hat offenbar einen guten Eindruck auf Karine gemacht, denn sie hat im Internet recherchiert und herausgefunden, dass viele Rückstände pharmakologischer Produkte, welche die Leute zu sich nehmen, im Leitungswasser zu finden sind. Die Fachleute sagen zwar, das sei ungefährlich, aber hatten sie nicht vor sechzig Jahren dasselbe über den Konsum von Zigaretten behauptet? Karine hat Julianne geraten, kein Leitungswasser mehr zu trinken und lieber das Wasser aus dem Wasserspender unseres Kühlschranks zu benutzen, mit dem Argument, ein so reines Wasser würde sich bestimmt auch günstig auf ihr Akneproblem auswirken. Dass Julianne an Heiligabend nach unten gegangen ist, um sich in der Küche ein Glas Wasser zu holen, war folglich die Schuld dieses verdammten Einbaukühlschranks, von dessen Vorzügen Magalie mir vorgeschwärmt hat. Weil meine Tochter glaubt, das Wasser dieses Kühlschranks könne Wunder vollbringen und ihr wieder eine gesunde Haut schenken, hatte sie an einer anderen Art von Wunder mitgewirkt.

»Entschuldige, aber von welchem Wunder redest du, Guillaume?«, fragte mich Magalie.

Ich will ihr antworten: Von dem Wunder, das zwischen uns beiden geschehen ist, aber ich beiße mir auf die Zunge. Viel zu anmaßend. Ich zögere noch: Das Wunder der Vereinigung von Mann und Frau, aber das klingt hohl, wie eine schlecht synchronisierte Doku über den Ursprung der Menschheit.

Magalie schaut immer wütender drein, also sage ich: »Na ja, unsere Chemie, verstehst du?«

Sie hält den Atem an, dann stößt sie einen langen Seufzer aus.

»Ich hätte mich niemals auf dich stürzen sollen, als du mir erzählt hast, warum mein Putzmann verschwunden ist. Es ist meine Schuld. Es tut mir leid. Ich war so durcheinander, völlig neben der Spur, einfach nicht ich selbst.«

Ich frage mich, warum Magalie so sehr darauf herumreitet. Möchte sie mir damit sagen, dass ich in jener Nacht derjenige von uns beiden war, der noch ein wenig bei Vernunft war, und folglich das, was geschehen ist, hätte verhindern können? Ich erinnere mich sehr gut, dass ich Magalie nach ihrem ersten Kuss zurückgestoßen habe. Aber sie hat einfach weitergemacht, und jetzt mal ehrlich, ich wüsste gerne, wer von sich behaupten würde, dass er, wenn das Leben ihm grünes Licht gibt, wartet, bis es wieder auf Gelb umschaltet? Ich jedenfalls nicht.

»Aber nein, es ist nicht deine Schuld«, sage ich zu ihr.

»Du darfst dir nur über uns keine Illusionen machen. Du schreibst mir viel, und ich antworte dir, weil ich nett sein will, aber für eine neue Beziehung fehlt mir gerade die Kraft. Mein Leben ist ein Riesenchaos. Tut mir leid.«

Ich sehe auf meine Füße und merke, dass der Schnürsenkel meines linken Stiefels auf dem Boden schleift. Ich bücke mich. Ich bin fünfundvierzig Jahre alt; ich weiß sehr gut, was jemand sagen will, wenn er behauptet, er sei noch nicht reif für eine neue Beziehung. Magalie hat mir gerade einen Korb gegeben, und ich mache einen Doppelknoten.

»Ich hab damals mit der Vernehmung deines Putzmanns meinen Job aufs Spiel gesetzt«, sage ich und hebe den Kopf.

Ich richte mich auf und komme ihr vielleicht ein bisschen zu nah, denn Magalie weicht zurück und verschränkt die Arme.

»Ich schwöre dir, das tut mir wirklich leid, Guillaume. Bist du nur hierhergekommen, um mich zu sehen, oder kann ich dir bei irgendetwas helfen? Hast du Fragen zu deiner Küche?«

Ich nicke und denke wieder an den Vorwand, den ich mir überlegt habe, bevor ich hergekommen bin. Ich hätte es viel eher erwähnen sollen, dann hätte sich unser Gespräch womöglich nicht gleich in eine so ernste Richtung entwickeln müssen.

»Ich bin hergekommen, um mir die passende Handtasche auszusuchen.«

»Wie bitte?«

»Die Küchenrückwand.«

Sie sieht mich mit einem Blick an, bei dem ich mir superseltsam vorkomme. Wahrscheinlich ist das der Blick, mit dem ich all die schrägen Typen ansehe, denen ich auf meinen Streifenfahrten begegne.

»Du hast mir gesagt, deine Professorin an der Universität hätte das scherzhaft so genannt …«

»Ja, stimmt«, erwidert sie. »Entschuldige. Deine Rückwand. Komm.«

Magalie geht mir voraus in den rückwärtigen Teil der Halle. Sie trägt einen langen grauen Wollpulli über einer Leggings, wodurch ihre schlanke Figur verdeckt wird. Vielleicht ist das besser so. Selbst in rosa Adidas-Espadrilles ist sie sinnlich. Sie wirft einen kurzen Blick hinter sich, um sich zu versichern, dass ich ihr folge, und lächelt mir kurz zu. Ich sage mir, dass ich dieses Lächeln vielleicht als ein erstes Anbändeln verstehen darf, trotz dem, was sie gerade gesagt hat, aber dann merke ich, dass sie nicht wirklich lächelt. Sie versucht vielmehr, ein Niesen zu unterdrücken, vergebens.

»Hatschi!«, tönt es wie der Knall einer Explosion. »Entschuldige.«

»Gesundheit!«, sagt die Rezeptionistin, die gerade aus dem Aufenthaltsraum für Angestellte kommt.

Ich bleibe stehen und beobachte Magalie, die zum hinteren Teil des Ausstellungsraums weiterläuft. Plötzlich erinnere ich mich an die wissenschaftlichen Fakten zur Körpersprache, die ich in meinem Kurs »Beobachtungsmethoden« an der Polizeischule gelernt habe, in dem es hieß, zu einem Niesen könnte es nur dann kommen, wenn der Mensch entspannt ist. Ein Verdächtiger zum Beispiel, der in seiner Befragung lügt, wird praktisch niemals niesen. Das hängt alles mit dem Adrenalin zusammen, das unser Körper als Antwort auf einen Stresszustand produziert: Dieses Hormon bewirkt eine Blockade im zentralen Nervensystem und verhindert einen Spasmus. Damit hat mir Magalies Niesen den Beweis geliefert, falls ich noch eines weiteren bedurft hätte, dass meine Anwesenheit in diesen Räumen sie so wenig tangiert wie die des Weihnachtssterns, der neben dem Fenster in seinem Topf langsam verkümmert.

Ich möchte keine Sekunde länger hierbleiben. Falls es eines gibt, das ich noch retten kann, so ist es meine Würde. Außerdem darf ich mich nicht entmutigen lassen. Magalie und ich werden uns bei Familienfeierlichkeiten wiederbegegnen, und vielleicht wird sie bis dahin ihre Meinung über mich geändert haben. Vorläufig hat sie bestimmt immer noch die Hoffnung, dass Mathieu zu ihr zurückkommt, und ich kann den Erzeuger ihrer Tochter sicherlich nicht mit gleichen Waffen schlagen, selbst wenn er sich noch so ekelhaft benimmt. Aber wenn diese Möglichkeit, in der Beziehung mit ihm noch einmal von vorne anzufangen, endgültig vom Tisch ist, vielleicht erinnert sie sich dann an mich.

Magalie dreht sich um, merkt, dass ich ihr nicht mehr gefolgt bin, macht wieder kehrt und fragt mich, ob alles in Ordnung sei, und genau in dem Moment, in dem ich ihr sagen möchte, dass ich gehe, klingelt ihr Handy. Sie wirft einen Blick aufs Display und geht ran.

»Hallo, Mama, kann ich dich in …«

Magalie erstarrt und reißt die Augen auf. Obwohl uns ein paar Meter trennen, höre ich Moniques schrille Stimme durch das Telefon vibrieren. Magalie sieht mich merkwürdig an, das Handy ans Ohr gepresst, dann legt sie auf, nachdem sie ihrer Mutter versprochen hat, sie in einer Minute zurückzurufen.

»Es tut mir leid, kannst du an einem anderen Tag für deine Rückwand wiederkommen?«

Magalie entfernt sich bereits und verschwindet über die Treppen ins Zwischengeschoss, wo ich höre, wie sich eine Schiebetür mit leisem Fauchen hinter ihr schließt. Ich bleibe einige Sekunden mitten im Ausstellungssaal stehen und bin mir dessen vollauf bewusst, dass ich meinen Abgang vermasselt habe.

Als ich am Schreibtisch der Rezeptionistin vorübergehe, hält sie mich auf.

»Monsieur Hamelin! Ich hatte noch eine Notiz in ihrer Akte.«

Verärgert gehe ich zu ihr und sage, ich hätte aber schon vor Weihnachten meine Rechnungen beglichen, doch darum geht es gar nicht. Stattdessen reicht sie mir eine Stofftasche mit dem Logo von Penture, das ein Exemplar des Rezeptbuches mit dem Titel *Bissfreuden* enthält sowie ein Schneidebrett aus Bambus.

»Ihr Geschenk zum Projektende«, erklärt sie mir.

Das ist wahrlich das Ende von allem. Ich murmele eine

Entschuldigung und drücke die Tür auf. Auf dem Parkplatz hätte mich um ein Haar eine schwarze Limousine über den Haufen gefahren, und ich bin mir nicht sicher, dass ich dann mehr gelitten hätte als bei dem Rückschlag, den ich gerade einstecken musste.

»O Mann, Guillaume Hamelin, das gibt's doch gar nicht!«

Ich drehe mich um. Der große Asiate, der, begeistert meinen Namen schreiend, aus der schwarzen Limousine ausgestiegen ist, knallt die Beifahrertür zu und stürmt auf mich zu. Der Saum seines Übermantels flattert wie ein Umhang hinter ihm her und legt eine Glock 19 frei, die er in einem Lederetui am Gürtel trägt. Ein Polizist in Zivil. Ich kenne nicht viele Asiaten, aber dieses Detail gestattet mir, ihn einzuordnen: Trong Wu. Wir waren während unseres zweiwöchigen Berufspraktikums zusammen in Nicolet gewesen. Das letzte Mal habe ich wahrscheinlich auf Facebook von ihm gehört, damals hatte er gerade sein Amt als Streifenpolizist bei der Provinzpolizei aufgegeben, um Ermittler beim Polizeidienst von Laval zu werden.

»Da hätten wir uns beinahe auf dem Friedhof wiedergesehen. Das war haarscharf.«

»Geht's dir gut?«

»Nicht schlecht. Aber was machst du hier? Bist du Ermittler geworden? Der Polizeidienst der Stadt Montréal ist doch eigentlich gar nicht in die Ermittlungen eingebunden.«

»Was für Ermittlungen? Ich habe meine Küche renoviert.«

Trong Wu nickt, wirft ein misstrauisches Auge auf meine Tasche, dann betrachtet er das kubusförmige Gebäude von Penture am Ende des Parkplatzes.

»Annabelle Juneau«, spuckt er aus. »Mehr kann ich dir nicht sagen.«

Er deutet auf den Mann mit dem grauen Schädel, der gerade aus der Limousine steigt und in sein Handy spricht. Im selben Augenblick hebt der Mann gebieterisch die Hand und bedeutet ihm, zu ihm zu kommen.

»Mein Boss ruft mich. Lass uns mal mit anderen Ehemaligen ein Bierchen trinken gehen«, schlägt Trong Wu mir im Weggehen vor. »Pass bis dahin ein bisschen besser auf, wo du hinläufst, Mann!«

Zwei Männer betreten das Gebäude, und ich sehe sie bei der Rezeptionistin ihre Polizeimarke zücken. Sie macht sich unverzüglich auf den Weg in den rückwärtigen Teil der Ausstellungshalle. Wie ich ihrem Stechschritt entnehmen kann, war dieser Besuch offenbar nicht geplant. Sicherlich erklärt die Lage der Geschäftsräume von Penture das plötzliche Interesse der Polizei von Laval an der Firma. Ich hebe den Kopf: Die großen Bürofenster im zweiten Stock, hinter denen Magalie wahrscheinlich gerade ihre Mutter zurückruft, bieten eine Panoramasicht auf den Jarry-Park, wo der Partner von Annabelle an dem Tag, als sie spurlos verschwand, Fußball gespielt hat. Vielleicht versuchen die Ermittler herauszufinden, ob ein Angestellter von Penture etwas gesehen hat. Oder sie möchten wissen, ob es im Außenbereich von Penture Überwachungskameras gibt, die vielleicht ein entscheidendes Bild eingefangen haben? Es wäre nicht das erste Mal, dass ein Zeuge, der zunächst dank eines handfesten Alibis von der Liste der Verdächtigen gestrichen wurde, aufgrund neuer Indizien dort plötzlich ganz oben steht. Wurde eine Verbindung zwischen Annabelle Juneaus Partner und Francis Letendre gezogen, der vor Weihnachten starb? Trong Wu dreht sich um und sieht mich durch die Scheibe an. Er blickt in meine Richtung und zuckt mit den Schultern, als wollte er mich fragen, was ich hier im eisigen Grau des Parkplatzes noch zu suchen hätte, gerade so, als wäre ich ein Schnüffler. Sicher, jetzt, da Monsieur ein Ermittler ist, misstraut er den Streifenpolizisten. Dabei war ich es, der ihn bei der kleinen Feier zur Dienstgradverleihung halb bewusstlos aus seiner Kotze gezogen hat. Mein Mantel ist offen, und der eiskalte Wind lässt mich frösteln. Ich renne zu meinem Auto.

In der Umkleidekabine der Polizeistation bleibe ich auf der Bank vor meinem Spind sitzen. Da ich vom Nachtschichtteam der Erste bin, kann ich in Ruhe nachdenken. Mein Vater geht nicht ans Telefon, also hinterlasse ich ihm eine Nachricht. Unter dem Vorwand, der Winter ginge mir langsam auf die Nerven, frage ich, wie weit er und Monique mit ihren Urlaubsplänen für Florida sind, und erkundige mich unauffällig, ob Magalie an Ostern mit ihrer Tochter kommen will. Vielleicht würde ich dann ebenfalls Julianne mitnehmen, schließlich hatten unsere Eltern gesagt, in ihrer Wohnung sei genug Platz für alle. »Ruf mich bitte zurück, Dad, danke.«

Es verspricht ein ruhiger Abend zu werden. Jérémie ist im Urlaub auf Kuba, und ich fahre die Strecke allein, was mir die Gewissheit gibt, auf dringende Aufrufe nicht antworten zu müssen. Während der Teambesprechung lässt unser Sergeant nur die alten Fälle am Tisch die Runde machen. Der Taschendieb von der Metro Mont-Royal, die Schizophrene, die Brigadiers angreift, die davongelaufene Frau aus Abitibi, die sich möglicherweise die Haare hat rot färben lassen und jetzt in einem Club in der Avenue du Parc tanzt. Eine hübsche Galerie. Der einzige außergewöhnliche Fall: Ein Pitbull, der von seinem Herrchen ausgesetzt wurde und am Morgen im Laurier-Park gesichtet worden sein soll. Mit meiner Thermoskanne voller Kaffee schlendere ich durch die menschenleeren Straßen. Alles ist erstarrt und von Eis bedeckt: die Wendeltreppen der Zwei- und Dreifamilienhäuser, die Straßenlampen, selbst die Mülltonnen. Sollte heute ein Verbrechen verübt werden, so wird es irgendwo drinnen passieren. Als ich gegen neun Uhr gerade auf dem Boulevard Saint-Laurent vor einer roten Ampel stehe, trägt der Wind Schreie zu mir herüber: Ein Fußgänger mit Dreadlocks, mit nichts als einem T-Shirt bekleidet, brüllt den Fahrer eines Schneeräumers auf dem Trottoir an, der seinen tätowierten Kopf aus dem kleinen Fenster streckt, um zurückzubrüllen. Wenn mein Beruf mich eines gelehrt hat, dann dies: Leute wie diese sind entweder komplett von der Rolle oder so wütend, dass sie am liebsten alles zu Brei schlagen würden. Ich lasse die Sirene kurz aufheulen und schalte das Blaulicht ein, das genügt, und schon zieht ein jeder seiner Wege. Um elf Uhr parke ich den Wagen wieder vor dem Polizeirevier, nehme am Debriefing teil. Damien und Simon haben den flüchtigen Pitbull eingefangen, und während sie auf die Beamten vom Tierschutz warteten, hielt Damien dem Tier sein Schinkensandwich hin. Er kann es immer noch nicht fassen: »Meine Freundin hat Dijon-Senf draufgestrichen, stellt euch das nur mal vor, echt scharfen Senf, und der hat alles aufgefressen!«

Sandrine sagt, wenn sie Damiens Freundin wäre, würde sie Arsen in seine Sandwiches packen und keinen Senf, woraufhin er erwidert, wenn er Sandrines Freund wäre, würde er sie mit größtem Vergnügen verspeisen, um seiner Tortur ein schnelles Ende zu bereiten. Alle lachen.

Nach der Besprechung hole ich die Munition aus meiner Waffe, ziehe mich um, und als ich gerade erst wenige Minuten über die Jacques-Cartier-Brücke fahre, beschließe ich, dass ich jetzt lange genug gewartet habe. Ich rufe meinen Vater an. Immerhin ist es gerade erst Mitternacht. So viele Möglichkeiten gibt es nicht: Entweder er schläft und wird nicht rangehen, oder aber er ist wach. Er nimmt sofort ab, mit einem verärgert klingenden »Ja!«, das mir bestätigt, dass er gerade vor dem Fernseher sitzt und sich eine dieser Endlos-Nachrichtensendungen ansieht. Da ich selbst nach vier Jahren immer noch nicht weiß, wo genau sich die Bluetooth-Mikrofone befinden, mit denen mein Subaru ausgestattet ist, schreie ich über das Steuer hinweg.

»Papa? Wie geht's? Ich bin's.«

»Oh, Guillaume! Hallo. Jaja, alles in Ordnung.«

Aber seine Stimme, die drei Sekunden zuvor noch so lebhaft geklungen hat, wirkt plötzlich wie erloschen.

»Hast du schon Nachricht bekommen? Was Florida angeht? Wie steht's damit?«

Mein Vater schweigt einen kurzen Moment.

»Wir fahren da nicht mehr hin«, sagt er schließlich seufzend.

Ich frage ihn, wie er das meint. Erst erzählt er etwas über die hohen Kosten der Reiseversicherungen für Leute über fünfundsechzig, dann gesteht er mir das Unvorstellbare: Monique hat ihre Beziehung beendet.

»Willst du mich auf den Arm nehmen?«

»Nein, das ist so.«

»Na hör mal! Das ist euer erster Streit. Ihr müsst euch erst noch aneinander gewöhnen. Sie wird dich wieder anrufen.«

Ich bin mir bewusst, dass ich diese Aufmunterungen eher an mich selbst als an meinen Vater richte. Die Neonlichter der Autohändler auf dem Boulevard Armand-Frappier blenden mich.

»O nein! Sie wird mich nicht mehr anrufen.«

»Aber was hast du denn gemacht?«

»Nichts. Ich habe gelebt, das habe ich gemacht.«

Diese kryptischen Worte lassen mich das Schlimmste befürchten: Hat Monique von der Geschichte mit Cynthia, Estelles Tochter, erfahren? Das würde den Anruf bei Penture erklären. Obwohl ich schon befürchtet habe, dass es so kommen könnte, bin ich jetzt trotzdem überrascht, denn wie hat Monique davon erfahren? Mein Vater und sie haben sich auf einem Dating-Portal für Rentner kennengelernt. Sie haben keinerlei gemeinsame Freunde. Sollte ihre Trennung ernst gemeint sein, hätte auch ich allen Grund zur Panik. Ich trommle mit den Fingerspitzen auf mein Lenkrad.

»Hat sie erfahren, dass du Fotos von deinem Pimmel an Estelles Tochter geschickt hast? Ist es das? Ich kenne die ganze Geschichte, Papa.«

Ich höre den nassen Atem meines Vaters in den Lautsprechern des Autos.

»Ich habe immer gewusst, dass Estelle es dir erzählt hat. Sie hat es einmal in einer ihrer Mails erwähnt. Danke, dass du die ganze Zeit nichts dazu gesagt hast.«

»Du brauchst dich nicht zu bedanken. Ich fand es widerlich, deshalb habe ich nicht darüber geredet. Monique hat es erfahren, nicht wahr?«

Mein Vater lässt ein Grummeln hören, das wie eine Bestätigung klingt.

»Du hast es ihr erzählt? Als eine Art Geständnis?«

»Ja bist du denn verrückt! Das war eine von Moniques Freundinnen gewesen, mit der Estelle beim Automobilclub gearbeitet hat, die hat ihr alles erzählt.«

Die Welt ist klein.

Das Gespräch hat mich so durcheinandergebracht, dass ich mein Auto vor dem Haus meines Nachbarn geparkt habe. Ich lege den Rückwärtsgang ein und bleibe auf der Straße stehen, denn Karines Auto nimmt in der Doppelreihe vor meinem Haus gleich zwei Plätze auf einmal ein. Selbst nach all den vielen Jahren hat meine Ex immer noch nicht kapiert, wie man sein Auto richtig einparkt.

»Ich bin müde, Junge. Ich leg mich wieder hin, okay?«

Ein »Gute Nacht« schlüpft mir noch heraus, und mein Daumen drückt auf den Knopf, um das Gespräch zu beenden.

Donnerstag, 19. Januar

Auf dem verschneiten Weg des Rang des Vingt-Cinq ist soeben die Sonne aufgegangen. Ich habe die Schuhe mit den Spikes angezogen, starre auf den Horizont vor mir und versuche, ganz leer zu werden, ich laufe, halte den Rhythmus, Coldplay voll aufgedreht in den Kopfhörern. Da die Familienbande, die meine Verbindung zu Magalie herstellten, nun zerstört sind, weiß ich nicht, welches Ereignis dazu beitragen könnte, dass unsere Wege sich wieder kreuzen. Dass ich bei Penture vorbeischaue, um meine Küchenrückwand mit ihr durchzusprechen, kommt auf keinen Fall in Frage. Sie hat mir ja schon mitgeteilt, welche Gefühle sie für mich hegt: Ich werde mich nicht in einen Blutegel verwandeln. Mein Mund spuckt Wolken aus, Eiszapfen hängen vom Rand meiner Nasenflügel. In der Ferne sehe ich einen weißbärtigen Mann, der mit seinem Labrador, der in den Schnee einbricht und kämpfen muss, um an der Oberfläche zu bleiben, die Ebene in Schneeschuhen überquert. Einsamkeit und, mit ein wenig Glück, vielleicht ein Hund, das ist es, was wahrscheinlich auch mich erwartet, sobald ich ein gewisses Alter erreicht habe.

Ich laufe und laufe, verlangsame aber den Schritt, als ich am Ende meiner Straße wende und dort den Kia Picanto von

Nancy Longpré stehen sehe, der in zweiter Reihe vor meinem Haus parkt. Ich hatte nie das Bedürfnis, den Abend, den wir im November im Madame Bovary verbracht haben, zu wiederholen, und nach einer Weile muss sie kapiert haben, dass sie mich nicht interessiert, denn ihre Textnachrichten wurden weniger, bis sie kurz vor Weihnachten endgültig ausblieben. Was also macht sie hier? Sie sitzt am Steuer ihres Autos und tippt mit einer Hand auf ihrem Smartphone herum, während sie mit der anderen ihren Pferdeschwanz streichelt. Ich ziehe mir die Ohrstöpsel aus den Ohren und gehe auf ihren Wagen zu. Sie sieht mich und lässt das Fenster herunter.

»Wie geht's?«, frage ich sie.

»Geht so. Ich habe gerade auf Twitter gelesen, dass sie Annabelle Juneau tot aufgefunden haben, in einer Anglerhütte hinter Mont-Laurier.«

Sie hält mir ihr Smartphone hin, damit ich den Tweet der Provinzpolizei von Québec lesen kann.

»Arme Frau«, sagt sie noch. »Verflucht aber auch. Weiß man, wer der Verrückte ist, der das getan hat? Hast du Insiderinformationen?«

»Bist du deshalb hier?«

Nancy nimmt ihr Telefon wieder an sich und runzelt die Brauen. Ich glaube, es ist das erste Mal, dass ich sie ungeschminkt sehe, und ich verstehe nun, warum sie ihr Make-up immer so dick aufträgt: Ein Netz winziger erweiterter Blutgefäße überzieht ihre Wangen.

»Nein, wirklich nicht. Wir sind gekommen, um Julianne zum Schwimmtraining abzuholen. Bist du nicht in der Mailingliste des Schwimmvereins?«

Irgendwie sagt mir das etwas, aber ich zucke mit den Schultern. Nancy ist also nicht so besessen von mir, dass sie irgendeinen Vorwand erfinden würde, um mich an einem Wochentag frühmorgens auszuspionieren. Umso besser. Das hätte mir in meinem Leben gerade noch gefehlt, eine Durchgeknallte zur Vernunft bringen zu müssen. Ich blicke zum Haus hinüber und sehe den Kopf ihres Sohnes Benjamin am Fenster bei der Eingangstür.

»Dann dürfte Julianne ja gleich kommen.«

Ich schenke ihr ein laues Lächeln und ziehe ein Taschentuch aus meiner Tasche, um mir die Nase zu putzen.

»Du hättest mir wenigstens sagen können, dass du dich nicht für mich interessierst, weil du wieder zu deiner Ex zurückgehst.«

»Ich geh nicht zu meiner Ex zurück.«

»Was macht dann ihr Wagen in deiner Garageneinfahrt, hä?«

»Ich tue ihr einen Gefallen.«

»Und das soll ich dir glauben!«, spottet sie.

Die Tür knallt, und Benjamin überquert den vor dem Haus vom Schnee freigeschaufelten Weg und stapft in offenen Sorel-Stiefeln und mit über die Ohren gezogener Kapuze zum Auto.

»Julianne kommt nicht mit zum Schwimmen«, sagt er und zuckt mit dem Schultern, bevor er wieder ins Auto klettert.

Ich beuge mich vor, um mit ihm zu sprechen.

»Wieso denn nicht?«

»Keine Ahnung. Sie liegt noch im Bett.«

Nancy rollt mit den Augen und seufzt.

»Ihr gebt uns Bescheid, ob sie morgen kommt. So eine Fahrgemeinschaft ist eine schöne Sache, aber wir müssen einen ziemlichen Umweg fahren.«

Dann lässt sie wieder die Scheibe hoch, und der Wagen braust davon.

Im Wohnzimmer liegt Karine rücklings auf dem Boden, die Knie in einem Neunzig-Grad-Winkel über den Hüften angewinkelt, und macht ihre Sit-ups, indem sie am iPad den Anweisungen einer Blondine folgt, die am Meeresstrand ihre Übungen absolviert. »Only five of those left, guys, com'on, hang in there …«

Karine kommt völlig außer Puste, als sie dem Tempo zu folgen versucht.

»Ist Julianne krank?«

»Hmmf, hmmf, hmmf …«

»Warum geht sie nicht zum Schwimmen?«

Karine geht in den Schneidersitz und stellt verärgert das Video auf Pause.

»Störe ich dich etwa beim Joggen?«

Sie steht auf, geht dicht an mir vorbei mit der Bemerkung, ich solle meine Schuhe ausziehen, sonst würde ich mit den Spikes noch das Parkett ruinieren, dann verschwindet sie Richtung Küche. Karine schenkt sich eine Tasse Kaffee ein, fragt mich, ob ich auch einen möchte, und beim Eingießen der dampfenden Flüssigkeit teilt sie mir mit, Julianne wolle nicht mehr in den Schwimmverein gehen.

»Warum das denn?«

»Weil … Sie hat mir gestern Abend gesagt, neben den Hausaufgaben und dem Lernen werde ihr das zu viel. Außerdem glaube ich, sie hat unterschätzt, was es bedeutet, dreimal die Woche morgens um halb sechs aufzustehen. Sie sagt, das wäre nichts für sie.«

»Und du hast ihr dann gesagt, das sei schon in Ordnung so?«

»Was sollen wir denn machen? Du warst ja von dem Projekt selbst nicht begeistert.«

»Aber jetzt hat sie damit angefangen, und da soll sie auch dranbleiben! Glaubst du etwa, so kannst du ihr beibringen, dass man im Leben auch mal durchhalten, dass man sich anstrengen und seine Ziele konsequent verfolgen muss?«

»Schrei nicht so, sie schläft. Und man kann sie ja auch nicht zwingen hinzugehen, wenn sie es nicht will. Ich werde eine Mail an den Club schicken. Die zahlen uns bestimmt einen Teil der Einschreibungskosten zurück.«

Karine öffnet den French-Door-Kühlschrank und steckt den Kopf hinein. Sie trägt eine eng anliegende Yoga-Trainingshose, und ich bemerkte, dass ihre Oberschenkel und ihr Hintern breiter geworden sind, wie es bei Frauen Anfang vierzig gerne mal vorkommt. Ich sehe sie in dem Teil herumkramen, das mich ein Vermögen gekostet hat, weil ich nicht wollte, dass Magalie denkt, ich würde mich lumpen lassen. Ich wollte damals jeden ihrer Ratschläge befolgen und sie überzeugen, dass ich ein Mann mit Geschmack bin. Ich lasse meinen Blick durch die Küche schweifen: das edle Weiß der Staufächer und der Schranktüren, die Haushaltsgeräte aus Edelstahl, die Arbeitsplatten und die Kochinsel aus Quarz, der Naturstein des Bodens mit Fußbodenheizung, auf dem Karine sich diskret den kleinen Zeh kratzt. Mehr als dreißigtausend Dollar, so viel hat mich diese Charmeoffensive gekostet. Was habe ich dafür bekommen? Einen unvollendeten Geschlechtsakt und drei Wochen später noch einen schonungslosen Korb. Sicherlich, ich könnte mich damit trösten, dass dieser Kauf auch der Beweis ist, dass ich ein guter Vater bin, denn immerhin habe ich mich dadurch indirekt einverstanden erklärt, die nächsten fünf Jahre meines Lebens in

Sainte-Julie zu verbringen, um Julianne bei ihrem sportlichen Ehrgeiz zu unterstützen. Aber ein wirklicher Trost ist das auch nicht. Stellen Sie sich vor, werte Herren, Sie müssten sich für grob gerechnet die Hälfte ihres Jahreseinkommens nach Steuern von einer Frau eine Abfuhr erteilen und von ihrer Tochter an der Nase herumführen lassen. Im Gegenzug erhalten Sie eine neue Küche, die Ihnen im Grunde scheißegal ist. Ein toller Deal.

Karine macht den Kühlschrank wieder zu, schraubt den Deckel der Milchpackung auf, hält sie sich an die Nase und schnüffelt daran.

»Hm … ich glaube, die ist gekippt«, erklärt sie, schnappt sich die Kreide aus der Schublade und malt in Großbuchstaben M-I-L-C-H auf die mit Tafelfarbe gestrichene Säule.

»So geht das nicht!«

Karine schreckt zusammen.

»Das ist nur eine Erinnerungshilfe.«

Zwei Stufen auf einmal nehmend stürme ich die Treppe hinauf – ich habe das Gefühl zu fliegen und renne durch den Flur in Juliannes Zimmer.

»Aufgestanden!«, brülle ich und schalte das Deckenlicht an. »Aufgestanden, Julianne, du bist schon spät dran!«

Ich ziehe an der Vorhangschnur. Die Gardinenstange löst sich aus der Halterung und fällt mitsamt Volant zu Boden. Meine Tochter stöhnt und vergräbt den Kopf unterm Kissen, aber ein Stück ihrer braunen Mähne bleibt sichtbar.

»Hau ab, Papa!«

»Steh auf, Julianne! Du gehst ins Schwimmbad!«

»Neeein!«

»Und wenn ich es dir sage, du wirst da hingehen.«

»Ich will aber nicht!«

Ich ziehe an ihrer Bettdecke, aber Julianne hält das andere Ende umklammert und zieht.

»Guillaume! Lass sie in Ruhe!«, schreit Karine, die im Türrahmen steht. »Lass sie los!«

Ich ziehe weiter an der Decke.

»Steh auf! Ich fahr dich hin.«

»Nein!«

»Du bist ja krank, Guillaume, lass sie in Ruhe!«

»Steh auf, zum Kuckuck, sonst passiert was.«

»Dann nimmst du deine tausend Piepen wieder zurück, oder was?«

Meine Tochter lässt die Decke los, und ich finde mich auf dem Boden wieder, im Rücken ein Bein ihres Schreibtischs, auf den Schenkeln einen Haufen Stoff. Julianne weint, ihr Gesicht ist scharlachrot. Karine wirft sich auf sie und nimmt sie in die Arme. Eng umschlungen drehen meine Ex und meine Tochter den Kopf in meine Richtung und werfen mir als Duo einen vorwurfsvollen Blick zu.

»Welche tausend Piepen?«, fragt Karine.

Julianne schluchzt wieder umso lauter. Ich stehe auf, lasse alles, Decke, Gardinenstange und Volant, auf dem Boden liegen und stürme die Treppe hinunter.

»Welche tausend Piepen?«, schreit Karine immer noch.

Aber ich höre schon nicht mehr hin. Wie eine Bombe schieße ich durchs Erdgeschoss und lande draußen. Ich bin schweißgebadet, die Kälte beißt mich in jeden Körperteil. Ein paar Vögel begrüßen singend den Tag. Ich laufe los, einen Fuß vor den andern setzend, ohne zu wissen wohin, ohne Plan.

Penture Küchen / Bissfreuden inc.
7877, Boulevard Saint-Laurent
Montréal (Québec) H2R 1X1

Zur sofortigen Publikation

montréal, 15. Februar – Penture Küchen sowie Bissfreuden inc. *möchten dem tiefsten Bedauern Ausdruck verleihen, auf eine Nachricht, die am 16. August im Kommentarbereich der Website* Bissfreuden *hinterlassen wurde, nicht reagiert zu haben. Diese Nachricht wurde wenige Stunden nach ihrer Veröffentlichung aufgrund des unangemessenen Sprachgebrauchs wieder gelöscht. Allerdings hätte der beunruhigende Inhalt den Administrator der Website veranlassen müssen, die Behörden einzuschalten und ihnen den Kommentar zu schicken, um den Verfasser zu ermitteln und die notwendige Betreuung und Unterstützung zu veranlassen. Dies wurde unterlassen, was Penture Küchen und* Bissfreuden inc. *zutiefst bedauern. Diese Gedankenlosigkeit und die fehlende Umsicht sind kein Spiegel unserer Werte und Prinzipien, und die Person, die sich für diesen Fehler zu verantworten hat, musste unser Unternehmen verlassen und ist mit diesem nicht länger in irgendeiner Form verbunden.*

Isabelle Borduas, die Gründerin von Bissfreuden inc., *möchte Ihnen persönlich ihr aufrichtiges Bedauern über diese Situation zum Ausdruck bringen.* Bissfreuden *hat es sich nicht zur Mission gemacht, Frauen einem entfremdenden Perfektionsmodell zu unterwerfen. Isabelle, selbst Unternehmerin und demnächst Mutter eines zweiten Kindes, muss sich täglich den zahllosen Herausforderungen und Schwierigkeiten stellen, welche eine Mutterschaft in der heutigen modernen Welt für Frauen darstellt. Mit ihren Rezepten wollte sie allen Männern und Frauen zu Wohlergehen und Gesundheit verhelfen, das war das einzige Prinzip, das sie von Anfang an verfolgt hat, und sie ist zutiefst erschüttert, dass einige das anders interpretieren konnten.*

Penture Küchen und Bissfreuden inc. *spenden eine Summe von zehntausend kanadischen Dollar an eine gemeinnützige Einrichtung, die Frauen mit psychischen Problemen ein breites Angebot an Unterstützung bietet.*

Quelle: Romane Trépanier
PR-Managerin
438 207-8294
romane@sousladent.com

9

Magalie

Samstag, 4. März

Soeben ertönt die Lautsprecherdurchsage: Unser Abflug nach Miami verzögert sich. Die Reisenden im Wartesaal des Flughafens Montréal-Trudeau werden unruhig. Es sind viele, die seit über einer Stunde auf den Bänken vor der Gangway sitzen und warten, denn die Schulferien haben gerade begonnen. Einige Kinder weinen, andere rennen zwischen den auf dem Boden verstreuten Gepäckstücken umher, wieder andere klettern auf den Klettermodulen unter dem Glasdach herum und lassen sich auf die Matratzen herunterfallen. Den Rücken an ihre Rucksäcke gelehnt sitzen die Jugendlichen mit vornübergebeugten Schultern auf dem Boden, kleben mit der Nase am Bildschirm ihres Smartphones und verfolgen einen Chat oder ein Videospiel. Die Erwachsenen nippen an Kaffeebechern.

Inmitten dieser Menschenmenge sitzt Charlotte und knabbert, den Kopf an meine Schulter gelehnt, an einem Haferkeks, den ich ihr vor über einer halben Stunde gegeben habe, und meine Mutter, die sehr aufrecht neben mir sitzt, die Haare zum Knoten gedreht, füllt die Felder ihres x-ten Sudoku-Rätsels aus. Sie konnte die gemietete Wohnung in Florida nur zum Teil kostenfrei stornieren, deshalb sitzen wir hier. In dieser aufgeladenen Flughafenatmosphäre mit den großen Neonanzeigen, auf denen die bevorstehenden Abflüge aufgelistet sind, wirkt meine Mutter unerschütterlich. Aber ich weiß, dass es ihr nicht gut geht. Sollte ich einen positiven Effekt meiner Trennung benennen müssen, dann den, dass sie mir gestattet hat, mich meiner Mutter wieder anzunähern. Da ich notgedrungen mehrere Tage die Woche bei ihr wohnen musste, konnte ich mit ansehen, wie schwer es ihr fiel, über die Trennung von André hinwegzukommen. Es war, als hätte jemand bei meiner Mutter ein Licht ausgeknipst. Selbst ein Besuch von Charlotte konnte ihr nicht mehr die geringste Fröhlichkeit in die Augen zaubern. Sie sang ihr keine Lieder mit Abzählreimen mehr vor, und allein die Vorstellung, ihre berühmten Vanillemilch-Eiscremeriegel zubereiten zu müssen, die Charlotte so liebt, regte sie auf: »Eiscremeriegel gibt es im Sommer, Charlotte. Jetzt ist Winter«, hielt sie ihr entgegen, ohne sich zu bemühen und ihr eine Alternative vorzuschlagen.

Eines Abends rief ich dann Mireille an, die Freundin meiner Eltern, der ich vor ein paar Monaten im Bouillon Bilk begegnet war, um etwas mehr über die Vergangenheit von André herauszufinden, denn zu dem Thema hatte meine Mutter bisher nicht viel verraten. »Hat er dir schon Fotos von seinem Penis geschickt?« Diese absurde Frage hatte meine Mutter mir voller Panik an jenem Morgen gestellt, an dem Guillaume mich erneut bei Penture besucht hatte. Während Guillaume mich beobachtete, wodurch ich mich noch unwohler fühlte – ich hatte Angst, er könnte verstehen, was sie sagte –, brach es aus meiner Mutter heraus: »Das hat er mit der Tochter seiner letzten Freundin gemacht … die Frau ist noch jünger als du, wie es scheint … Ich finde das widerlich … ich war gestern Abend mit Mireille essen. Die Frau, der das passiert ist, hat mit ihr beim Automobilclub von Québec gearbeitet. Als ich ihr von André erzählt habe, hat Mireille gleich ihre Schlüsse gezogen, denn es kann ja unmöglich zwei André Hamelins geben, beide ehemalige Ingenieure des CN … Sie hat mir alles erzählt.«

Mireille bestätigte mir am Telefon, was meine Mutter erzählt hatte, und fügte noch einige Details hinzu. Zum Beispiel, dass die Beziehung, die André mit der Tochter seiner ehemaligen Partnerin hatte, auf beiderseitigem Einverständnis beruhte und sogar ursprünglich von ihr ausgegangen war.

Egal. Ich verstehe, dass Andrés Verhalten für meine Mutter einen Trennungsgrund darstellt, selbst wenn es sie gar nicht betrifft und in die Zeit vor ihrer Begegnung fällt. Dieses Verhalten ist Ausdruck dafür, dass dieser Mann ein bisschen verquer im Kopf ist und eine Neigung dazu hat, zweigleisig zu fahren – meine Mutter misstraut ihm zu Recht, wie ich finde.

»Wenn ich nur daran denke, dass ich um ein Haar den Rest meines Lebens mit einem Perversen verbracht hätte!«, sagte sie immer wieder.

Auch wenn die Trennung von André von meiner Mutter ausging, hat sie die ganze Sache doch ziemlich erschüttert. Letzte Woche wurde mir klar, dass ihr Zustand sich nicht so schnell ändern würde – sie aß fast nichts mehr und verbrachte ihre Tage im Morgenmantel. Aus diesem Grund vereinbarte ich für sie einen Termin bei Frau Dr. Bédard. Da ich nicht mehr bei Penture arbeite, habe ich viel Freizeit: Abgesehen von den drei oder vier Abenden in der Woche, an denen ich in die Rue Saint-Vallier zurückkehre, um mich um Charlotte zu kümmern, sowie den wenigen Treffen, die ich hier und da mit potentiellen Arbeitgebern habe, stehen nur wenige Termine in meinem Kalender.

»Monique Bouvrette Breton, Behandlungszimmer Nr. 6.«

Als Frau Dr. Bédard den Namen meiner Mutter über die Sprechanlage ausrief, sprang ich auf, um sie ins Behandlungszimmer zu begleiten. Aber meine Mutter hielt mich am Arm zurück.

»Ich möchte lieber allein gehen.«

Also setzte ich mich wieder auf den unbequemen Stuhl und sah sie im Flur um die Ecke verschwinden. Ich habe keinen blassen Schimmer, was sie während der fast vierzig Minuten dauernden Behandlung der Ärztin alles erzählt hat. Hat ihre Niedergeschlagenheit womöglich gar nichts mit André zu tun, sondern vielmehr mit der Trauer um meinen Vater? Letztlich ist es doch so: Wäre er nicht gestorben, hätte meine Mutter sich nie auf einen anderen Mann eingelassen und somit auch niemals diesen harten Schlag hinnehmen müssen, der sie hierhergeführt hat. Hat sie Schuldgefühle, weil sie geglaubt hat, sich wieder auf eine neue Beziehung einlassen zu können? Glaubt sie, sein Andenken und ihre sechsunddreißig gemeinsamen Jahre beschmutzt zu haben? Ich wartete auf ihre Rückkehr und sagte mir, dass meine Mutter im Grunde eine sehr verschlossene Frau ist, und wenn man es recht überlegte, waren wir das vielleicht alle. War das nicht auch der Schluss, den man aus dem Fall Annabelle Juneau ziehen konnte, dessen Aufklärung ganz Québec erschüttert hat, mich umso mehr, wenn auch aus anderen Gründen? Ich erkannte hinter dem Fenster des Anmeldeschalters unter den Arzthelferinnen, die entweder Akten wälzten oder am Mikrofon ihres Kopfhörers herumfummelten, die junge Frau mit den Locken wieder, die bei meinem letzten Besuch in der Klinik auf ihrem Smartphone herumgetippt hatte. Einen Moment lang fühlte ich mich in den letzten August zurückversetzt, in diesen aseptischen Raum, während ich auf meinen Termin bei Frau Dr. Bédard wartete. Wer war hier mehr zu bedauern, fragte ich mich: die Magalie von damals oder die Magalie von heute? Ich wusste es nicht. Und das obwohl ich wenige Tage zuvor erfahren hatte, dass Mathieu während unseres gemeinsamen Lebens nicht nur mit Sophie Hyndman, sondern mit mindestens noch einer weiteren Frau eine Affäre gehabt hatte. Und zwar mit einer gewissen Camille, der Tochter eines ehemaligen Kandidaten für das Bürgermeisteramt von Montréal. Hélène und Bruno, unsere gemeinsamen Freunde, bei denen Mathieu und ich uns kennengelernt hatten, erzählten mir das an einem Abend, an dem sie mich, nachdem sie von unserer Trennung erfahren hatten, zum Abendessen einluden. »Charlotte war nicht einmal ein Jahr alt«, erklärten sie mir. »Wir haben lange überlegt, ob wir uns einmischen sollen.«

»Haben wir Wasser dabei?«, fragt mich meine Mutter und hebt die Augen von ihrem Sudoku-Rätsel. Ich hole eine Flasche Evian, die ich nach dem Sicherheitscheck gekauft habe, aus meiner Tasche und reiche sie meiner Mutter. Charlotte nutzt die Gelegenheit, um ihre Hand in meine Tasche zu stecken und so lange darin herumzuwühlen, bis das spöttische Gesicht von Baboune zwischen einem Fläschchen Purel und einer Tüte mit Nüssen auftaucht. Meine Tochter drückt ihr Kuscheltier an die Brust und tut so, als würde sie es mit ihrem Haferkeks füttern, der mittlerweile ziemlich breiig aussieht.

»Zeit für meinen Bonbon«, sagt meine Mutter.

Selbstverständlich hat Frau Dr. Bédard ihr Antidepressiva verschrieben. Was hätte sie mit einer Frau in diesem fast schon lethargischen, völlig antriebslosen Zustand auch anderes tun sollen? Mit einem Schluck Wasser nimmt meine Mutter eine Tablette. Als sie mir die Flasche zurückgibt, verdreht sie die Augen zur Decke, als glaube sie nicht eine Sekunde an den Nutzen dieser Behandlung, dann greift sie wieder zu ihrem Sudoku-Heft.

Charlotte beginnt herumzuzappeln und ins Leere zu treten. Ich stehe auf, strecke mich ein wenig und schlage vor, sie zur Spielecke zu begleiten.

Hätte Annabelle Juneau Antidepressiva nehmen sollen? In den ersten Reportagen über ihr Verschwinden wurde sie als fröhliche Frau beschrieben, mit einem erfüllten Leben ohne irgendwelche Leichen im Keller, als hingebungsvolle Mutter, blablabla, die immer für ihre Liebsten da war und pünktlich bei der Arbeit erschien, wo sie sich stets gut gelaunt zeigte. Dieses Portrait, das den Aussagen der Menschen ihres persönlichen Umfelds folgte, den Schilderungen von engen Vertrauten sowie ehemaligen oder aktuellen Bekannten, ist womöglich der Grund, warum die Polizei bei ihren Ermittlungen in dem Vermisstenfall so lange von einem Verbrechen ausging.

Doch nachdem vor anderthalb Monaten Annabelle Juneaus Leiche entdeckt worden war, fanden die Ermittler heraus, dass sie sich geirrt hatten. Wir erfuhren nach und nach aus der Presse davon. Soweit ich den Ablauf der Ereignisse verstanden habe, waren die Ermittler nach dem Tod von Francis Letendre an dessen Computermaterial gelangt und hatten auf diese Weise seinen Mailaustausch mit einer gewissen June Ana entdeckt. Schon nach kurzen Nachforschungen konnten sie mit Sicherheit sagen, dass es sich dabei um ein Pseudonym von Annabelle Juneau handelte, welches sie sich bei der Eröffnung eines Mailkontos bei einem neuen Provider – das selbstverständlich nicht das Konto war, auf das sie zu Hause oder auf der Arbeit zugriff – ausgedacht hatte. Unter diesem Pseudonym hatte Annabelle Juneau ihre Flucht geplant, Websites wie Kijiji oder LesPAC durchforstet, um genau das zu finden, wonach sie suchte: ein isoliertes Haus und ein Auto, mit dem sie hinfahren konnte. Um keine Spuren ihrer Recherchen zu hinterlassen, führte sie diese auf öffentlichen Computern in Internetcafés durch. Alles deutet darauf hin, dass ihr Projekt lange Zeit nur eine Art Hirngespinst war. Vor einigen Tagen wurde in einem Zeitungsartikel darüber berichtet, dass ein Dutzend Mitglieder kleinerer Anzeigenportale innerhalb der letzten drei Jahre von einer gewissen June Ana angeschrieben worden waren, die sich sehr interessiert gezeigt hatte, deren Auto zu kaufen oder deren Haus anzumieten, von der sie anschließend aber nie wieder etwas gehört hatten.

Die Idee abzuhauen spukte Annabelle Juneau also schon lange im Kopf herum, als sie am Montag, den 15. August, ein erstes Mal ins Carrefour Laval ging, um ihren Kindern für den bevorstehenden Schulanfang Kleider zu kaufen. Anhand der Rechnungen, die in den Einkaufstüten gefunden wurden, die am 21. August, dem Tag ihres Verschwindens, in dem verlassenen Auto zurückgelassen wurden, konnte nachverfolgt werden, dass Annabelle Juneau dieses Einkaufscenter innerhalb weniger Tage zweimal besucht hatte. Aus einer der Rechnungen wurde erkenntlich, dass Annabelle Juneau, weniger als eine Stunde bevor sie sich in Luft auflöste, in dem GAP-Laden die Kinderhose, die sie am Montag davor dort gekauft hatte, umgetauscht hatte. Da am Sonntag ihres Verschwindens die Überwachungskameras des Carrefour Laval nicht funktioniert hatten, hatte die Polizei nach Eröffnung der Ermittlung auch ein Auge auf die Videoaufnahmen des vorangegangenen Montags geworfen, auf denen man Annabelle Juneau die Hose kaufen sah, die sie sechs Tage später umtauschen sollte. Da ihnen jedoch auf diesen Videobändern nichts Ungewöhnliches aufgefallen war, hatten die Polizisten sie wieder ad acta gelegt. Doch als die Hypothese aufkam, Annabelle Juneau habe ihr Verschwinden eigenhändig geplant und durchgeführt, wurden die Aufnahmen erneut gesichtet und bei der Gelegenheit festgestellt, dass Annabelle Juneau damals, bei ihrem ersten Besuch von Carrefour Laval, in der Kundenschlange vor der Kasse des GAP-Geschäfts hinter zwei jungen Müttern stand, Verwaltungsangestellten der Handelskette, die gerade ihre Mittagspause nutzen, um selbst für den bevorstehenden Schulanfang einzukaufen. In der polizeilichen Befragung bestätigten die beiden Frauen, dass sie sich an jenem Montag, wenige Schritte von Annabelle Juneau entfernt, über die Abschaltung der Überwachungskameras des Einkaufszentrums unterhalten hatten, die für den nächsten Sonntag geplant war. Auf diese Weise hatte Annabelle Juneau erfahren, dass wenige Tage später im Carrefour Laval kein Bild von ihr gespeichert werden könnte.

Nach dieser Information hatte Annabelle Juneau sich noch am gleichen Abend ans Werk gemacht, unter dem Pseudonym June Ana die Webseiten von Kijiji und LesPAC zu durchforsten. Sie musste diesen Ausfall der Überwachungskameras ausnutzen; sie sagte sich wahrscheinlich – und sollte damit recht behalten –, mitten in einem überfüllten Einkaufszentrum zu verschwinden, in das sie mit einem bestimmten Ziel gefahren war, wäre bestimmt das beste Mittel, keinerlei Verdacht auf sich zu lenken. Die ungeheizte Bretterbude in der Nähe der Laurier-Brücke zu finden, in der man sie mehrere Wochen später erhängt auffinden sollte, war nicht allzu kompliziert: Annabelle hatte dreihundert kanadische Dollar an einen Mann aus Ontario überwiesen, der sich im Sommer gelegentlich zum Angeln dort aufhielt und der ihr, nachdem er sein Geld erhalten hatte, sagte, wo der Schlüssel versteckt war und dass sie sich vor den Schwarzbären in Acht nehmen sollte. Er hatte keine weiteren Fragen gestellt. War ihre Verzweiflung schuld an ihrer Naivität? An ein Auto heranzukommen hatte sich weitaus komplizierter gestaltet. Wie es ihrem Mailverkehr zu entnehmen war, wollte June Ana ein Auto mieten, ohne dem Besitzer irgendeine Auskunft über ihre Personendaten liefern zu müssen – etwa die Führerscheinnummer oder die Kreditkartennummer. Sie war bereit, sich das etwas kosten zu lassen, aber unter diesen Bedingungen war es nicht verwunderlich, dass sie an einen zwielichtigen Typen geriet. Vom Smartphone einer Jugendlichen war diese Begegnung festgehalten worden und hatte den Eindruck erweckt, Annabelle sei bei ihrer Einkaufstour von dem Mann belästigt worden – tatsächlich hatte er ihr aber gesagt, er könne nicht garantieren, dass das Auto, das sie auf dem Parkplatz des Carrefour Laval finden würde, nicht gestohlen war –, womit er ihr zu verstehen gab, dass es das sehr wohl war. Die Polizisten der Provinzpolizei von Québec fanden übrigens genau diesen Nissan Sentra wenige Tage später auf dem Parkplatz eines Campingplatzes an der Route 117, ohne zu ahnen, dass Annabelle Juneau, von der jetzt alle Medien der Provinz sprachen, es dort hatte stehen lassen. Man nimmt an, dass die kriminellen Aktivitäten von Francis Letendre der Grund waren, warum er nicht auf der Stelle noch im August zu den Ermittlern gegangen war, um ihnen mitzuteilen, dass Annabelle Juneau keineswegs im Carrefour Laval entführt worden war, sondern diesen Ort höchst freiwillig und auf minutiöse Weise geplant an Bord des gestohlenen Autos, das er ihr besorgt hatte, verlassen hatte. Wahrscheinlich hatte Francis Letendre bei der Befragung, die seiner Verhaftung folgte, auch deshalb nichts verraten, weil die Anführer der kriminellen Vereinigung, der er angehörte, ihm gegenüber handfeste Drohungen geäußert hatten. Hatte dieses so schwer zu tragende Geheimnis schließlich zu dem tödlichen Herzinfarkt geführt, dem der Kleinkriminelle zum Opfer gefallen war? Egal, denn in dieser Geschichte spielt er keine große Rolle mehr. Was die öffentliche Meinung weitaus mehr interessiert, ist das Schicksal von Annabelle Juneau, was mir die Zeitschriftencover, die ich gerade gesehen habe, als ich mir im Wartebereich des Flughafens am Kiosk eine Flasche Wasser besorgen wollte, noch einmal bestätigt haben.

Seit etlichen Wochen überkommt mich, sobald ich irgendwo den Namen Annabelle Juneau lese oder höre, eine Art Schwindel. Dass diese Lokalnachricht so direkte und explosive Auswirkungen auf mein Leben haben würde, erscheint mir manchmal immer noch wie ein Irrtum oder ein böser Traum – aber habe ich dieses Gefühl nicht schon seit geraumer Zeit bei allem, was ich erlebe?

»Fang mich, Mama, fang mich!«, schreit Charlotte, die die Leiter der Rutsche hochgeklettert ist.

Ich beuge mich vor und breite die Arme aus, um sie zu ermuntern, loszulassen und zu rutschen.

Warum war Annabelle Juneau so unzufrieden mit ihrem Leben, dass sie ihr Verschwinden und am Ende ihren eigenen Tod plante? Wahrscheinlich wäre die Wahrheit bis heute nicht ans Licht gekommen, hätte sie nicht letzten August, also wenige Tage bevor sie verschwand, auf der Webseite von *Bissfreuden* einen aggressiven Kommentar hinterlassen – eine Art Testament, wie einige meinten –, gezeichnet June Ana, in dem sie Isabelles »zarte und gesunde Brownies« kritisierte, bei denen man Butter durch Seidentofu, Zucker durch Dattelpüree ersetzen soll, und was weiß ich, was sonst noch.

Deine bescheuerten Brownies. Zwei Stunden Schinderei für eine widerwärtige Pappe, dreißig Piepen ab in den Müll, was für ein Scheißspiel, wir sind eine Herde von Idiotinnen, wegen Tanten wie dir geh ich innerlich auf dem Zahnfleisch, du Vorzeigemodell einer perfekten Hausfrau willst uns glauben machen, wir seien unterste Schublade, nur weil wir unseren Kids Dickmanns zu futtern geben, als wäre das Leben nicht auch so schon kompliziert genug, das kotzt mich dermaßen an, ich hau ab und bring mich um, bastle mir eine Schlinge und dann ist endlich Ruhe …

Diese Nachricht, von der ich erfuhr, als ich gerade neben Romane stand, war ganze drei Absätze lang.

»Das ist heftig«, bemerkte ich, als ich mit dem Lesen fertig war, noch immer nicht ahnend, warum meine Kollegin mich in ihr Büro gelockt hatte, um mir diesen Text zu zeigen, den man in Druckbuchstaben auf ein Stück Papier abgeschrieben hatte.

»Weißt du, wer das ist, June Ana?«

Ohne mir Zeit zum Nachdenken zu lassen, verkündete mir Romane, es handle sich dabei um Annabelle Juneau. Es war Donnerstag, der 19. Januar, und ich hatte wenige Minuten zuvor im Radio gehört, ihre Leiche sei in Mont-Laurier gefunden worden. Noch waren der Öffentlichkeit keine Informationen über die Todesumstände bekannt gegeben worden.

Romane ließ mich nicht aus den Augen.

»Willst du mich verarschen?«, stammelte ich.

»Ich hab es auch nicht glauben wollen. Aber was denkst du, warum die Polizisten gestern hier waren? Sie haben mir die Abschrift der Nachricht vorgelegt. Und ein Irrtum ist ausgeschlossen: Ich habe gleich nachgesehen, ich hatte sie noch in meinem Computer, im Ordner mit den gelöschten Kommentaren.«

»Welche Polizisten denn?«

Romane klappte mit einem Nicken energisch den Deckel ihres Laptops zu.

»Na, die Polizei! Hat man dir nicht Bescheid gegeben?«

»Ich weiß nur, dass gestern ein Polizist hier war, der Sohn des Ex-Freunds meiner Mutter, aber dabei ging es bloß um eine Rückwand für seine Küche. Ich bin danach gleich weg gewesen, weil es meiner Mutter nicht besonders gut ging.«

Völlig perplex sah ich Romane an, die sich die Schläfen massierte, dann zog ich mein Handy aus der Tasche, um Olivier anzurufen, damit er mir mehr darüber erzählte. Wahrscheinlich hatte er mich deshalb gestern mehrfach angerufen, aber ich war so damit beschäftigt gewesen, meine Mutter zu trösten, dass ich nicht zurückgerufen hatte, und er hatte keine Nachricht hinterlassen.

»Sein Handy ist ausgeschaltet. Er ist mit Isa beim Arzt, um den Amniozentese-Test zu machen. Sie wollen wahrscheinlich warten, bis sie dich sehen, um es dir dann persönlich zu sagen. Die Medien haben jedenfalls noch nichts darüber gebracht, aber wenn ich es recht verstanden habe, ist das mit Annabelle Juneau kein Mordfall. Und hätte ich ihren Kommentar damals ernst genommen, hätte vielleicht das Schlimmste verhindert werden können.«

Ich konnte es kaum glauben. Seit Monaten war Annabelle Juneau regelmäßig in den Medien. Zu wissen, dass ihr Partner an dem Tag, an dem sie verschwand, in dem Park direkt vor unseren Büros Fußball gespielt hatte, war schon seltsam genug; aber jetzt noch zu erfahren, dass dieser Text auf unseren Servern gelandet war, machte das alles noch absurder.

»War es Selbstmord?«

Romane biss sich fast die Lippen blutig. Auch die Augen waren gerötet, ein Zeichen, dass sie nicht viel geschlafen hatte.

»Wie es aussieht, konnte sie sich nicht einfach wie der Rest der Welt im Bad die Pulsadern aufschneiden! Machst du dir einen Begriff, in was für eine heikle Lage uns das bringt? Der Kommentar, den sie auf unserer Website hinterlassen hat, das nennen die Psychologen einen Hilferuf, aber ich habe nichts gemacht. Ich habe ihn einfach gelöscht, als wäre er das Werk irgendeiner Irren, die uns ärgern will.«

Seit ihrem Geständnis im November hielt ich mich von Romane lieber fern, aber an jenem Morgen war ihre Verstörtheit so greifbar, dass es mich nicht gleichgültig ließ. Ich legte ihr eine Hand auf die Schulter, um sie zu trösten.

»Das ist einfach gesagt, jetzt, wo man weiß, wie es weiterging. Aber du konntest das nicht wissen, Romane. Du hast nichts Böses getan.«

»Vielleicht. Aber wenn diese Geschichte in die Medien kommt, wird Isabelle das Wasser erst einmal bis zum Hals stehen, und das wird ihr gar nicht gefallen, du weißt, wie viel ihr an ihrem Image liegt. Man wird sie als eine Frau wahrnehmen, der das Wohl der anderen völlig schnuppe ist, und noch dazu behauptet ihre Geschäftsmarke ja das Gegenteil. Deshalb hör mir jetzt gut zu: Wir werden ihr sagen, du hättest am 16. August die Nachricht von June Ana aus den Kommentaren gelöscht.«

Ich zog meine Hand von ihrer Schulter zurück, und Romane warf mir einen flehenden Blick zu.

»Okay?«

»Aber ganz und gar nicht. Das war dein Fehler.«

Doch Romane hatte sich schon einen genauen Plan zurechtgelegt: »Wir werden Isa und Oli sagen, dass ich an dem Morgen wegen der Buchpremiere wahnsinnig viel zu tun hatte. Dass du zwischen zwei Händlerterminen in meinem Büro vorbeigekommen bist – du hast immer ein bisschen Zeit totzuschlagen, während du auf Bestätigungen wartest –, und weil ich es eilig hatte, habe ich dich gebeten, die Internetseite zu aktualisieren.«

Ehe ich Zeit hatte, etwas zu entgegnen, hatte Romane schon eine Taste ihres Smartphones gedrückt:

»Warum hast du mit Olivier geschlafen?« Pause. »Ich habe ihn schon lange nicht mehr gesehen.«

Ich erkannte ihre und meine Stimme wieder, und das kurze Gespräch, das wir letzten November geführt hatten.

Ich spürte, wie ich Panik bekam.

»Romane, ich habe mich gerade von meinem Partner getrennt. Ich habe nicht einmal mehr ein Zuhause. Ich wohne die Hälfte der Woche bei meiner Mutter, die ich selber noch aufpäppeln muss, weil sie sich ebenfalls von ihrem Partner getrennt hat. Ich kann meinen Job nicht verlieren. Verstehst du das? Verstehst du? Ich bin alleinerziehend.«

»Du wirst deinen Job nicht verlieren. Du bist Teilhaberin von Penture.«

»Ich habe Minderheitsanteile. Sie können mich auszahlen und dann entlassen, falls sie das möchten.«

»Dann wirst du eben woanders als Designerin arbeiten! Du hast eine Ausbildung. Ich zwar auch, aber sie ist nichts wert. Ich werde auf keinen Fall wieder anfangen, im Internet die Orthografiefehler von Analphabeten zu korrigieren. Mein Beruf ist es jetzt, Isabelles Schatten zu sein. Und ich habe nicht gesagt: in ihrem Schatten zu stehen. Ich bin ihr Schatten. Alles, was ich tue, definiert sich durch sie. Ohne sie bin ich am Ende. Ich bin nichts. Das bedeutet: Entweder du hast die Nachricht von Annabelle Juneau gelöscht, und vielleicht wird Isabelle darüber nicht so verärgert sein, dass sie dich vor die Tür setzt, oder sie erfährt, dass du mit ihrem Mann geschlafen hast, und dann wird sie dir ganz bestimmt die Augen auskratzen wollen. Eigentlich ist die Sache gar nicht so kompliziert: In dem einen Fall hast du Chancen davonzukommen, im anderen nicht.«

Was hätte ich anderes tun können, als auf ihren Vorschlag einzugehen?

»Du verfluchte Idiotin«, sagte ich zu ihr und verließ das Büro. »Olivier wird dich weder in einem Jahr noch in zehn Jahren haben wollen.«

Romane verfolgte mich bis ins Zwischengeschoss und packte mich am Arm: »Du verstehst gar nichts. Olivier schert mich einen Dreck. Isabelle ist es, die ich liebe.«

Wenige Tage später hatten der Polizeidienst von Laval und die Provinzpolizei von Québec verkündet, dass sie den Fall Annabelle Juneau nicht länger als Verbrechen einstufen würden, aufgrund verschiedener Informationen, die ihnen zugespielt wurden und die gegenwärtig den Schluss erlaubten, dass die junge Frau das makabre Szenarium selbst ausgeheckt hatte.

»Diese Frau hatte doch nicht mehr alle Gurken im Glas«, tobte Isabelle unentwegt. »Da wundert es mich nicht, dass sie meine Brownies versaut, wahrscheinlich hat sie vergessen, sie in den Ofen zu schieben!«

Weder sie noch Olivier schienen sich zu wundern, als Romane sie in dem Glauben ließ, ich hätte den Kommentar von June Ana gelöscht. Dabei hatte ich noch nie irgendetwas mit dieser Website zu tun. Isabelle war aber auch viel zu sehr um die Gesundheit ihres Babys besorgt, um sich mit irgendetwas anderem zu beschäftigen. Weil ihr Sohn Mikaël vor den Feiertagen die Windpocken hatte, das heißt gleich zu Beginn ihrer Schwangerschaft, und Isabelle nicht mit Sicherheit sagen konnte, ob das Bläschen, das sie in derselben Zeit auf ihrem Bauch entdeckt hatte, nicht vielleicht auf diesen Virus zurückzuführen war, hatte ihr der Frauenarzt geraten, eine Amniozentese machen zu lassen, um jedes Risiko einer fötalen Missbildung, wie sie sich entwickeln kann, wenn eine schwangere Frau eine Kinderkrankheit bekommt, auszuschließen. Wenn ich in jenen Tagen bei Penture vorbeischaute, befand sich Isabelle ständig in einem emotionalen Ausnahmezustand: Sie hielt sich mit der einen Hand den Bauch und schrieb mit der anderen ihrem Cousin, einem Mediziner, eine Nachricht nach der anderen, um sich zu versichern, dass irgendein kleiner Krampf nichts Ungewöhnliches war; außerdem fragte sie ohne Unterlass bei ihrem Frauenarzt nach, ob das Testergebnis mittlerweile bekannt sei.

Am Mittwoch der kommenden Woche, auf einer Fahrt zum Chalet eines Kunden in Saint-Alphonse-Rodriguez, stellte ich allerdings bei Olivier die Sache richtig: »Nicht ich habe den Kommentar von Annabelle Juneau gelöscht. Das war Romane.«

»Kapier ich nicht.«

»Ich habe dir diesen Herbst gesagt, sie wäre in dich verliebt. Dabei ist es wohl eigentlich Isa, in die sie verliebt ist.«

»Verliebt im Sinne von …«

»Weiß ich nicht. Verliebt im Sinne von: Sie liebt sie.«

Olivier musste an sich halten, um nicht laut loszulachen. »Wow. Shit.«

»Allerdings habe ich dir diesen Herbst nicht gesagt, dass sie über uns beide Bescheid weiß.«

Auf einen Schlag wurde Oliviers Blick hart.

»Was? Woher denn?«

»Keine Ahnung.«

»Sie sollte besser die Klappe halten. Sonst bin ich *dead*.«

»Dass man mir die Schuld am Löschen des Kommentars in die Schuhe schiebt, ist ihre Bedingung dafür, dass sie die Klappe hält. Sie hat alles durchdacht. Denn eines ist sicher: Wenn das in die Öffentlichkeit gerät und man Isabelle vorwirft, auf einen Hilferuf wie diesen nicht reagiert zu haben, dann muss jemand den Sündenbock spielen. Und Romane will diese Rolle nicht.«

Olivier hatte mir geschworen, dass dieses Detail der Geschichte von Annabelle Juneau niemals publik werden würde. Weder Penture noch *Bissfreuden* liefen Gefahr, bei dieser Sache in den Schmutz gezogen zu werden, und niemand würde seine Anstellung verlieren. Wozu also sich Sorgen machen? Die Ermittler der Polizei von Laval – ein Asiate und ein etwa sechzigjähriger Mann – waren zwei Tage zuvor, am 23. Januar, zum zweiten Mal bei uns aufgetaucht und hatten uns versprochen, aus Respekt für die trauernden Angehörigen werde der Kommentar, den Annabelle Juneau unter dem Namen June Ana auf unserer Website hinterlassen hatte, bevor er schließlich gelöscht worden war, niemals in die Hände der Medien gelangen.

Ich musste dabei an eine lange Kette denken, bei der niemand weiß, ob auch alle Glieder fest miteinander verbunden sind: Oliviers Worte beruhigten mich, denn er behauptete, die Worte der Polizisten hätten ihn selbst auch beruhigt. Aber heute sage ich mir, dass das Versprechen der Polizei die Befürchtungen meines Geschäftspartners vielleicht doch nicht vollständig ausräumen konnten. Hatte er nicht, wenige Tage bevor die ersten Journalisten uns anriefen, versucht, das mit dem Team von Urbanisia vereinbarte Treffen vorzuverlegen, um den Zusammenschluss zu beschleunigen? Ich selbst hatte Olivier mehrfach gefragt, wie weit die Verhandlungen waren, weil ich auf das Geld angewiesen war: Schließlich würde ich wohl kaum ewig bei meiner Mutter wohnen bleiben können. Dieses Frühjahr musste ich mir eine Wohnung in Rosemont kaufen, nicht zu weit von Charlottes Schule und der Wohnung in der Rue Saint-Vallier entfernt, in der Mathieu wohnen bleiben wollte. Dazu brauchte ich sämtliche Ersparnisse, aber vor allem den Pauschalbetrag und die Gehaltserhöhung, die mir dieser Zusammenschluss mit Urbanisia als Teilhaberin einbringen würde.

Die Bombe – anders kann man die Wirkung nicht nennen – war am Donnerstag der Folgewoche hochgegangen, in den ersten Februartagen, nachdem eine polizeiliche Nachrichtenquelle besagten Kommentar von June Ana an eine bekannte Journalistin weitergeleitet hatte. Minütlich erschienen neue Analysen des Kommentars von June Ana, und aus allen Richtungen hagelte es Schlagzeilen: »Annabelle Juneau oder das tödliche Streben nach Perfektion«, »*Bissfreuden*: Gehen unsere Darstellungen einer geglückten Mutterschaft zu weit?« oder auch: »Die vergifteten Brownies von *Bissfreuden*«.

Es gab sofort zahlreiche Frauen, die sich mit Annabelle Juneau identifizierten; innerhalb weniger Stunden war sie nicht länger die Durchgeknallte vom Carrefour Laval, die ihr eigenes Verschwinden inszeniert hatte, sondern ein Symbol all der erschöpften Frauen, die Idealen nacheiferten, denen man unmöglich genügen konnte. Auf Twitter erschien der Hashtag #IchbinAnnabelle, in Tausenden von Kommentaren machten die Mütter deutlich, dass sie keinen Bock mehr hatten, weder auf die allergenfreien Lunchboxen, die täglich zubereitet werden mussten, vorzugsweise unter Verwendung wiederverwendbarer weichmacherfreier Behälter, noch auf die zahnärztlichen Empfehlungen, die Zähne unserer Kinder dauerhaft zu versiegeln, selbst wenn sie gesund waren und vielleicht nie kariös werden würden – nur zur Vorsicht, denn ein Unglück sei schnell geschehen. Wenn man all diese Äußerungen las, kam es einem so vor, als kümmerten sich nach wie vor eher die Frauen als die Männer um das Wohlbefinden unserer Kinder. Und weil die Frauen jetzt auch eine Karriere verfolgten oder zumindest berufstätig waren, hatten sie das Gefühl, unter permanentem Druck zu stehen, zu viele Verpflichtungen zu haben, zu viel Verantwortung zu tragen und ständig unmittelbar bevorstehende Katastrophen abwehren zu müssen. In den Hörersendungen meldeten sich die Großmütter zu Wort, deren einzige Aufgabe damals, als ihre Kinder noch klein waren, darin bestanden hatte, eine gute Hausfrau zu sein. Diese Frauen verstanden nicht, wie die Mütter von heute all diese Aufgaben unter einen Hut bringen sollten; sie selbst wären auch zusammengebrochen, wenn sie überall zugleich hätten sein müssen. Innerhalb weniger Tage war der Tod von Annabelle Juneau zum Symbol eines tieferen gesellschaftlichen Ungleichgewichts geworden. Sollten wir wieder hundert Jahre zurückgehen? Oder gar aufhören, uns fortzupflanzen? Niemand kannte die Antwort, es gab immer zahlreichere und immer verzwicktere Lösungsansätze, das Gespräch zog sich in die Länge. Weil ich mich durch diesen Sturm hindurchkämpfen musste, fiel es mir schwer, in der Debatte Stellung zu beziehen. Ich nahm lediglich zur Kenntnis, dass viele Menschen ihr eigenes Leben schwierig und unbefriedigend fanden.

Johanne, die am Empfang von Penture saß, hatte in jener Zeit leuchtend rote Ohrläppchen, weil unablässig das Telefon klingelte. Die Mailbox von Isabelle war am Überlaufen, und die Kommentarfunktion der Website von *Bissfreuden* musste vorübergehend abgeschaltet werden, denn die wütendsten Internetnutzer scheuten sich nicht, Isabelle eine Mörderin zu schimpfen, während die Sanftmütigeren unter ihnen ihr nur die Frage stellten, wie sie bei dem Hilferuf von June Ana gleichgültig hatte bleiben können. Dann ging im Internet eine Fotomontage viral: Isabelles Gesicht wurde mit zwei Teufelshörnern auf den Körper dieser riesigen Pute gesetzt, die neben ihr auf dem Cover von *Châtelaine* zu sehen gewesen war. Ich glaube, es ist dieses Bild, viel mehr als jedes andere Ereignis der letzten Tage, das dazu geführt hat, dass sie in dieser schicksalhaften Eilversammlung, die am folgenden Freitagmorgen in den Büroräumen von Penture abgehalten wurde, völlig außer sich geriet.

»Ich bin der Teufel in einem verflucht fetten Putenkörper, und sie ist eine Märtyrerin, oder was?«, fragte Isabelle. »Ist es das, was die Menschen da draußen über uns denken?«

Mit der einen Hand streichelte sie ihren Bauch und mit der anderen tippte sie auf ihrem Smartphone herum und sprang von einer Website zur nächsten, um herauszufinden, wie groß der Schaden war, den ihr Image durch die ganze Sache genommen hatte. Das Ergebnis des Amniozentese-Tests, der ihr am Tag davor noch die beruhigende Gewissheit beschert hatte, dass ihr Baby sich normal entwickelte, hatte Isabelles alten Unternehmungsgeist zurückgebracht. Ihr wurde bewusst, dass das Schweigen, hinter dem Penture und *Bissfreuden* sich seit Beginn der Krise verschanzt hatte, den Druck, der auf uns allen und vor allem auf ihr selbst lastete, nur verschärfte. Wir mussten reagieren.

»Kannst du Mathieu anrufen und ihn um Rat bitten, was wir machen sollen?«

Mit einem unguten Gefühl im Magen erinnerte ich sie daran, dass wir, Mathieu und ich, kein Paar mehr waren, und Isabelle entschuldigte sich, dass sie das vergessen konnte, und machte ihre Schwangerschaftsdemenz für diese Unachtsamkeit verantwortlich. Während Romane und Olivier das Internet auf der Suche nach einer Anwaltskanzlei durchforsteten, die uns juristisch beraten könnte, fragte ich mich, ob meine Übelkeit von der Trauer kam, Mathieu und meinen familiären Anker verloren zu haben, oder von dem Ärger, den man Isabelles Miene entnehmen konnte, als würde allein schon die Tatsache, dass ich sie nicht mehr schnell mit einem Anwalt in Kontakt bringen konnte, in ihren Augen meinen Wert mindern. Vielleicht war beides der Grund. Seit einigen Wochen konnte ich jedenfalls schon feststellen, dass ich allein bei der Erwähnung meiner Trennung – noch dazu mit Kind – mit mitleidigen oder allenfalls mitfühlenden Blicken rechnen musste. Diese Reaktionen beruhigten mich keineswegs, vielmehr ließen sie mich ahnen, dass meine Zukunft ein ungewisser, in dichten Nebel gehüllter Weg sein würde. Wir mussten schon ein sehr dysfunktionales Paar gewesen sein, dass ich es wagen konnte, diesen unsicheren Weg einzuschlagen. Musste man, um Teil einer dysfunktionalen Beziehung zu sein, nicht auch selbst ein wenig dysfunktional sein? Das war die Frage, die ich mir stellte. Natürlich gab es das Problem mit dem Fremdgehen: Vielleicht stimmte etwas nicht mit mir, dass ich mir ernsthaft weismachen konnte, die Lösung meines Problems könnte darin bestehen, mit anderen Männern als Mathieu zu schlafen. Aber zwischen dieser Reaktion und einer anderen – zum Beispiel zusammengekauert im Bett zu liegen und zu heulen, mir ein Abo für CrossFit-Kurse zuzulegen oder Alkoholikerin zu werden – kam mir der Unterschied nicht allzu groß vor. Ich hatte im Grunde nur meinen Kummer begraben und meine Familie retten wollen. Und außerdem, wenn es einem den Boden unter den Füßen wegzieht, gibt es dann wirklich eine intelligente und elegante Art, sich am letzten Strohhalm festzuklammern? Die mitleidigen Blicke, mit denen die anderen mich bedachten, isolierten mich nur noch mehr, und während sich Isabelle über Oliviers Schulter beugte, als dieser auf seinem Tablet die Anwaltskanzleien durchging, hatte ich Lust, ihr die ganze Wahrheit zu sagen, um mich auf meiner Insel ein bisschen weniger einsam zu fühlen. Stattdessen verkündete ich, ich hätte im Quartier des Spectacles eine Verabredung mit einer Kundin – eben jener Kundin, deren Projekt ich aufgeschoben hatte, um Guillaumes Küche vorzuziehen –, und überließ meine Kollegen ihren Recherchen.

»Herbert und Tremblay!«, hatte Romane ausgerufen, als ich zur Tür ging. »Bevor ich für Isa gearbeitet habe, habe ich deren Homepage betreut. Die waren sehr nett. Soll ich sie mal anrufen?«

Als ich am Spätnachmittag von meinem Treffen zurückkam, wartete Olivier in meinem Büro auf mich. Die Hände in den Taschen stand er mit hängenden Schultern am Fenster und sah den am Himmel kreiselnden Schneeflocken zu. Noch ehe er sich umdrehte und ich seine zerknirschte Miene sah, ahnte ich schon, welche Entscheidung in meiner Abwesenheit getroffen worden war. Jemand musste geopfert werden, und dieser Jemand war ich.

»Tut mir leid, Maggy«, hatte Olivier gesagt, als er mir entgegentrat. »Ich verspreche dir, wir werden dir deine Teile zu einem guten Preis abkaufen.«

Er machte ein paar Schritte auf mich zu und nahm mich in den Arm. Über seiner Schulter wiegten sich die Bäume des Jarry-Parks im Wind.

»Jetzt, da ein zweites Kind kommt«, hatte er hinzugefügt, »kann ich kein Risiko eingehen.«

Unser Flug ist endlich bereit fürs Boarding. Während wir uns vor dem Schalter in die Schlange der Reisenden einreihen, bittet Charlotte mich um die Erlaubnis, Mathieu anzurufen, um ihm ein letztes Mal auf Wiedersehen zu sagen. Meine Mutter protestiert, das habe sie doch gestern schon getan, aber ich rolle mit den Augen und reiche meiner Tochter das Telefon. Dabei weiß ich gar nicht, woher ich selbst die Kraft finde, nicht jedes Mal aufzustöhnen, wenn Charlotte ihren Vater anrufen will. Vielleicht weil ich irgendwo gelesen habe, dass geschiedene Eltern in jedem Fall vermeiden sollten, ihre Kinder in Loyalitätskonflikte zu bringen. Vielleicht auch, weil ich mir sicher bin, dass meine Tochter weitaus mehr darunter leiden wird als ich.

Vor weniger als einem Monat – davor hatten wir unsere

Situation noch auf die Arbeit geschoben, da Mathieu plötzlich viele Kunden in Toronto hatte und ich viele Küchenrenovierungen in weit abgelegenen, ländlichen Gebieten – hatten Mathieu und ich uns schließlich entschlossen, Charlotte zu verkünden, warum wir nicht mehr alle drei zusammen zu Hause waren; warum Mathieu, wenn ich in der Wohnung blieb, woanders schlief und umgekehrt. Mit ihren gerade mal fünf Jahren versucht Charlotte, die Situation, so gut es geht, zu verstehen, aber einige Dinge kommen ihr doch merkwürdig vor. Sie fragt mich zum Beispiel oft, warum Mathieu und ich weiter Freunde bleiben wollen statt ein Paar, da wir doch, wie wir es ihr oft erzählt haben, das schon waren, bevor wir ein Paar wurden. Warum dieser Schritt zurück? Außerdem gefällt Charlotte die Vorstellung überhaupt nicht, dass sie bald zwei Zuhause haben wird. Sie fürchtet sich bereits vor den Tagen, an denen sie Baboune in ihrem Schulranzen herumschleppen muss, um jeden Abend ihr Kuscheltier bei sich zu haben. »Emma hat vor Weihnachten Bobby, ihren Beluga, für den Mittagsschlaf in den Kindergarten mitgenommen, und dann hat sie ihn im Musikzimmer liegen lassen und nie wiedergefunden, obwohl Stéphanie überall nach ihm gesucht hat«, erzählte sie mir eines Morgens voller Entsetzen, als ich sie in die Schule brachte. Wahrscheinlich hat sie Angst, Baboune könne das gleiche Schicksal ereilen.

Mit unserer Trennung haben Mathieu und ich unsere fünfjährige Tochter spüren lassen, wie zerbrechlich das Leben ist, und sie mit der Bedrohung konfrontiert, die Menschen, die sie liebt, zu verlieren. Was würde das mit ihr machen? Es war, als würden wir den Stacheldraht dieser kostbaren Festung, welche die Kinder vor dem Schlamassel in der Welt da draußen schützen soll, Stück für Stück niederreißen.

Mathieu geht nicht ran, und Charlotte gibt mir mit todtrauriger Miene das Telefon zurück. Ich streiche ihr übers Haar.

»Er arbeitet bestimmt.«

»Pfff«, macht meine Mutter, während sie der Angestellten der Fluglinie ihren Pass reicht. »An einem Samstagmorgen?«

Als ich Anfang Januar mit meinen Koffern bei meiner Mutter aufkreuzte und ihr erzählte, Mathieu und ich würden uns trennen, weil er eine Affäre mit einer Anwältin aus seiner Kanzlei hatte, war sie erst einmal ziemlich überrascht. »Was, Mathieu betrügt dich, aber warum und seit wann?« Sie war entsetzt, aber nur, weil sie Mathieu immer sehr gern gehabt hat. Ihren Formulierungen konnte ich entnehmen, dass sie die Hoffnung hatte, wir würden uns wieder versöhnen. Aber nach der Trennung von André schlug sie einen anderen Ton an. Von einem Tag auf den nächsten waren alle Männer plötzlich widerliche Kreaturen, die sich von ihrem *Pinis*, wie sie es aussprach, tyrannisieren ließen.

»Ist das eine Krankheit?«, sagte sie immer wieder. »Sind denn alle Männer von dem gleichen Virus befallen?«

Eines Abends gestand sie mir in einem vertraulichen Gespräch, für sie grenze es fast schon an ein Wunder, dass sie in ihrem Leben einem Mann begegnet war, auf den diese Gesetzmäßigkeit nicht zutraf. Ich fand, dass meine Mutter ziemlich verallgemeinerte und übertrieb, aber ich war zu erschöpft, um mir Gegenbeispiele einfallen zu lassen.

Da meine Mutter allen Respekt vor den Männern verloren hat, erzähle ich ihr besser nicht, wie Mathieu sich unsere Trennung in finanzieller Hinsicht vorstellt. Wüsste sie, wie schwierig die Lage für mich ist und wie sehr ich mich herabgesetzt fühle, dann würde sie sich, so wie sie seit einigen Wochen drauf ist, nicht scheuen, ihn anzurufen und ihm unüberlegte

Dinge an den Kopf zu werfen. Es stimmt zwar, dass ich an der Wohnung in der Rue Saint-Vallier keinerlei Eigentumsrechte habe; aber immerhin habe ich sechs Jahre lang die Hälfte der Grundsteuer und der Tilgungsrate gezahlt, obwohl beides auf Mathieus Namen lief und er die ganze Zeit fast dreimal so viel verdiente wie ich. Da diese Wohnung heute viermal so viel Wert sein dürfte wie zu der Zeit, als Mathieu sie gekauft hatte, finde ich seine Entscheidung, mir nichts zu überweisen, besonders unverschämt. Damit hätte er zumindest meinen Beitrag zur Tilgung seiner Hypothek anerkannt. Aber Mathieu behauptet, dass ihn nichts dazu zwingen würde.

»Es ist doch normal, dass Personen, die keine Eigentümer sind, Miete zahlen.«

Ich versuchte, ihn zu überzeugen, rechnete ihm vor, dass ich ein Jahr Elternzeit genommen hatte, während er nur zwei Wochen ausgesetzt hatte, und erklärte ihm, dass ich mich in den letzten fünf Jahren viel mehr um Charlotte gekümmert hätte als er, Essenkochen, Einkäufe erledigen, Urlaube organisieren, Arzttermine wahrnehmen und was sonst noch alles anstand, damit er bis spät abends »arbeiten« oder auf Dienstreise gehen konnte. Aber Mathieu wollte nichts von all dem wissen, vielleicht weil ich es mir nicht verkneifen konnte, ihn die Anführungsstriche bei dem Wort »arbeiten« spüren zu lassen.

»Du willst ja wohl nicht anfangen wie Annabelle Juneau!«, hatte er ironisch gesagt.

Mit Ausnahme des Induktionsherds und des Bosch-Kühlschranks – die in jedem Fall mir gehören, da sie Geschenke einer Zulieferfirma waren – und natürlich all meiner persönlichen Sachen werde ich nicht viele Dinge aus der Wohnung mitnehmen können. Außerdem haben Mathieu und ich von einer App den monatlichen Unterhaltsbetrag ausrechnen lassen, den er mir für Charlotte überweisen müsste, und wir kamen auf eine Summe von dreihundertacht Dollar.

Als ich ihm erklärte, dass ich ja meine Anstellung verloren hätte und daher mein Jahreseinkommen in diesem Jahr weniger hoch ausfallen würde als das vom letzten Jahr, auf dem diese Berechnung basiert, hielt er dagegen:

»Olivier und Isabelle haben dir für siebzigtausend Dollar deinen Anteil an Penture abgekauft. Das wird zur Berechnung deiner Einkünfte mit eingerechnet.«

Ich protestierte: »Ja schon, aber entweder investiere ich diese Summe in eine andere Gesellschaft oder ich nehme sie als Startkapitel für einen Wohnungskauf her. Zwei Schlafzimmer werden mich mehr kosten als eines.«

»Wenn du nicht die Mittel hast, musst du dir eben etwas mieten, statt zu kaufen.«

»Ich brauche auch ein Auto, um Charlotte zu ihren Verabredungen zu fahren. Du verdienst dreimal so viel wie ich, fast schon viermal, jetzt, nach der Fusion deiner Kanzlei, und diese zusätzlichen Ausgaben habe ich ja nur wegen Charlotte. Können wir nicht ein Arrangement finden, mit dem mir geholfen ist, zumindest in der Zeit, in der ich eine neue Bleibe suche? Ich habe nicht einmal ein Anrecht auf Arbeitslosengeld, weil ich Geschäftsteilhaberin gewesen bin.«

Mathieu runzelte die Brauen und kritzelte Zahlen auf ein Stück Papier. Ich sah ihm sprachlos dabei zu. Das also ist aus uns geworden? Ich erinnerte mich an die Artikel, die ich in den letzten Jahren in der Zeitung gelesen hatte und in denen Juristen Paare, die in einer eheähnlichen Gemeinschaft leben, davor warnten, was sie im Falle einer Trennung erwartete. Doch ich dachte immer, uns betrifft das nicht.

»Ich zahle dir vierhundert«, seufzte er schließlich. »Aber du übernimmst den Schulhort.«

Es gelang mir trotzdem, zwei kleine Verträge auszuhandeln: den ersten mit Fabien und Mireille, den Freunden meiner Mutter, und den zweiten mit meiner Nachbarin Valérie Delorme. Mireille möchte ihren Ruhestand nutzen, um zu kochen, und weil Fabien und sie ab nächster Woche meine Mutter einen Monat lang in Florida besuchen werden, fand sie, das sei der ideale Zeitpunkt, um ihre Küche renovieren zu lassen. Also beauftragte sie mich für die Zeit ihrer Abwesenheit mit der Planung und Beaufsichtigung der Umbauarbeiten. Vielleicht hat sie auch ein wenig Schuldgefühle, weil sie meiner Mutter Sachen erzählt hat, wegen denen sie André jetzt verachtet, und versucht, es dadurch wiedergutzumachen, dass sie mir diesen Vertrag anbietet. Und als ich Valérie Delorme eines Morgens, bevor der Schulhof geschlossen wurde, mitteilte, dass jetzt zu meiner persönlichen Niederlage auch noch berufliche Rückschläge hinzugekommen wären, schlug sie mir sofort vor, ich solle doch ihre Kücheninsel in eine Mittagessenstheke für ihre Kinder umbauen. Sie versprach mir sogar, sollte es Xavier eines Tages gelingen, sein Videospiel an Microsoft zu verkaufen – was sie bestimmt zu Millionären machen würde –, dann würden sie die Mieter vom zweiten Stock rausschmeißen, ihr Duplex in ein Cottage verwandeln und mir die Aufgabe übertragen, ihnen ohne Budgetbegrenzung ihre Traumküche zu entwerfen. Wie es scheint, habe ich in Valérie eine Freundin gefunden. Letzte Woche ließ sie Xavier an einem Abend, an dem ich in der Wohnung in der Rue Saint-Vallier übernachtete, auf ihre zwei jüngsten Kinder allein aufpassen und kam mich mit Clara besuchen, mit der die überglückliche Charlotte sich gleich zum Knetfigurenmachen in ihr Zimmer verzog. Ich trank mit Valérie ein Glas Wein, und während ich ihr auf Houzz Fotos von Kücheninseln und Esstischplatten zeigte, um ihren Geschmack besser einschätzen zu können, erzählte sie mir, sie habe vor ein paar Tagen, an einem Abend, an dem ich bei meiner Mutter war, Sophie Hyndman die Treppen zur Wohnung hochgehen sehen – denn kurz vor Mitternacht könne das ja nur sie gewesen sein.

»Das ist möglich«, sagte ich zu ihr. »Sie kommt manchmal hierher. Wenn Charlotte schläft, wie es scheint. Mathieu hat mir gesagt, er werde sie erst einander vorstellen, wenn unsere Situation geregelt ist. Er wolle warten, bis ich hier ausgezogen bin. Bis ich mir eine Wohnung gesucht habe und sich alles eingespielt hat.«

Valérie riss die Augen auf und nickte tief betroffen.

»Wird sie hier einziehen?«

»Keine Ahnung.«

»Du bist so stark.«

»Man kann nicht gerade behaupten, dass ich die Wahl hätte.«

»Ich mit meinen drei Kindern – also wenn Xavier eines Tages verlangen sollte, dass wir uns trennen, dann bring ich ihn um.«

Valérie schenkte sich einen Wein ein und kniff mit entschlossener Miene den Mund zusammen, als habe sie hinten im Schrank bereits ein Karabinergewehr versteckt. Sie sprach nie mit mir über ihre Beziehung mit Xavier, und unsere Freundschaft war noch zu jung, als dass ich sie nach Details hätte fragen können. Also ließ ich, wahrscheinlich weil ich von dem Thema schon die Nase voll hatte, nach einem kurzen Schweigen auf meinem Computer weitere Fotos folgen und erklärte ihr die Vorteile einer Arbeitsplatte aus Quarz.

Keine Ahnung, was mich nach diesen Verträgen erwartet. Werde ich wieder freiberuflich arbeiten, wie ich es schon vor Charlotte getan hatte, mit sämtlichen damit verbundenen Unwägbarkeiten? In den Unternehmen, bei denen ich mich meldete, waren die Stellen für Küchendesigner alle schon besetzt. Noch klammere ich mich an die Hoffnung, dass Urbanisia mich einstellt. Letzte Woche entdeckte ich eine Anzeige für eines ihrer neuen Projekte, ein im Bau befindliches Gebäude mit Eigentumswohnungen im Norden des Jean-Talon-Marktes. Die Lage wäre perfekt für mich – nicht weit von Charlottes Schule und von der Wohnung in der Rue Saint-Vallier entfernt –, sodass ich sofort die Telefonnummer wählte, die unter dem Planungsbild des grauen Backsteingebäudes angezeigt war. Ich landete bei Julia, die mich erst nach ein paar Sekunden wiedererkannte: Ich musste sie an unser Gespräch über Meerestiere erinnern, das wir bei der Weihnachtsfeier geführt hatten. Ich hörte ein leichtes Unwohlsein aus ihrer Stimme heraus, als ich den Namen »Penture« nannte, daher hielt ich es für angebracht, ihr mitzuteilen, dass ich nach einer Unstimmigkeit mit meinen Geschäftspartnern nicht mehr dort arbeiten würde. Julia schien sich zu entspannen und erzählte mir, die Geschäftspartnerschaft zwischen Urbanisia und Penture habe nicht gut funktioniert. Sie erklärte das mit der Komplexität solcher Geschäftsmodelle, aber ihr sehr offizieller Tonfall ließ mich ahnen, dass es wahrscheinlich daran lag, dass die Namen Penture und *Bissfreuden* in das Drama um Annabelle Juneau verwickelt waren und somit ein wenig von ihrem Glanz eingebüßt hatten. Ich insistierte nicht weiter, kann aber nicht behaupten, dass ich mich nicht auch ein wenig gefreut hätte zu erfahren, dass Isabelle, Olivier und Romane in dieser Geschichte auch Federn lassen mussten. Das

Gespräch dauerte nicht mehr allzu lange, da sich rasch rausstellte, dass der Preis selbst der billigsten Eigentumswohnung immer noch zweihunderttausend Dollar höher war als das, was ich gegenwärtig zahlen konnte. »Ich weiß, das ist verrückt«, wenige Tage später entschuldigte Julia sich fast, »der Markt explodiert gerade! Es gibt Chinesen, die kaufen Häuser in Montréal, ohne sie vorher gesehen zu haben, *oh my God!*«

Zwei Tage später rief Julia wieder an. Als ich ihre Stimme hörte, war ich mir sicher, dass sie mir eine billigere Eigentumswohnung verkaufen wollte, wahrscheinlich am anderen Ende der Stadt, in einem aufstrebenden Randbezirk. Aber ich hatte mich geirrt.

»Magalie? Hör zu, wir hatten gestern im Büro eine Versammlung, und statt uns mit einem Küchenausstatter zusammenzutun, wie wir es mit Penture geplant hatten, wollen wir jetzt im Haus eine eigene Küchendesignerin haben, die sich um unsere komplette Flotte neuer Eigentumswohnungen kümmert. Du wirst bestimmt ziemlich schnell sehr viel zu tun haben, und – auch wenn ich dich keineswegs entmutigen will – wir werden auch Seniorenresidenzen planen, aber egal, bei unseren High-End-Projekten, vor allem unseren Penthäusern, wirst du es mit Käufern zu tun haben, die sich ihre Küchen nach Maß anfertigen lassen. Ich habe den Chefs von Urbanisia von dir erzählt, also wenn dich das interessiert, dann schick mir deinen Lebenslauf und eine Mappe mit deinen Arbeiten. Und sollte etwas daraus werden und du trittst unserem Team bei, dann musst du keine Steuern zahlen, falls du eine von unseren Eigentumswohnungen kaufst. Cool, was?«

Ich bereitete schnell alle Dokumente vor und schickte sie ihr per Mail. Obwohl ich ungeduldig auf Nachricht von

Urbanisia warte, frage ich mich, ob ich wirklich bis ans Ende meiner Tage Küchen designen will. Werde ich jetzt, da mein eigenes Zuhause in tausend Scherben zersprungen ist, überhaupt noch die Leidenschaft aufbringen können, anderen bei der Planung dieses Raums zu helfen, in dem die Familie gemeinsame Zeit verbringen und glücklich sein soll? An manchen Tagen bedauere ich es, mich nicht mehr auf das Designen von Badezimmern spezialisiert zu haben, denn die Hauptfunktion dieses Raumes bringt es mit sich, dass ein jeder dort, am liebsten hinter verriegelter Tür, allein ist, allein mit sich selbst und der stinkenden Wahrheit.

Die Flugbegleiter kommen den Gang herauf und lassen die Gepäckfächer über uns zuschnappen. Meine Mutter blättert in der Zeitschrift der Fluggesellschaft. Übers Mikrofon entschuldigt sich die körnige Stimme des Kapitäns für die Verspätung, sagt einige Turbulenzen während des Fluges voraus, der drei Stunden und vierundfünfzig Minuten dauern wird, dann einen bewölkten Himmel und dreiundzwanzig Grad Celsius bei unserer Ankunft in Miami. Draußen auf der Rollbahn werfen die Männer von der Gepäckabfertigung, deren Gesichter sich hinter Helmen und Rauchglasbrillen verstecken, unsere Koffer in den Frachtraum und lachen lauthals, während Dampfwolken ihren weit aufgerissenen Mündern entströmen.

»Sieh nur«, sage ich zu Charlotte. »Sie spucken Rauch, wie Drachen.«

Charlotte streckt sich, um einen Blick hinauszuwerfen, dann dreht sie sich zu mir um. Sie verzieht das Gesicht.

»Drachen speien Feuer. Ich muss mal.« Meine Mutter sagt, sie werde ihr helfen, obwohl ich versichere, dass ich mich drum kümmern kann. Sie gehen los, und ich überprüfe, ob sich auch wirklich eine Spucktüte in der Tasche der Rückenlehne vor mir befindet. Das ist Charlottes zweite Flugreise, bei der ersten vor zwei Jahren, die uns alle drei – sie, ihren Vater und mich – nach Mexiko führte, hatte Charlotte unter Übelkeit gelitten. Damit das nicht noch einmal passiert, werde ich ihr in ein paar Minuten eine halbe Gravol geben, obwohl der Apotheker mir gestern gesagt hat, davon könne sie schläfrig werden, außerdem würde das Medikament manchmal überhaupt nicht anschlagen. Aber ich ziehe es vor, alle Chancen, die sich mir bieten, auch wirklich zu nutzen, da ich noch gut in Erinnerung habe, wie erledigt Mathieu und ich damals waren, als wir in Ixtapa von Bord gingen, nachdem wir uns während des gesamten Fluges um Charlotte kümmern und den Flugbegleitern hinterherlaufen mussten, um sie anzuflehen, uns Ginger Ale zu bringen. Sicher, das war alles andere als ein idealer Reisebeginn. Bei unserer Ankunft im Hotel konnte Charlotte sich nicht mehr auf den Beinen halten. Aber wenigsten waren wir damals alle zusammen. Nie wieder, sage ich mir plötzlich. Nie wieder werden wir alle drei gemeinsam als Familie verreisen. Wird Charlotte mit Mathieu und Sophie Hyndman in Urlaub fahren – zusammen mit den eigenen Kindern, falls sie welche haben sollten?

Die beiden Männer sind mit dem Entladen ihres Gepäckwagens fertig und setzen sich wieder in ihr kleines Fahrzeug. Aber sicher werden Mathieu und Sophie Hyndman Kinder haben. Immerhin habe ich letztens die Verpackung eines Schwangerschaftstests im Mülleimer auf dem Balkon der Rue Saint-Vallier gefunden. In dem imaginären Szenario, das mir am meisten Bauchschmerzen bereitet, hat Mathieu ein oder zwei Kinder mit Sophie Hyndman. Da das Gesetz des Stärkeren immer gilt, wird Charlotte bestimmt den Eindruck bekommen, dass diese Sippe ihre wahre Familie ist, dass sie dort ihren Platz hat und nicht an meiner Seite. Denn selbst wenn ich mit einem anderen ein neues Leben anfangen sollte, bin ich dann nicht schon zu alt, um Charlotte ohne größeres Risiko biologische Brüder und Schwestern zu schenken?

Ich räume ein paar Dinge, die ich während des Fluges gerne greifbar hätte, in die Rücksitztasche vor mir. Wasserflasche, Snacks, Kaugummis; es bleibt kaum noch Platz für das Buch über Floridas Vogelwelt, das ich mir aus der Bibliothek ausgeliehen habe. Ich habe Charlotte versprochen, dass wir ein Naturreservat besuchen werden, in dem mehrere Arten leben und nisten, mit deren Aussehen, Federkleid, Schnabelform und Namen wir uns schon beschäftigt haben: der Kranich, der Kormoran, der Schmuckreiher und der Waldstorch. Meine Tochter wäre natürlich lieber nach Disneyland gefahren, aber das machen wir ein andermal, denn es würde mich wundern, wenn meine Mutter in der Lage wäre, das stressige Gewirr der Menschenmenge zu ertragen, die Fahrgeschäfte und die verkleideten Themenparkfiguren.

In dem Augenblick, als ich mein Smartphone aus der Tasche hole, um den Flugmodus einzuschalten, fängt es zu vibrieren an und auf dem Bildschirm erscheint eine Facebook-Mitteilung. »Guillaume Hamelin hat seinen Status aktualisiert.« Ich recke den Kopf über die Rückenlehne meines Sitzes und werfe einen Blick Richtung Toiletten. Ein Mann im Hawaiihemd wartet zwischen zwei WC-Kabinen darauf, dass er an der Reihe ist, aber von Charlotte und meiner Mutter keine Spur. Auch wenn ich mir nicht sicher bin, ob ich wissen will, was aus Guillaume geworden ist, lasse ich meinen Daumen über die Nachricht wischen. Das limettengrüne

Banner der Firma DuProprio erscheint über einem Foto einer Küche, die ich sofort wiedererkenne: Es handelt sich um die, die ich für Guillaume entworfen habe. »Ich verkaufe mein Haus. Schwimmbad, Doppelgarage, renovierte Küche. Ideal für ein Paar oder eine junge Familie. Erstklassiges Wohngebiet in Sainte-Julie. Bitte teilen!«, hat Guillaume vor wenigen Sekunden geschrieben. Ich öffne die Anzeige und schaue mir die Slideshow der Fotos an. Mir wird speiübel, als ich das schwarze Sofa im Wohnzimmer sehe, ein Sofa, das, auf diese Weise fotografiert, im grellen Licht, so harmlos aussieht, aber auf dem ich und Guillaume in jener Nacht an Heiligabend niemals hätten landen dürfen. Ich wische über den Bildschirm und schaue mir den Keller an. Man sieht ein Laufband und ein Set aus Hanteln und Gewichten, die Garage mit Fahrrädern an den Wänden, das Schwimmbad mit Rundum-Terrasse aus behandeltem Holz, Guillaumes Zimmer mit bordeauxfarbener glänzender Bettwäsche. Dem zweiten Schlafzimmer sieht man wegen der Deko sofort an, dass es einer Jugendlichen gehört: An der Tür klebt ein Schild mit der Aufschrift »Bitte nicht stören!«, und an den Wänden hängen die Plakate irgendwelcher Boybands, deren Namen ich nicht kenne. Trotzdem hat man den Eindruck, dass dieses Zimmer nicht bewohnt ist, denn es gibt keine Vorhänge am Fenster. Ist es möglich, dass Julianne durch das, was sie an Heiligabend gesehen hat, so traumatisiert wurde, dass sie nicht länger bei ihrem Vater schlafen will? Davon hat Guillaume allerdings nichts angedeutet, als ich ihn fragte, wie es seiner Tochter ginge. Ich fahre fort mit meiner virtuellen Besichtigung. Da eine frisch renovierte Küche immer ein gutes Verkaufsargument ist, sind von Guillaumes Küche fünf Fotos eingestellt. Trotzdem fällt mir auf, dass bei der Küchenrückwand immer noch der Gips zu sehen ist. Hat er sie also nie einbauen lassen? Plötzlich frage ich mich, warum er überhaupt sein Haus verkauft. Wo will er hinziehen? War es nicht so, dass er wegen Juliannes Schwimmkurs nicht auf die Insel von Montréal gezogen war, wie er es eigentlich vorgehabt hatte?

Ich würde ihm gern eine Nachricht schicken. Irgendetwas Verrücktes: »Hallo Guillaume, ich suche auch eine Wohnung. Wollen wir zusammenziehen? Meine Tochter ist jede zweite Woche bei mir und versteht sich gut mit deiner Tochter.« Aber ich lasse es bleiben. Falls Guillaume tatsächlich Gefühle für mich gehabt hat – und das ist wahrscheinlich, das zeigt sein ganzes Verhalten nach Weihnachten und auch schon davor, und warum sonst hätte er seinen Arbeitsplatz aufs Spiel setzen sollen, um meinen Putzmann zu befragen –, dann hat er jetzt wahrscheinlich keine mehr. Wer würde ihm das übel nehmen? Schließlich habe ich ihn, als er mich Mitte Januar bei Penture besucht hat, ziemlich schroff behandelt. Und auch wenn das noch mit dem Schock zusammenhing, den ich kurz zuvor erlitten hatte, als ich diesen verfluchten Schwangerschaftstest fand, den Sophie Hyndman im Papierkorb in der Rue Saint-Vallier hatte liegen lassen, verstehe ich doch, dass Guillaume anschließend auf mich sauer war, denn er hat sich nie wieder gemeldet. Ich selbst war zu sehr in meine Probleme verstrickt, um ihn zu kontaktieren, und sei es nur, um mich zu versichern, dass er mit seiner Küche zufrieden war, was ich bei all meinen Kunden mache, fünf oder sechs Wochen nachdem die Installateure da gewesen sind. Selbst nachdem Penture mich entlassen hatte, hätte ich Guillaume anrufen und ihm anbieten können, ihn beim Kauf seiner Küchenrückwand zu beraten. Aber ich habe nichts von alledem getan. Manchmal frage ich mich sogar, ob er derjenige war, der den Medien verraten hat, dass Annabelle Juneau einen Hilferuf auf Isabelles Website hinterlassen hat. Vor zwei Wochen entdeckte ich unter Guillaumes Facebook-Freunden den asiatischen Ermittler der Polizei von Laval, der damals mit dem Fall Annabelle betraut gewesen war und dem ich bei dem zweiten Besuch der Polizeibeamten in unseren Büros über den Weg gelaufen bin. Vielleicht hat dieser Mann Guillaume über die Hintergründe der Ermittlung informiert und ihm erzählt, inwiefern Penture und *Bissfreuden* in den Fall verwickelt waren, und möglicherweise hat sich Guillaume durch mein Verhalten bei unserer letzten Begegnung so verletzt gefühlt, dass er versucht hat, mir zu schaden, indem er eine Information durchsickern ließ, die voraussichtlich gewaltig am Image der Gesellschaft kratzen würde, an der ich beteiligt war. Eigentlich ist es undenkbar, dass er dafür verantwortlich sein könnte, aber bei allem, was mir gerade widerfährt, kann mich eigentlich nichts mehr schockieren. Wahrscheinlich übertreibe ich. Außerdem hätte Guillaume mir gegenüber besser niemals solche heftigen Gefühle entwickelt. Dann wäre er auch sehr schnell über meine Zurückweisung hinweggekommen, die er wohl bei unserer letzten Begegnung empfunden hat, und hätte mich zurückgerufen – und sei es nur, um sich zu vergewissern, dass es mir gut geht, nachdem die Namen von Penture und *Bissfreuden* mit dem Fall Annabelle Juneau in Verbindung gebracht worden sind. Sollte man so etwas nicht tun, wenn einem jemand wirklich wichtig ist – dann sollte die Fürsorge doch wichtiger sein als der eigene Stolz. Trotzdem, mit etwas Abstand kann ich heute sagen, wenn der Kontext, in dem wir uns begegnet sind, ein anderer gewesen wäre und ich nicht so verbissen an der Idee festgehalten hätte, um jeden Preis mit Mathieu zusammenbleiben zu wollen, trotz allem, was er mir angetan hat, hätte aus der Beziehung mit Guillaume womöglich etwas werden können. Aber das sind alles nur Vermutungen, die zu einer bestimmten Schlussfolgerung führen, mit der ich gut leben kann. Außerdem ist es seit der Trennung unserer Eltern undenkbar, Guillaume und ich könnten in zwei oder drei Monaten oder selbst in einem Jahr die Sache dort wieder aufgreifen, wo wir stehen geblieben sind. Natürlich würde meine Mutter behaupten, dass es ihr, solange ihre Tochter nur glücklich ist, völlig egal sei, ob André der Vater ihres neuen Schwiegersohnes ist. Doch natürlich würde ich meiner Mutter niemals eine wenn auch noch so zarte Verbindung zu dem Mann aufzwingen, der für ihren aktuellen Zustand verantwortlich ist.

Ich höre Charlottes Geplapper und drehe mich um: Sie kommt fröhlich den Gang entlang, Baboune an die Brust gedrückt. Dicht gefolgt von meiner Mutter. Ich richte den Blick wieder auf den Bildschirm meines Smartphones. Warum sollte ich Guillaume in meinen Kontakten behalten? Wozu soll ich jedes Mal, wenn er etwas postet, wie er es heute Morgen getan hat, wissen, was in seinem Leben vor sich geht? Ich klicke auf sein Profil, auf dessen Foto ein Mann zu sehen ist, er selbst wahrscheinlich, aber das lässt sich schwer mit Gewissheit sagen, denn man sieht ihn nur von hinten; einen Jogger, der auf einem Weg zwischen Bäumen mit orangefarbenen Blättern davonläuft. Mein Finger hält den Freundschafts-Icon gedrückt und wählt unter den Auswahlmöglichkeiten »Endgültig löschen« aus. André und Guillaume Hamelin: besser, nie wieder etwas von ihnen zu hören.

Das Flugzeug ist vor nun schon über einer Stunde gestartet, und Charlotte ist, eingelullt vom Dröhnen der Motoren und wahrscheinlich auch dank der halben Gravol-Tablette, an meiner Schulter eingeschlafen. Ich sitze am Randplatz zum Gang, und jedes Mal, wenn ich mich ein wenig über meine Tochter beuge, um meine Mutter neben dem Bullauge zu beobachten, fällt mir auf, dass sie sich nicht gerührt hat: den weicher gewordenen Dutt in den Nacken gepresst starrt sie auf den Horizont aus watteweichem Licht. Ich frage mich, ob sie hier über den Wolken das Gefühl hat, meinem Vater näher zu sein. Falls ja, scheint diese Annäherung sie nicht zu trösten. Die Haut um ihren Mund hängt schlaff zu einer Grimasse herunter, die bei jedem Atemzug zu zittern scheint. Ich habe plötzlich den Eindruck, dass es in Liebesbeziehungen nur drei mögliche Szenarien gibt: Im ersten lieben wir jemanden, aber der Tod schlägt zu und entreißt uns die geliebte Person; im zweiten haben wir jemanden geliebt, aber das Schicksal hat die Person von uns fortgeführt; im dritten Szenarium, das weniger offenkundig, aber nicht minder traurig ist, finden wir, aus Mangel an Glück oder aus Mangel an Urteilsvermögen, den geliebten Menschen nie. Mit diesem dreiköpfigen Schema vor Augen kommt es mir plötzlich so vor, als sei die Liebe ein Phänomen, das ungeachtet unserer jeweiligen Geschichte nur selten glückliche Menschen hervorbringt, sondern vielmehr Beraubte.

Charlotte seufzt im Schlaf und schmiegt sich noch enger an mich. Ich küsse sie auf die Stirn. Aber meine Tochter ist mir geblieben, sage ich mir. Und im Augenblick ist das alles, was zählt.

Danksagung

Ein riesengroßes Dankeschön an meinen ersten Leser und Verleger François Richard für die sorgfältige Lektüre meines Manuskripts und all seine Ratschläge.

Dank an Marcelle Ricard, Dominique Fortier und Isabelle Daunais, die ebenfalls mein Manuskript gelesen haben: All eure Bemerkungen waren überaus wertvoll für mich.

Und danke an Véronique Brazeau und Isabelle Morin, Streifenpolizistinnen des Polizeidienstes der Stadt Montréal, dass ich einen Vormittag mit ihnen verbringen durfte.